「あのな、一度ヤってから、ぜんぜんヤれてないんだぞ？　いい加減、抱かせろ」
「ノア先輩ぃ……もう……」

SHY NOVELS

異端の血族

夜光花

イラスト 奈良千春

CONTENTS

異端の血族　007
あとがき　314

異端の
血族

1 四賢者

シリル・エインズワースが初めて挫折を知ったのは、忘れもしないあの忌まわしい異端の地だった。

水魔法の家系であるエインズワース家の一族に生まれたシリルは、幼い頃から魔法の力に長《た》けていた。もともと勉強熱心であったシリルは、魔法学で有名なローエン士官学校に入る前から、一族の長《おさ》であるジャック・エインズワースの指導を請い、着実に力を伸ばしていた。

シリルは水魔法のみならず、他の系統の魔法に関しても優秀だった。ローエン士官学校に入る頃には同年代でライバルはなく、魔法に関する研究や論文を発表するほど先をいっていた。

当然のごとくシリルはローエン士官学校を卒業した後は、魔法団に入団した。魔法団は魔法によって国を守る組織で、剣で国を守る軍とは一線を引いている。エインズワース家は代々、魔法に長けた者は近衛騎士になる慣習があったが、当時の国王アルバートに対して不満があったシリルはそれを敬遠した。アルバート国王は女と酒に溺れ、ご機嫌取りをする部下ばかり取り立てるという話は父や親類から知らされていた。政治の能力は皆無で、国民を虫けらのように扱うという。

シリルは魔法に関する能力は高かったが、コミュニケーション能力においては子ども同然だった。気に入らない者がいると、たとえそれが高貴な相手でも嫌みを言うし、平伏《ひれふ》しもしない。社交界で一度大臣の娘に楯突《たてつ》くという問題を起こしてしまってから、そういった華やかな場はずっと仮病で欠席するようにしている。シリルは身長が低いのをコンプレックスに思っていて、誰に対しても虚勢を張っている。そのせいか、きつい顔立ちをしているとよく言われるし、ふつうにしていても怒っていると勘違いされるのが常だった。

人づきあいが苦手だったシリルは、魔法団に入り、魔法の能力だけを認めてもらおうと率先して闘いの前線に赴いた。その頃、闇魔法という恐ろしい力を持った血族が神国トリニティというカルト教団を作り、信者と共にクーデターを起こした。闇魔法の血族は、歴史の中でたびたび王都に影をもたらしていく。闇魔法の血族は人を殺す術《すべ》に精通していて、兵士も騎士も一般人も見境なく殺していく。

人々が闇魔法を示す赤毛を恐怖の対象とする中、シリルはひそかに闇魔法というものに興味を抱いていた。魔法に関するものへの興味が強いシリルは、未知の血族の魔法が気になって仕方なかったのだ。

だからこそ、闘いで捕らえた闇魔法の女性を、拷問《ごうもん》して情報を聞き出す役目に当たらせてほしいと当時の団長に直訴した。

「変わった奴だな、まぁいいだろう。お前の力は知っている。ただし、油断するなよ」

当時団長だったのは土魔法の血族の白髪《しらが》の高齢男性で、あまり荒事には向いていない性質だった。拷問という汚れ役を誰に任せればいいか頭を悩ませていたので、シリルのこの申し出は渡りに船だったといえる。

シリルは嬉々《きき》として捕らえた闇魔法の女性に会いに行った。闇魔法の女性は魔法を使えない地下室に拘束されていて、食事も水も与えられずにいる。シリルは彼女のもとに出向く際に、陸軍の上級の剣使いを同行させた。

地下室に隔離されていた彼女は、蛇のような目つきでシリルを睨《にら》みつけてきた。両腕を鎖で繋がれ、足首にも重い枷《かせ》がつけられていた。

「両腕を斬り落とせ」

シリルは彼女の前に立ち、躊躇《ちゅうちょ》なく言い放った。陸軍の剣使いの男は一瞬顔を強張らせたが、再度シリルが命じると鞘《さや》から剣を引き抜き、彼女の肘から下を斬り落とした。すさまじい絶叫が地下室に響き渡った。大量の血が床に流れ落ち、剣使いの男はもう片方の腕を斬り落とすのに尻込みした。

「五百人を殺した女だ。同情は無用だろう」

痛みにもがく彼女を冷静に見つめ、シリルはもう片方の腕も早く斬り落とせと催促した。剣使いの男は迷いを払い、渾身《こんしん》の力を込めて一刀でもう片方の腕を落とした。両腕の枷がなくなったことにより、彼女は床に崩れ、痛みに気を失った。身体が痙攣《けいれん》して、出血はどんどんひどくなる。

シリルはこの部屋にかかっていた魔法を使えなくする魔法陣を解除した。その上で、彼女に回復魔法を施した。ここで死なれては困る。彼女からは情報をもらわねばならない。

「冷静ですね……」

剣使いの男が平然と回復魔法をかけるシリルを見やり、恐ろしげに呟いた。闇魔法の血族には仲間を殺されたり、傷つけられたりして憎んでいるはずなのだが、どうやら心根の優しい男のようだ。

「お前にもう用はない。さっさと行け」

シリルは回復魔法を施しつつ、剣使いの男にそっけなく言った。いくぶんムッとした顔で剣使いの男は刃についた血を振り払い、地下室から去っていった。

シリルの回復魔法で、彼女の出血は止まった。両腕を斬り落としたのは、彼女が魔法を使えないようにするためだ。大量に血を失ったので、これから食事を与え、身体を戻さねばならない。

シリルは再び魔法が使えないように魔法陣を部屋に施した。

数日後、意識を取り戻した彼女に食事と水を与え、体調を戻させた。彼女は食事を拒み、激しい呪詛《じゅそ》を込めた悪態をついてきたが、シリルにとってはどうでもいいことだった。無理矢理食事を呑み込ませ、容態を回復させた。

彼女が回復した頃、シリルは彼女の両目をえぐりとった。

悲鳴と血で、地下室は黒く汚れていった。一度回復させてから再び凶行に及んだのは、彼女の精神を破壊するためだった。闇魔法の血族たちは情が薄いと言われている。人を殺すことをなんとも思っていないし、中にはより残虐に人をいたぶる者もいるという。そんな彼らに情で対抗するのは無駄なので、シリルは彼らと同じ手を使い、恐怖というものがどういうものかを彼女に教えた。

　両目の出血が止まり、体力が回復した頃、シリルは両脚を斬ると彼女に告げた。その一言で彼女は完全に落ち、命乞いを始めた。闇魔法の血族とはいえ、痛みは感じるのだ。いっそこのまま死なせてくれと懇願する彼女に、闇魔法に関する情報を明かすよう促した。

「我らを率いているのは、アレクサンダー・ヴァレンティノ……」

　彼女は死と引き換えに神国トリニティに関する情報を洗いざらい明かした。この情報が元で、闇魔法の血族を中心としたカルト教団によるクーデターは制圧された。

　神国トリニティは多くの人を殺害したが、よいこともしてくれた。当時の無能な国王、アルバートの命も奪ってくれたのだ。多くの王位継承権を持つ王族が亡くなり、デュランド王国は五十歳のヴィクトリアが女王として支配することになった。

　ヴィクトリア女王は前国王の残した悪しき習慣、腐敗した人事、賄賂《わいろ》や無駄な経費を次々と改革していった。その中で、国に貢献した偉大な魔法士を称《たた》える四賢者を定めるとお達しがあった。

シリルは王宮に呼び出され、ヴィクトリア女王と対面した。

「お前がシリルか」

　玉座から見下ろしてきたヴィクトリアは、鉄の女にふさわしくにこりともしない中年女性だった。青く光る瞳を見つめ返したシリルは、王族に伝わる魅了の力を知った。あれほどひどい悪政をもたらしたアルバートだが、側近や近衛騎士たちからは愛されていた。それはすべて王族が持っている魅了の力のせいだ。玉座に近ければ近いほど、王族は他者を魅了する力を持つ。魔法士として強い力を持ち、ひねくれた性格のシリルは魅了にかかることはなかったが、それでも無意識のうちにヴィクトリア女王へ敬意を払っているのに気づいた。

「お初にお目にかかります。シリル・エインズワースです」

赤い絨毯《じゅうたん》に跪《ひざまず》き、シリルはヴィクトリア女王に拝礼した。

「お前の魔法士としての能力は聞いている。四賢者の候補として名が挙がっている。——だがその前に、少し質問をしたい」

ヴィクトリア女王はシリルが魅了の力にかかっていないのを確認し、微笑んだ。おそらく魅了の力にかからないのも四賢者の条件の一つなのだろう。

「闇魔法の女性を捕らえ、拷問をしたそうだな。お前はそれを悦《よろこ》んでしたのか？　そのような性質の者は賢者にふさわしくないという輩《やから》もいるのでな」

ヴィクトリア女王は回りくどい言い方は好まないようで、単刀直入に聞いてきた。闇魔法の女性から情報を聞き出した時の話は、尾ひれがついて噂になっているのは知っていた。シリルが残酷で女性をいたぶるのが好きだともっぱらの話だ。いちいち噂を否定しなかったのは、誰にどう思われようと構わなかったからだ。

「私は論理的思考からすべての行為を成しました。両腕を斬り落としたのは、魔法を使わせないためです。私は魔法に関しては優れていると自負していますが、剣に関しては胸を張れるほどではございません。だから一刀で落とせる剣使いの方にその役目を頼みました。その後、両目を奪ったのは、魔法陣を描かせないためです。自白という目的がなければ、舌を斬り落としただけで終わらせたでしょう」

シリルは淡々と述べた。闇魔法の女性を痛めつけて悦んだなど論外だった。見知らぬ誰かが苦しもうが、楽になろうが、どちらでもよかった。

「なるほど……。苦しむ捕虜に対しては、何か思うところはあったか？」

ヴィクトリア女王は目を細め、興味深そうな顔つきでシリルに尋ねた。

「特に何も」

シリルは思ったままを答えた。

その対面からひと月後、シリルは四賢者の一人に選ばれたと王宮から通達が来た。他に選ばれたのはローエン士官学校の校長をしているダイアナ・ジャーマン・リード、魔法団に所属しているトップクラスの魔法士レイモンド・ジャーマン・リード、軍の最高司令官のオーウェン・セント・ジョーンズだ。総合的に判断した優れた魔法士に贈られる栄誉として、名前が挙がった名家はとても喜んだ。逆に言うと、四賢者のいないラザフォード家とボールドウィン家は不満を持った。

シリルは自分がこの国で一番優れた魔法士という自負があったので、四賢者に選ばれたのは当然だと思っていた。

ヴィクトリア女王は四賢者に対して、初めての命令を下した。曰《いわ》く、クリムゾン島の立ち入り禁止区へ行き、司祭に会い、ギフトをもらえというものだった。

「ギフト……？　迷信ではなかったのか」

この当時、ギフトに関する情報は王家が管理していて、四賢者に選ばれたシリルでさえ、ほとんど知らなかった。クリムゾン島の奥には森の人と呼ばれる部族がいて、彼らは何かを守っているらしい。子どもの頃に一族の長からおとぎ話として聞かされていたものが、実際に存在していたのだ。ヴィクトリア女王は王家だけが知ることのできる情報を四賢者に明かし、司祭に会ってギフトとやらを受け取ってこいという。

ギフトとは、魔法であって、魔法ではない、新しい能力だそうだ。

シリルたちは身支度を整えて、未開の地へ入った。クリムゾン島は士官学校を卒業して以来だが、立ち入り禁止区についてはシリルも気になっていた。ひそかに入ろうと目論んだこともあったのだが、見えない防壁はどうしても崩せなかったのだ。

立ち入り禁止区内には、シリルたちが知らない文明があるようで、地下道や神殿、誰かの造った建物があちこちにあった。数少ない情報を元に、シリルたちは森の人が住む集落を目指した。

驚いたのは、立ち入り禁止区に精霊が多くいたことだ。しかも何の精霊か分からないものが多い。これだけ精霊がいればさぞかし魔法も使いやすいだろうと思ったのに、どういうわけか立ち入り禁止区では魔法が一切使えなかった。

魔法を使えないということは、シリルにとって両手両足をもがれたも同然だ。

未開の地を行軍しながらシリルは自分が足手まといになっているのを自覚していた。シリルより年齢が上のダイアナにさえ体力は劣っていた。この頃まだ立ち入り禁止区の情報が少なかったこともあって、シリルたちは二週間近くかけて森の人が住む集落に行き着いた。

森の人は文明の遅れた隔離された存在だった。村長が環状列石のある広場へシリルたちを連れていき、特別な方法で水晶宮という見知らぬ場所へシリルたちを移動させた。そこには色素の薄い白い祭儀服を着た男性がいて、シリルたち四人を見回して、こう告げた。

「ギフトを授けられるのは、お前だけだ」

おそらく司祭と呼ばれる男が、彼だったのだろう。司祭はまっすぐにレイモンドを指さした。

司祭は呪文のような長い言葉を放った。

すると、レイモンドはいきなり胸を抱えて、倒れ込んだ。

「お前に与えるギフトは《転移魔法》、その代償はお前の愛馬だ」

司祭は倒れたレイモンドにそう言った。レイモンドは困惑していて、口も利《き》けない様子だった。レイモンドはこの時、まだ二十三歳の若者で、四賢者の中で一番経歴が浅かった。ボルギニオ族という先住民の母と、ジャーマン・リード家の貴族の父親を持つ特異な存在だった。母親に魔法回路があったかどうかはレイモンドが生まれた時に亡くなったので、よく分からないという。異なる一族同士の婚姻に加え、母親は先住民族という異例さにも拘《かかわ》らず、レイモンドの攻撃魔法はこの国のトップクラスだった。その彼が、ギフトをもらった。彼だけが、ギフトを得られた。

この時の屈辱感、激しい挫折感は、シリルが初めて経験するものだった。

魔法全般においてはレイモンドより能力が上だと思っていたので、当然シリルもギフトを得られるものだと思っていたのだ。

シリルは司祭に何故自分はギフトをもらえないのかと尋ねようとした。けれど半強制的にシリルたちは水晶宮から追い出された。水晶宮は別次元の場所なのか、気づくと目の前は別の景色に変化していたのだ。その後は何をどうしようが、水晶宮へは行けなかった。

司祭に会うまでの距離は遠く、徒労ばかりがシリルたちを襲った。大変な思いをしてここまで来たのに、何も得られないばかりか、すげなくあしらわれた。腹立ちが収まらなかったのはシリルだけで他の三人は特に何とも思っていないようだった。村長に事の次第を聞くと、ためらいながら口にした。

「我々はギフトをもらったことはありませんが、聞くところによると、その人の大事なものを代償に大きな力を得るそうです」

レイモンドの顔が青くなった。

立ち入り禁止区を出た後、村長の言葉は真実だったとシリルたちは知った。レイモンドの愛馬が、時を同じくして突然死んでいたのだ。レイモンドは深い悲しみを抱え、しばらく立ち直れなかった。

シリルは動物を愛する気持ちがこれっぽっちも分からなかったので、レイモンドに対する苛立ちが募る一方だった。レイモンドが得たギフトが《転移魔法》の高位魔法だったのも、大きな衝撃だった。

信じられないことに、レイモンドは一度足をつけた地なら、どこにでも一瞬で行ける力を得た。それ以外にも物質を、A地点からB地点へ動かせる能力もある。《転移魔法》自体は、風魔法と雷魔法、土魔法の複合魔法でシリルも使える。だが、その力を使うには大きな魔力を必要とするし、膨大な時間をかけて正確に魔法陣を描かねばならないという制約がある。シリルほどの魔法士でも、これまでに三度やったことがある程度で、一度飛ぶだけでかなりの労力を使うのでめったに行わない。

　そのとんでもなく大変な魔法を、レイモンドは一日に何度も行うことができた。レイモンドの力があれば、敵地に戦力を無限に投入するのが可能なのだ。こんなすごい力をもらったというのに、レイモンドは喜ぶどころか、いなくなった愛馬への喪失でげっそり痩《や》せてしまったという。

　理解できなかった。

　何もかもが受け入れがたかった。明確な理由が知りたくて、もう一度あの地に行こうとしたくらいだ。ヴィクトリア女王の許可が出なかったのでそれは叶わなかった。シリルが何度頼み込んでも、ヴィクトリア女王はシリルが立ち入り禁止区に入るのを許さなかった。

　数年後、引率者として軍の最高司令官オーウェンが十数人の魔法士や騎士を連れてあの地に赴く機会をもらった。シリルには拒絶したヴィクトリア女王だが、何故かその後もオーウェンがあの地に行くのを許した。

　その後、ひそかに調べてみると、ギフトを得られたのはレスター・ブレアというまだ学生の男だったと分かった。当然シリルより魔法能力は低く、口の軽いいい加減なことばかり言う気に食わない男だ。こんな奴に負けたのかとシリルは血管が切れそうになった。レスターは《獣化魔法》を得て、人なのに獣に変身することができるようになった。しかも相手の許可があれば、他人さえも獣に変えられるのだ。こんな魔法は聞いたことがない。代償に祖母の命を奪われていたが、老い先短い老人の命など、あってないようなものだ。

また別の機会では、セント・ジョーンズ家の直系の子息であるわずか十歳のノアという男の子がギフトを得た。ギフトを得るには年齢は関係ないらしい。

ギフトが咽《のど》から手が出るほど、欲しかった。

そのためには何を犠牲にしてもいいと思えるほどに。

「何となくだけど、尖《とが》った性質を持つ者がギフトをもらえる気がするなぁ」

ダイアナのそんな言葉が、シリルの脳裏に焼きついた。

自分の何が劣っていたのか、何が足りなかったのか、夢に見るくらいシリルは考え続けた。今の自分では何かが駄目なのだ。何かを破壊しなければ、それは一生得られない。

(自分を破壊するしかない)

シリルはその思考に行き着いた。

今度こそギフトを手に入れる。


シリルは最初に外見を変えた。六十歳の姿から十代前半の少年の姿になるよう魔法をかけた。元々小柄だったシリルは外見を変えると、少年にしか見えない。外見を変える魔法は意外と難しく、魔力量に比例して持続できる時間が変わる。

突然少年の姿になったシリルを、周囲の人間は戸惑いを持って受け入れた。少年の姿になると、それまでの畏《おそ》れるような態度とは違い、親しみを持ったり、侮ったりする者が増えるようになった。外見というのは重要なものなのだとシリルは初めて知った。シリルは口調を変え、乏しかった表情を増やし、別人を演じた。

その頃シリルは能力を買われ、宮廷魔法士に選ばれた。王宮が職場になり、王家の闇の部分も知るようになった。同じ頃、レイモンドも魔法団団長になり、四賢者と呼ばれた者は国の中枢《ちゅうすう》に就《つ》くことになった。

一時はなりを潜めていた闇魔法だが、ヴィクトリアが即位して二十年が経ち、新たな脅威をもたらした。ジークフリートというボールドウィン家の子息が各地に保管されていた大量の魔法石を奪ったのだ。ジークフリートは神国トリニティの教祖であるアレクサンダー・ヴァレンティノの息子だった。闇魔法の血族であることを隠して機を狙っていたのだ。

ジークフリートは王宮に攻め入り、王族をたくさん殺害した。

かろうじてヴィクトリア女王と数名の王族は生き残ったが、敵を取り逃がし、大きな痛手を負った。宮廷魔法士であるシリルは、その責任をとらされることになり、宮廷魔法士の座を返上する羽目になった。

「シリルよ、すまない。お前に責任をとらせることになってしまった」

ヴィクトリア女王に呼び出され、シリルは少年の姿で跪いた。王宮をジークフリートたちが攻め入った時、シリルは秘密の儀式を行っていた。王族は年に一度秘密の儀式を執《と》り行《おこな》う。その際使われた魔法具を保管庫にしまうために、王宮を出ていた。その最中に襲撃が起こり、駆けつけた時には戦闘は終盤だった。

「当然の処置でしょう」

シリルは特に憂えることもなく、目を伏せた。宮廷魔法士の任に対して特に思い入れはなかったので、追い出されても何ら思うところはなかった。

「新しい職について、何か希望はあるか？」

ヴィクトリア女王は玉座から、首を傾けて尋ねた。

「……そうですね。では、ローエン士官学校の講師を」

シリルは目を光らせて言った。職を解かれるかもという噂が立った時に思いついたのだ。いずれまた立ち入り禁止区へ行きたいと渇望しているシリルは、クリムゾン島で働くことを望んでいた。それに、ローエン士官学校には今、非常に興味深い人物が二人もいる。

「講師を……？」

シリルの望みが意外だったのか、ヴィクトリア女王が眉を顰《ひそ》める。賢者の称号を持つ者が今さら講師になるのは世間的におかしいのだろう。責任をとるといっても、厳密にいえばシリルにそれほどの咎《とが》はない。ヴィクトリア女王は魔法団か軍の上部に異動させるつもりだったようだ。

「ええ、悪くないでしょう？　僕はどんな内容でも完璧に教えられますよ。士官学校のひな鳥たちなど、造作もありません。体術系だって、今は魔法の力でどうとでもなりますしね」

シリルは子どもっぽい笑みを浮かべ、子ども特有の高い声で言った。

「ふむ……。お前がそう望むなら、構わないが……」

ヴィクトリア女王は困惑しつつもシリルの願いを受け入れた。二週間後には来期からローエン士官学校の魔法薬の講師の任を命ずるという書簡が届いた。空いている講師の席が魔法薬しかなかったのだろう。

じきに王宮を離れる身となり、シリルは王宮内の職員や近衛騎士、近衛兵に挨拶に回った。シリルの存在は王宮では特異なものになっている。何しろ、シリルの姿を見ると逃げ出す兵士や騎士、侍女や従者が多い。宮廷魔法士として働く傍《かたわ》ら、シリルは王宮内で働く者たちの弱みを探る行為に精を出したからだ。弱みを握れば、いずれそれを武器にその人物を操れる。おかげでシリルは多くの情報を集め、蜘蛛《くも》の糸のように王宮内にいる人間を思いのままに動かした。シリルを畏れたり憎んだりする輩が増えたのも、宮廷魔法士の任を解かれた原因でもあった。

女王陛下の執務室近くの廊下を歩いていた時だ。

女性の悲鳴が複数聞こえてきて、シリルはハッとした。

「誰か、誰かぁあああ!!」

執務室の扉が開かれ、執務室の前で護衛していた近衛騎士が中に駆け込んでいくのが見えた。侍女の悲鳴は途切れることなく続き、シリルはまさかという思いで執務室に入った。

「女王陛下……っ!!」

「誰か、医師を！　回復魔法士を呼べ！」

「大変だ、女王陛下が‼」

執務室は混乱の最中にあった。そこには、今さっきまで執務をしていたはずの女王陛下が床に倒れ、吐血していたのだ。

「どけ、回復魔法をかける」

シリルはすぐさま女王陛下に駆け寄り、杖を取り出した。シリルの姿を見て女王陛下を抱えようとしていた近衛騎士の顔に安堵が広がる。シリルは呪文を唱え、吐血した女王陛下に回復魔法をかけた。ところが——何の反応もない。

「何だ、これはっ⁉ 毒か？ いや、毒を取り除く魔法も効かない……っ」

シリルはあらゆる水魔法を使い、ヴィクトリア女王の救命を試みた。だが、シリルが呼び出した水の精霊たちは、ヴィクトリア女王を見ても首を振るばかりだ。すでに——死んでいる。

「シリル様、どうなっているのですか⁉ 女王陛下は……っ」

シリルの魔法が届いていないのは、その場にいた近衛騎士も侍女も察しているようだった。シリル自身も、これ以上は無理だと杖を下ろした。

「医師が来ました！」

侍女が叫び、宮廷に常駐する医師がヴィクトリア女王の身体を確認した。宮廷医師は真っ青になり、もう事切れていますとか細い声で伝えた。

シリルは執務室のデスクを見やった。死因が毒ではない証《あかし》に、ヴィクトリア女王のデスクには何も置かれていなかった。もし毒なら遅効性のものか、飲み物や食べ物以外に入っていたのだろう。あるいは刺客かとも思ったが、部屋には侍女しかいなかったようで、その侍女たちも壁際でずっと震えている。近衛騎士が騒いでいる様子もなかったことから、ヴィクトリア女王はいつも通りに仕事をしていただけに思えた。

（知られざる持病でもあったのか……？）

病気という線も考えたが、宮廷魔法士として、シリルはこれまでヴィクトリア女王の身体を定期的に治癒していた。年齢のわりにヴィクトリア女王は健康体で、突然死するような持病は見つかっていない。

困惑しているシリルの目の前で、近衛騎士や侍女たちは茫然として叫ぶか泣くかばかりだった。

その刹那《せつな》、廊下から騒がしい声がして、アルフレッド殿下が現れた。

アルフレッドは迷彩服を着ていて、顔や手足にわずかに汚れた痕があった。

（アルフレッド殿下⁉）

シリルは驚愕《きょうがく》に目を見開き、雷鳴のごとき一撃を脳裏に受けた。

アルフレッドは残された数少ない王族で、次期国王になる身だ。表向きは地方への視察とされていたが、実はクリムゾン島に行き、立ち入り禁止区に行っていた。その事実を宮廷魔法士だったシリルは知っているが、ここにいる誰も知らないだろう。そのアルフレッドが、こんなにタイミングよく、王宮に戻ってきた。

突然のヴィクトリア女王の死――シリルは身体を震わせた。

（誰かがギフトを得て、女王陛下の命を奪った‼）

点と点が繋がり、必死に声を抑えないと狂気的な笑いがこぼれそうだった。これは重大な秘密だ。ヴィクトリア女王の死を招いた愚かなギフト受諾者は、極刑に値する。ヴィクトリア女王の命を奪うくらいだから、よほど愛国心の強い人物か、ヴィクトリア女王の盲信者に違いない。

（誰だ⁉　まさかアルフレッド殿下⁉　レイモンド⁉　立ち入り禁止区に入った人物が誰か、僕は知らない。早急に調べなければ！）

これまでギフトの情報は統制されていた。立ち入り禁止区での情報は、一切漏らしてはならないという掟《おきて》もある。けれどギフトで能力を得た者が増えるにつれ、わずかながらも情報は漏れていった。特にレイモンドは魔法団団長をしていることもあって、その異能力を知る者は少なくない。レイモンドは《転移魔法》のことを特別なルートで手に入れた高位魔法と団員たちに話しているそうだが、ピンとくる者にはギフトだとばれている。

ギフトの代償で、ヴィクトリア女王を死に追いやったとすれば極刑だが、ギフトの情報を公にしたくない王家は、この事実を明かさないはずだ。

これを上手く利用して、自分の望むものを手に入れてやる。

シリルは口元を手で覆い、ギラついた目で血を流すヴィクトリア女王を見下ろした。自分の望みはただひとつ——再び、立ち入り禁止区に入り、司祭に会ってギフトをもらうこと。

それ以外、シリルの心を動かすものはなかった。

2 女王陛下の死

『お前に与えるギフトは《魔力相殺》。――その代償に、女王陛下の死を！』

少女の声が室内に響き渡り、レオン・エインズワースの世界は壊れてしまった。

ギフトと呼ばれる異能力を授ける少女が現れ、少女はレオンにギフトを与えた。本人は望んでいなかったのに。

レオンが狂ったように叫び、宙に浮いている少女の衣服の裾を摑み、床に引き摺り下ろす。

「何を！　何をしたのだ⁉　まさか女王陛下を⁉　嘘だ、嘘だ、嘘だぁあああ‼」

真っ青になったレオンはそう喚《わめ》きながら少女の首を締めつけた。止める間もなかった。レオンは憎い仇《かたき》に遭ったみたいに、躊躇《ちゅうちょ》なく少女をこの世から抹殺しようとした。

「おい、やめろ！」

傍にいた闇魔法の一族の村の男が、慌ててレオンを後ろから取り押さえ、少女から引き剝がそうとする。一人では暴れるレオンを止めるのは無理で、もう一人の村の男と二人がかりでようやく少女から引き離した。

「げほ……っ、か……っ、は……っ」

首を絞められた少女は苦しげに咳き込み、身を丸めている。

「離せ、離せ、離せぇぇぇ！　こいつを殺す！　さっきの言葉を訂正させる!!」

レオンは別人みたいに凶悪な顔つきで暴れ回り、村の男たちから羽交い締めにされた。その頃になってようやくマホロたちは呪縛が解けたように動きだした。

「まずいな、いったんこの場を離れるか」

マホロの隣にいた団長——レイモンド・ジャーマン・リードが剣に手をかけて呟く。それを制したのはアルフレッドだった。デュランド王国の次期国王であり、今はお忍びで敵地である闇魔法の血族の地に来ている。

「いや、もう少し様子を見よう」

二人の男に押さえつけられているレオンを見やりつつ、アルフレッドは目配せした。アルフレッドの視線につられて背後を見ると、いつの間にか村人らしき男が十数人マホロたちを囲んでいた。

「マホロ、傍を離れるなよ」

マホロの肩を抱いて、ノア・セント・ジョーンズが囁《ささや》く。マホロはノアにしがみつき、固唾《かたず》を呑んでこの場を見守った。一体どうしてこんなことになってしまったのか。それに——。

マホロはおそるおそるアルフレッドの横顔を覗いた。今、彼は無表情でレオンや村人、ノービルと呼ばれた長老を観察している。先ほど、女王の死を宣告された時に浮かべた笑みは一切見せていない。

（俺の見間違いだったのか？）

何とはなしにぞくっとして、マホロはアルフレッドから目を離せなくなった。見間違いに決まっている。唯一の肉親である祖母が亡くなったのだ。泣きこそすれ、笑うなんてあるわけがない。

そう自分に言い聞かせ、マホロはこわごわとこの国の次期国王を見つめた。


マホロは数奇な運命を辿ってこの場にいる。

幼い頃に孤児院にいたマホロは、五名家と呼ばれる貴族の一つであるボールドウィン家の血を引いていると言われ、サミュエル・ボールドウィンの家に引き取られた。そこには三つ上のジークフリートという子息がいて、マホロはずっと彼のために生きていた。

十八歳になった時に、魔法回路を持つ者だけが入学を許可されるローエン士官学校に入ってから、マホロの人生は大きく変わった。

主《あるじ》も同然だったジークフリートはかつて神国トリニティと呼ばれたカルト集団の教祖の忘れ形見で、闇魔法の血を引く、国家に仇《あだ》なす存在だった。実はマホロには魔法を増幅させる特別な魔法石が心臓に埋め込まれていて、ジークフリートはマホロを兵器として扱うために、マホロが在学中に事を起こした。ローエン士官学校のあるクリムゾン島で軍とジークフリートたちの間で凄惨な闘いが起こった。それまでジークフリートのために生きてきたマホロは、彼の残虐さについていけず彼の元を離れた。その後、軍に囚われたマホロは、自分が光魔法の血族だと知った。肌や髪、まつ毛に至るまで真っ白なのは、光魔法の血族の特徴だった。光魔法の血族は同じ光魔法の血族か、闇魔法の血族としか結ばれない。ジークフリートはマホロの正体を知ったうえで傍に置いていたことが分かった。

ローエン士官学校に入って、マホロはたくさんの人と出会い、変わっていった。これまでジークフリートはマホロが他者と関わるのを嫌っていたので、友達すらいない状態だったのだ。そんなマホロに、火魔法の血族のノア・セント・ジョーンズは求愛してきた。大勢の人を魅了する美しい顔立ちとは裏腹に毒舌家で、強引な男。最初は戸惑いつつ、やがてノアの強い愛情に絆《ほだ》され、マホロもノアを愛するようになった。

信頼していた仲間のオスカー・ラザフォードの裏切りによってマホロは一度はジークフリートの元に連れ去られたが、光の精霊王の力を借りて愛するノアの元に戻ってきた。けれど、同じ頃、ノアには闇魔法の血族の血が流れていることも判明した。赤毛になったノアを救ったのはこの国の次期国王であるアルフレッドだった。アルフレッドはノアに手を貸す代わりに、クリムゾン島への同行を依頼した。

アルフレッドと魔法団団長のレイモンド、水魔法の直系の子息であるレオン、そしてノアとマホロでクリムゾン島の立ち入り禁止区に足を踏み入れた。団長の異能力で、闇魔法の一族の村があるといわれる奥地までやってきた。

長老であるノービルという老婆《ろうば》の前に行くと、そこに現れたのは光魔法の血族の司祭であるオボロという少女だった。少女はレオンを指さし、ギフトを贈った。けれどその代償は、女王陛下の死だった。

「司祭に乱暴を働いたその男は、牢《ろう》に入れろ」

大理石が敷かれた広間の奥にある祭壇の前に立っていたノービルが重々しく命じた。ノービルは白髪《しらが》を三つ編みにした老婆で、黒い貫頭衣に金色の帯をしている。ノービルに命じられ、村の男二人がレオンを縄で縛り上げる。レオンの使い魔のドーベルマンは、何故か急にぐったりと床に倒れ、すっと消えてしまった。多分、レオンの身体の中へ戻ったのだろうが、様子が変だった。

残った村の男たちは、警戒はしているもののマホロたちをすぐに捕縛する様子は見せない。

「待ってくれ。確かに暴れた彼にも非はあるが、望んでもいないギフトを授けられたこちらにも言い分はある。彼の縄を解《ほど》いてほしい」

見かねて切り出したのはノアだった。ノアは今、艶《つや》やかな赤毛を垂らしている。ノアの整った美しい顔立ちと宝石のごとき青く美しい瞳が自分たちを囲んでいる男たちを見回す。ノアのハッとするような美麗な顔立ちに男たちも一瞬、気を呑まれた。彼らはおそらく闇魔法の血族だと思うが、赤毛の者はいなかった。全員黒い髪をしている。

アルフレッドはずっと気配を殺して団長の横にいて、ノアの動向を見守っている。

「ふむ。おぬしは闇魔法の血族らしいが、よそから来た者だな。我らはずっとこの男の出現を待っておったのよ。そういう意味ではこの男には感謝しておるがな。だが司祭に手をかけた罪を見逃すわけにはいかぬ。申し訳ないが、この男にはしばらく牢に入ってもらう」

ノアの鮮烈な視線を真っ向から受け止め、ノービルが顎《あご》をしゃくる。村人に押さえつけられ、レオンは意味不明の言葉を叫びながら引きずられていく。このままどうなるのかとハラハラしていたが、ノービルが視線を動かすと、じりじりと村人たちがマホロたちににじり寄ってきた。マホロの使い魔である白いチワワのアルビオンや、ノアの使い魔であるピットブルのブルが迫りくる村人に向かって吼《ほ》え立《た》てた。

「赤毛のお前はともかく、他の素性の知れぬ者たちを村の中へ入れるわけにはいかぬ。大人しく武器を渡し、持っている荷物を下ろすがいい。歯向かう気がないと分かれば、そなたらは客人扱いしよう。そこの赤毛のお前は素性を知りたいそうだな」

ノービルが持っていた杖をノアに向ける。

「――武器も荷物も下ろす気はない。そもそも、そんなものがあろうとなかろうと、関係ない」

ノアは氷のように冷ややかな視線をノービルに注いだ。ノアは無造作に指を鳴らす。とたんにノービルの持っていた杖が粉々に砕け散る。ノアの持つ《空間関与》の異能力で、杖を一瞬にして破壊したのだ。ノービルも含め、村人たちがいっせいにざわつき、後ずさっていく。

「その力は……っ」

ノービルが険しい顔つきでノアを凝視した。

「長老……、ま、……って」

緊迫した雰囲気を遮ったのは、床に蹲《うずくま》っていた少女だった。腰まで伸びた白い髪に、白い肌、白い貫頭衣にサンダルを履いた少女は、苦しそうに咽《のど》を摩りながら立ち上った。以前、水晶宮で出会ったまだ七、八歳くらいの幼い光魔法の血族の少女だ。

「彼はギフトを二つ手にしている。ここにいる人たちが束になっても、敵わない……」

少女がたどたどしく伝えると、村人たちの目に怯《おび》えと尊敬の色が混ざり合い、その場から動かなくなった。ギフトを二つ手にしたという言葉は、村人たちにとってよほど強烈だったらしく、先ほどまではにじり寄ってきたのに、今や完全に戦意を喪失したようだ。

「何と……、長い歴史の中でも珍しい……」

ノービルも驚愕《きょうがく》したのか、それまでの態度を改め、ノアに対して居住まいを正した。

「そういうことなら客人としてそなたらを扱おう。だが、先ほどの男は当分返すわけにはいかない。司祭に乱暴を働いた咎《とが》で、牢に入ってもらわねば、秩序が保てぬ」

きっぱりとノービルに言い切られ、ノアは窺《うかが》うようにちらりとアルフレッドを振り返った。

「老婆の言うことにも一理ある。ここは――」

アルフレッドが小声で言いかけるのを遮るように、団長の手がその肩をぐっと摑んだ。

「いったん引きましょう」

有無を言わせぬ口調で団長がアルフレッドに耳打ちする。団長の顔には焦りが浮かんでいる。

女王陛下のことが心配なのだろう。アルフレッドはかすかに眉根を寄せたが、仕方なさそうに肩をすくめた。

「レオンの命の保証をしてもらえるか聞いてくれ」

アルフレッドに囁かれ、ノアが同じ言葉をノービルに繰り返す。

「連れていった彼の命は保証してもらえるんだろうな？　いきなり処刑ということは？」

ノービルはにやりとした。

「それはない。我らにとって恩人でもあるからな」

愉悦に浸ったノービルの笑みは醜悪だったが、マホロは黙っていた。それを受け、団長とアルフレッド、ノアの間で話がまとまったようだ。

「この場は一度退《ひ》かせてもらう」

ノアがそう言い、くるりとノービルに背中を向けた。マホロはノアに手を引かれ、入り口へ向かって歩きだした。団長とアルフレッドも固まって移動する。闇魔法の一族の村人たちは、恐れるような、それでいて憧《あこが》れるような目つきでノアを見ていた。ノアが動くと人の波が二つに分かれ、入り口への道を開ける。

大きな扉を押し開けて、石造りの渡り廊下を進んだ。村人たちは無言でマホロたちが出ていくのを見守っている。後ろから捕まえられるのではないかと思ったが、そんなことはなく、無事に神殿を出ることができた。

「何てことだ」

門番のいた大きな門を出ると、団長が頭を抱えて呻《うめ》いた。すでに外は真っ暗で、月の明かりだけになっていた。団長と同じく、マホロも溜めていた息を一気に吐き出し、不安になって皆を見つめた。

「殿下、今すぐ王宮に戻りましょう。レオンのギフトの代償で女王陛下の命が危険にさらされている。もう手遅れかもしれないが……、いや、まだ可能性はある。マホロがいれば」

団長は足早に闇魔法の一族の村から遠ざかり、厳しい声を出した。

まさか闇魔法の一族の村に司祭がいて、レオンにギフトを授けるなんて考えもしなかった。マホロはアルフレッドを振り返った。女王陛下の死を知った時のアルフレッドが引っかかっていた。ふつうなら悲しむべき場面で、アルフレッドは笑っていたのだ。

「まだ一週間経っていない。俺はこの村の内部に入り、調査をしたい」

アルフレッドは不満そうに摑まれていた団長の手を振り払った。

「そんなことを言っている場合ですか⁉　女王陛下が亡くなったかもしれないのですよ⁉」

団長がアルフレッドを睨《にら》みつけて怒鳴る。王子であるアルフレッドに対して怒鳴るなんて大それた行為に思えたが、二人の間にはそれを許される関係があるらしい。アルフレッドは団長に怒るでもなく、わざとらしいため息をこぼす。

「分かっているよ。ちょっと言ってみただけだ。ああ、待て。村人が尾《つ》けてきている。ここで消えるのは得策じゃない」

アルフレッドはちらりと村のある方を見やり、小声で言う。今にも異能力を使おうとしていた団長は、しぶしぶ手を下ろして足を速める。

「茂みの辺りで《転移魔法》を使う。マホロ、君も一緒に王宮に連れていく。女王陛下が危険な状態だったら、光魔法で助けてほしい」

団長に硬い声音で言われ、マホロは小走りになって頷いた。

「ノアは、どうする？　貴殿は残るか？」

団長は闇魔法の血族との会話から、ノアをこの村に残しても支障ないと判断したようだ。ノアは一瞬だけ躊躇したが、ゆるく首を横に振った。

「マホロが行くなら俺も行く」

ノアに手を握られ、マホロは何とはなしにホッとした。ノアの心情的には村に残り、自分の本当の母親を探したいのではないかと思ったのだ。

「レオン先輩、大丈夫でしょうか……？」

マホロは不安になって村を振り返った。暗闇の中に蠢《うごめ》く人影がある。マホロたちを尾行しているのは彼らだろうか。

「おそらく大丈夫だろう。あの老婆、嘘を言っているようには見えなかった。――まぁ、本人は今、死にたい気分だろうが」

ノアに憐《あわ》れむように言われ、マホロはずんと落ち込んだ。

レオンは生真面目で清廉潔白を絵に描いたような先輩だ。家族を大事にしていたレオンの本当に一番大事な人が女王陛下だったのは驚きだが、自分のせいで女王陛下を死なせてしまったかもしれないという絶望を考えると言葉もない。

「レオンを連れてくるべきではなかった……」

団長がやるせなく呟く。いくぶん咎めるようにアルフレッドを見たので、マホロはどきりとした。レオンを伴うと決めたのはアルフレッドだ。肝心のアルフレッドは唯一の肉親を失ったにしては平然としている。

「――その辺でいいだろう」

アルフレッドは茂みの辺りで団長に合図した。団長の傍にマホロとノアも集まり、団長の身体に摑まる。アルビオンとブルはそれぞれの主の身体へいったん戻った。

「移動するぞ」

アルフレッドの身体をしっかりと抱きしめ、団長が異能力を使った。足元に魔法陣が浮かび上がり、白い光に包まれる。浮遊感があったと思ったのも束《つか》の間《ま》、重力を感じて身体が揺れた。ほんの一瞬の間に景色が変化していた。マホロたちは深緑色の壁紙に囲まれた広々とした部屋にいた。目に入る家具はどれも高級そうで、贅《ぜい》を尽くしたものばかりだ。絨毯《じゅうたん》はふかふかで、応接室なのか長椅子とテーブルが置かれている。

団長が手を離すと、マホロたちはそれぞれ身体を離した。

「俺の部屋だ」

戸惑っているマホロを見やり、アルフレッドが言う。ここは王宮のアルフレッドの部屋なのか。畏《おそ》れ多《おお》くてマホロが身を縮めていると、ノアが髪を掻きむしった。

「俺の髪が赤いままじゃないか」

ノアは闇魔法の一族の村に入るために、赤毛に戻っているのだ。このままでは外に出ることはできない。衛兵にでも見つかったら、即刻捕らえられるだろう。

「あの……魔法で髪を染められないのですか？　校長はよく髪色を変えてますよね」

マホロが思いついて言うと、ノアが首を振る。

「それは俺も何度かやってみたが、五分もすると元の色に戻る。校長はどうやって髪を染めてるんだ？」

ノアもひそかに髪色を変える魔法を試したそうだが、何故か上手くいかなかったようだ。市販の髪染め液は二、三ヶ月ほどもつが、今、手元にない。

「ノアはこの部屋に隠れて待っていろ。後で髪染め液を渡す。俺たちは女王陛下を訪ねる」

アルフレッドは扉越しに騒がしい声がするのに気づき、背負っていたリュックを下ろした。不満そうにノアは顔を顰《しか》めたが、仕方ないと思ったのか仏頂面《ぶっちょうづら》で長椅子にふんぞり返る。

「騒ぎになっていますね」

団長が眉根を寄せて、マホロの背中を押す。マホロは団長に引っ張られながら、ノアに「大人しくしていて下さいね」と声をかけた。アルフレッドを先頭に、扉を出る。

「アルフレッド殿下⁉　お部屋にいらしたのですか⁉」

部屋から突然アルフレッドが出てきて、見張りをしていた衛兵が面食らって叫ぶ。アルフレッドと魔法団団長、見知らぬ迷彩服の少年が出てきたので困惑するのも無理もない。マホロはぺこりと頭を下げた。

「ああ。騒ぎはどこだ？」

アルフレッドは腰が引けている衛兵に尋ねる。

「あ、そ、そうです、女王陛下が血を吐いて倒れたと！　執務室です！　お急ぎ下さい！」

もう一人の衛兵が、声高に言う。

「分かった。お前たち、この部屋に誰も入れるなよ？　しっかり見張っておいてくれ」

アルフレッドは衛兵二人に念を押し、廊下を急ぐ。マホロと団長もそれに倣《なら》って速足になった。

いっそ団長の《転移魔法》で移動すればと思ったが、そう上手くはいかないようだ。

「連続して自分が移動する《転移魔法》は使えないんだ」

団長が苦々しげに呟き、そういえば以前も同じように言っていたのを思い出した。連続して使えれば、襲撃の際に女王陛下やアルフレッドだけでなく、他の王族も助けられたと。マホロたちは小走りに廊下を進み、執務室へ急いだ。王宮中、ひっきりなしに人が動き回っていて、女王陛下の一大事がまたたくまに伝わっていた。近衛騎士が数人、「この場にいた者を誰も出すな！」と声高に話し合っていて、アルフレッドと団長が現れるなり、ハッとして駆け寄ってきた。どの顔も、悲痛な面持ちだ。

「アルフレッド殿下！　団長！　女王陛下が――」

「分かっている、今から向かう」

近衛騎士たちの叫びを遮り、団長が執務室の扉を開ける。

執務室には、大勢の人が集まっていた。壁際には侍女や従者たちが、部屋の中央にある重厚な机を囲むように近衛騎士や魔法士、宮廷医師、それに見慣れぬ服装の男女が立っていた。

「アルフレッド殿下！」

室内にいた全員が声を上げ、息を呑んだ。アルフレッドに道を開けるように、人垣が割れる。

彼らの真ん中にいたのは、黒い制服を着た眼鏡の中年男性の腕に抱かれ、倒れている老婦人だった。髪をアップにまとめ、仕立てのいい紺色のドレスを着ていた。絵や写真でしか見たことがないが、女王陛下だとマホロも分かった。女王陛下は鎖骨から胸にかけて血を吐いた痕があった。口元の血は拭《ぬぐ》われたようだが、その顔に生気はない。

「アルフレッド殿下、残念ながら遅かったようです」

女王陛下の脈をとっていたのは、宮廷医師らしき白衣の男と、膝まで隠す上衣とズボン、紫色のマントを着た少年だった。周囲の人々の囁きで、女王陛下を抱いている眼鏡の男は宰相《さいしょう》だと知った。宰相も宮廷医師も、目尻から涙がこぼれて、絶望的な表情だ。

「女王陛下は崩御されました。突然のことで……治療する間もなく」

宮廷医師が目元を拭って言う。

「回復魔法をかけましたが、効果はありませんでした」

紫色のマントを着た少年だけが表情ひとつ変えずに言う。後ろに似たような服装の男女が三名いたが、真っ青になって泣いている。彼らは魔法士なのだろう。

「身体に傷はない、毒でも飲まされたのか⁉　執務室にいたのは侍女だけだったはずだ！　どこからか賊でも入ったのか⁉」

宰相が侍女たちに詰問する。宰相に見据えられ、侍女たちは血の気を失った顔で身をすくめ、泣きながら首を横に振る。緊迫した雰囲気になり、先ほどまでのざわめきが消えた。その場にいた近衛騎士や魔法士たちが、女王陛下の死に立ち会った侍女に視線を集める。

「わ、私たちにもどうして突然血を吐いて倒れたのか……っ」

「女王陛下は何も飲んでませんし、口にもしておられませんでした！」

侍女たちは身の潔白を証明しようと、躍起になって泣き叫ぶ。

「そんなはずはない！　女王陛下は今朝も元気なご様子だった、どうしてこんな――」

宰相が納得いかないと言わんばかりに声を荒らげる。

「女王陛下……間に合わなかった私をお許し下さい……」

団長が苦しげに呟き、物言わぬ女王陛下の前に跪《ひざまず》いて、顔を手で覆う。団長は呻くような声を上げ、ぶるぶると身体を震わせた。その姿に近衛騎士や魔法士も悲嘆に暮れた。少し前の襲撃で女王陛下の命を救った団長の無念さを思ったせいだ。

「ああ、おいたわしい、女王陛下……っ」

「まさか、お前たちのしわざなのか！」

近衛騎士は、突然の主君の死に動揺して、侍女を疑ったり、涙を流したりして混乱していた。マホロは人々の喚き声や泣き声に胃がしめつけられるようだった。レオンがギフトをもらったせいで、女王陛下が死んだなんて、この場にいた者は誰ひとり想像もしていなかっただろう。

「――皆の者、鎮まれ」

人々の騒ぎを一瞬で収めたのは、アルフレッドの落ち着いたひと声だった。皆、とたんに口をつぐみ、女王陛下の傍に歩を進めるアルフレッドに視線を吸い寄せられる。

アルフレッドはゆっくりと女王陛下の前に膝をつき、その腕をとった。脈拍のないことを確認し、アルフレッドは女王陛下の手を額に押し頂いた。

「女王陛下……、あなたまで喪《うしな》うとは……」

アルフレッドが世にも悲痛な声を上げ、唇を噛んだ。その悲しみに触れたように、その場にいた者がもらい泣きをする。マホロも目を潤ませ、アルフレッドの背中を見つめた。闇魔法の一族の村では愉悦の笑みを浮かべていたアルフレッドだが、突然の祖母の死で、悲しみが押し寄せたのだろう。

「マホロ、お前は死者を生き返らせることができるか？」

顔を上げたアルフレッドに聞かれ、マホロはびくりとした。その場にいた皆の視線がいっせいにマホロに向けられる。マホロのことを知らない者も混在していたが、先の襲撃でマホロに怪我《けが》を治してもらった者がいて、彼ならもしかしてと騒ぎだす。

「彼は光魔法のマホロ。彼にも、魔法を試させてほしい」

アルフレッドはその場にいた者に説明するように告げ、マホロに手を差し伸べた。

「……一応やってみます」

できないと言える雰囲気ではなく、マホロはおずおずとアルフレッドの手をとった。宰相が期待を込めてマホロを凝視する。マホロは女王陛下の遺体の前に膝をつき、宙に光の精霊王を呼び出すシンボルマークを描き、祈りを捧げる。

「光の精霊王、どうかここにいらして、女王陛下の命を救って下さい」

マホロが目を閉じて呼びかけると、天井から光の粒が降ってきた。空気が重くなり、部屋全体に神々しい光が満ちていく。空間に重なるように光の精霊王が降りてきて、持っていた錫杖《しゃくじょう》を振る。

「お、おお……、これが光の精霊王……っ」

女王陛下の傍に立っていた紫色の衣装をまとった少年が、上擦った声を上げる。彼と団長にはマホロと同じく光の精霊王が視《み》えているようだった。その他の人々には光の精霊王は視えないようだったが、何か神々しい存在が降臨したと察して次々とその場に膝を折る。

『死者を生き返らせることはできぬ。それは理《ことわり》に反すること。代わりに死者を天の国へ連れて参ろう』

光の精霊王が錫杖を女王陛下の遺体に向ける。すると、身体から女王陛下と同じ姿をしたものがするりと抜け出てきた。戸惑ったように自分の倒れている身体を見下ろし、周囲の人々を見やる。マホロは一度同じ経験をしているので、女王陛下の魂だとすぐに分かった。

「女王陛下……」

マホロが声をかけると、女王陛下が物憂げな視線をマホロやアルフレッド、周りを囲む人々に向けた。

『私は……死んだのか。まだやるべきことは山のようにあったのに！』

女王陛下が嘆きながら顔を覆う。

「はい……あの……」

マホロは何と言っていいか分からず、口を結んだ。周囲の人々はマホロの声しか聞こえないので、何が起きているかとざわめきだす。

『お前は……光の子か』

女王陛下がマホロに気づいて、目を見開く。マホロが見つめ返すと、女王陛下は背筋を伸ばし、威厳のある顔つきでマホロと対峙《たいじ》した。

『どうやら私の声はお前にしか聞こえないようだ。アルフレッドに伝えなさい。知への欲求で身を滅ぼしてはならない。王として為《な》すべきことを為せ——と』

凛《りん》とした眼差しで女王陛下に告げられ、マホロは慌てて頷いた。光の精霊王が左手を女王陛下の頭上へ伸ばす。すると天井を突き抜けて一条《ひとすじ》の光が届いた。女王陛下のところだけ照明が当てられたみたいに光っている。

『刻限だ。光の道を進め』

光の精霊王が女王陛下に道を示す。女王陛下はまだ言いたいことがあるようだったが、その身体はふわりと浮かび上がった。

『デュランド王国に栄光あれ』

女王陛下の切なる声が響いた瞬間、女王陛下の声が聞こえないはずの近衛騎士や侍女たちが同時に震えた。光の精霊王の姿が消え、女王陛下の魂魄《こんぱく》も溶けて消える。室内に伸し掛かっていた重圧も消え、団長がその場に膝を折った。

「やはり駄目か……」

声が聞こえていなかった団長だが、光の精霊王の動きで女王陛下の命は戻らないと察したよう

だ。がっくりと肩を落とし、重苦しい息をこぼす。同じく光の精霊王を視ていた紫色のマントの少年は、口元を押さえてうつむいた。

「すみません……。亡くなっている者は生き返らせられないと」

マホロは申し訳なくて目を伏せた。その場にいた近衛騎士や侍女たちがさめざめと泣きだす。女王陛下の傍にしゃがみ込んでいたアルフレッドは、宰相に向かって目配せをする。宰相が深く頷き、女王陛下の身体を抱えて立ち上がった。

「女王陛下が今日口にしたものをすべて書き出すように。遅効性の毒の可能性もある。毒味をした者のリストも作ってくれ。医師は引き続き、女王陛下の身体に異変がないか調べてくれ。病気の予兆はなかったのか、これまでの診断結果を見せてほしい」

宰相は重々しく周囲の者に指示を始めた。

「宰相、女王陛下の亡骸《なきがら》を清めてくれ。ロッド、侍女たちの身体検査をして、毒物が見つからなかったら彼女たちを解放するように」

アルフレッドは落ち着いた声音で部下に命じた。ロッドというのはアルフレッドの信頼する女性の近衛騎士だった。女性ながら短髪で、身体つきもしっかりしているので一見男性に見える。ロッドはすぐに「分かりました」と敬礼し、侍女たちを別室へ連れていく。毒物などあるわけないのにとマホロは思ったが、口にはしなかった。女王陛下がギフトの犠牲になったと、アルフレッドは明かさないつもりだと察したからだ。実際、この緊迫した雰囲気の中で、もしギフトのせいで死んだと知れたら、とんでもない騒ぎになる。レオンは女王殺しの犯人にされてしまう。エインズワース家もただではすまないだろう。

ちらりと団長を見ると、団長も黙秘すると決めたようで口を固く閉ざしている。

「女王陛下のお身体を寝室へ！　誰か、お身体を包む聖布を教会から取ってこい！」

近衛騎士たちが悲愴《ひそう》な顔つきで、女王陛下の遺体を運ぶ宰相に回り込む。アルフレッドは団長とマホロのほうに戻ってきて、様子を窺った。

「一度部屋に戻ろう」

アルフレッドがそう言うと、すっと前に出てきた少年がいた。紫色のマントを羽織っている。

「シリルか、後にしてくれ」

声をかけようとした少年を制して、アルフレッドが言う。するとシリルと呼ばれた少年は、唇の端を吊り上げて、お辞儀をした。

「そちらは光魔法の一族の子、マホロですね？　よろしかったら、少しお話をさせていただきたいのですが」

あどけないしぐさで話しかけられ、マホロはたじろいで団長を振り返った。誰もが悲しんでいるこの状況で、シリルだけは平素と変わりないように見えた。年の頃は十五、六歳というところだろうか？　マホロよりずっと若そうだが、シリルは光の精霊王を視ていた。精霊を視る目を持っているのだ。ただものではないだろう。

「マホロ、彼はシリル・エインズワース。少し前まで宮廷魔法士を務めていた、四賢者の一人だ。少年の姿をしているが、ダイアナより十歳若いくらいだから見くびるな」

団長に素っ気ない口調で紹介され、マホロは目を瞠《みは》った。シリルは年齢をばらされたせいか、一瞬面白くなさそうな顔をした。眇《すが》めた目になると、確かに少年とは思えない、奥深さを感じる。四賢者の一人――精霊を視る目を持っていたのも頷ける。宮廷魔法士は、魔法士の中でもより優れた才能を持つ者が就《つ》ける職と聞いている。見た目はマホロより幼いくらいだが、校長より十歳若いとすれば六十歳前後だろう。

「は、はじめまして……」

マホロはどぎまぎして頭を下げた。

「マホロに用があるなら後にしてくれ。彼とはまだ少し話すことがあるんだ」

アルフレッドはシリルを牽制《けんせい》するように言い放つ。分かりましたとシリルは素直に頷いたが、執務室を出たアルフレッドや団長、マホロの後を、無言でついてくる。石造りの廊下を革靴で歩く音だけが響き渡り、マホロはちらちらと後ろを振り返った。シリルはニヤニヤしたままついている。

「アルフレッド殿下、クリムゾン島へ行かれていたのですよね」

周囲に誰もいなくなった頃合いを見計らい、シリルが好奇心を隠さず切り出す。アルフレッドは無視して歩いている。

「ずいぶんとタイミングのよいご帰還でしたね。女王陛下が亡くなって、すぐ《転移魔法》で飛んで戻るとは――虫の知らせでもありましたか？」

シリルに探るように言われ、マホロはもう少しで声が漏れそうになってしまった。シリルは四賢者なので、団長の《転移魔法》も知っているだろうし、アルフレッドがクリムゾン島へ行っていたのも知っているのだろう。シリルの指摘はもっともだ。遠いクリムゾン島でどうして女王陛下の死を知ったのか、疑問に思っても不思議ではない。マホロは不安になってアルフレッドと団長を見やった。レオンの話をするのだろうか？

「シリル。——何度も同じことを言わせるな」

振り返ったアルフレッドが氷のように冷たい眼差しでシリルを見据える。その瞳に、気圧《けお》されてシリルは身を屈《かが》めた。

「申し訳ございません。では、使いの者を寄こして下さい。ぜひそちらの光魔法の子と話してみたいのです」

シリルは深々と頭を下げ、くるりと踵《きびす》を返して去っていった。マホロは安堵の息を吐き、団長とアルフレッドに駆け寄った。

「すまないね、マホロ。あいつは癖のある奴だから、あまり君と話をさせたくなくて。一度俺の部屋に戻り、これからのことを考えよう」

アルフレッドが優しく微笑みながらマホロの頭を撫でる。アルフレッドの瞳は吸い込まれるように綺麗で、マホロはぽっと頬を赤らめて頷いた。

衛兵たちの敬礼を受けながら、アルフレッドと団長、マホロは再びアルフレッドの私室へ戻ってきた。ノアは長椅子に座って、目を閉じていた。

「どうなった？」

マホロが近づくと、ノアが起き上がる。

「女王陛下は……助けられませんでした」

マホロが沈痛な面持ちで言うと、ノアが無言で抱きしめてくる。もっと早く駆けつければ、マホロが助かったように、女王陛下も助けられたかもしれない。言っても詮無《せんな》いことだが、この国の王族がまた一人消えてしまった。

アルフレッドは応接セットにマホロたちを座らせた。この中で一番ショックを受けているのは、団長のようだった。マホロにとって女王陛下は雲の上の存在で、ノアに至っては、女王陛下が死のうがどうでもいいと言いたげだ。アルフレッドはすでに感情を顔に出さなくなっていて、淡々としたそぶりで、団長に外の音を遮断する魔法をかけるよう命じた。誰かに聞かれることを警戒しているのかもしれない。

「お前たちに命じることがある」

団長がこの部屋の会話が漏れなくなる魔法をかけると、アルフレッドは団長とマホロ、ノアを順番に見やり、低い声で切り出した。

「レオンがギフトの代償で喪ったものについては、今後一切口にしてはならぬ」

アルフレッドに命じられ、マホロは居住まいを正した。アルフレッドはレオンと仲がいいので、友人のために不都合な事実を隠蔽《いんぺい》する気だ。だが、言われるまでもなく、レオンのためにも口をつぐむつもりだった。

「分かりました」

「俺も構わないが……本人が納得するかな」

ノアは目を細めた。生真面目なレオンのことだ。自らの罪の告白をしないとは言い切れない。

「それでよろしいのですか？」

団長はアルフレッドの気持ちを確認するように、じっと見つめる。団長の顔には苦悩の様子が窺える。わずかながらも迷いがあるのだ。立ち入り禁止区での情報はコントロールされているが、この中の誰か一人でも、女王陛下の死がレオンの責任だと公にしたら、レオンは処刑される。

「無論。女王陛下が死んだのはレオンのせいではない。罪があるとしたら、あのオボロとかいう少女だろう。この件に関してはレオンに一切の責任はない。全員の納得が得られたら、誓いの契約をしてくれ。団長」

アルフレッドは団長に目で合図する。団長は吐息をこぼして、空間に円を描いた。そこから羊皮紙とペンを取り出す。アルフレッドは団長から羊皮紙とペンを受け取ると、さらさらと書き記していく。

「誓いの契約……？」

マホロが首をかしげると、ノアがちらりと羊皮紙を覗き込む。

「契約魔法の一種だ。契約書の内容に納得してサインすると、その契約を破れなくなる。連名の場合は、より効果が強くなる」

ノアに説明され、マホロは感心した。アルフレッドは書き終えると、刻印を持ち出して羊皮紙に押した。羊皮紙に一瞬、光が灯《とも》る。

「王家の印があると、よりいっそう強い効果を持つ」

ノアがマホロに耳打ちした。

「レオン・エインズワースのギフトの代償となったものに関して、我らは口をつぐむものである。これは王家が存続する限り続くものである――これでよろしいですか？」

団長が全員を見回して問うた。マホロたちは契約書を読み込んで了解した。アルフレッドがサインをして、取り出したナイフで指先を傷つける。アルフレッドは血判をした。ノアとマホロも順番にサインして、同じように血判をした。最後に団長が名前を書き込む。

「では、契約執行だ」

団長が呪文を唱えて羊皮紙を頭上に掲げる。とたんに羊皮紙が火に巻かれ、すすとなって床に舞い散った。これで終わりだろうかと思った瞬間、身体に何か鎖が巻きついた。びっくりして背筋を伸ばすと、鎖はふっと消えた。

「これでもう話せない。試しに言ってみろ」

ノアに悪戯っぽい声で促され、マホロは口を開いた。

「レオン先輩のギフトの代償が――」

女王陛下、と言いかけたマホロは、脳から電流が走って、よろめいた。

「い、今のは？」

焦って周りを見回すと、ノアがニヤニヤしている。これが誓いの契約なのか。しゃべろうと思っても声が出ないし、強烈な痺れが生じた。

「ここまでするとは、俺が思うよりも殿下はレオンを大切に思っているのか？」

皮肉げにノアに聞かれ、アルフレッドがにこりと笑う。

「彼は大切な臣民だよ」

アルフレッドの慈愛に満ちた微笑みに、ノアはうさんくさそうに顔を歪める。

「それより俺の髪を黒くする薬をくれ。このままじゃ外に出られない」

マホロの頬から手を離し、ノアがアルフレッドに手を差し出す。アルフレッドが団長に目配せすると、団長が空間に円を描き、そこから小瓶を取り出す。

「ダイアナのところでやってくれ」

小瓶を受け取ったノアに、アルフレッドがさらりと告げる。

「では、彼らはローエン士官学校に連れていきましょう」

団長が頷き、提案する。マホロたちとしても、そのほうが助かる。

「レオン先輩はどうするのですか？　このまま放っておきませんよね？」

マホロは心配になってアルフレッドに言い募った。司祭を殺しかけた罪で牢に入れられたレオンはすぐには解放されないだろうが、せめて近くにいてあげたかった。

「しばらくはクリムゾン島へは行けないだろう。女王陛下の死で慌ただしくなるはずだ。だが、レオンは必ず連れ戻す。それは約束しよう」

アルフレッドがきっぱりと言った。マホロは安堵して肩から力を抜いた。レオンのために誓いの契約まで立てた彼なら、約束を違《たが》えないと確信したからだ。

「では、二人をダイアナの宿舎へ連れていきます」

団長が頷いて、ノアとマホロの腕を摑む。ハッとしてマホロはアルフレッドに近寄った。

「あの、殿下。女王陛下からの言伝《ことづて》があるのですが――」

魂になった女王陛下から託された言葉を思い出し、マホロはアルフレッドを窺った。アルフレッドの目の色が変わり、耳を傾ける。

「女王陛下は、『知への欲求で身を滅ぼしてはならない。王として為すべきことを為せ――』と言っておりました」

マホロが聞こえた言葉を緊張して正確に伝えると、アルフレッドの瞳がマホロを射貫《いぬ》くように鋭く見つめてきた。思わず緊張して身を反らすと、アルフレッドが前髪を搔き上げ、白い額を見せる。

「おばあさまは、俺の一番の理解者だった」

ぽつりとアルフレッドが呟く。アルフレッドの本心が伝わってきた気がして、マホロは胸が詰まった。女王陛下の最期の言葉がどういう意味を持つのかマホロには本当のところ、理解できていないかもしれない。けれど、二人の間には血縁であること以外にも、王家を守るという大きな決意が秘められているのだと理解した。

「ありがとう、マホロ。肝に銘じておくよ」

にこりと笑って、アルフレッドが胸に手を当てた。

「あと、シリルさんはいいのですか？」

言伝は託したものの、先ほど会ったシリルはマホロと話したいと言っていた。無視して帰ることになりはしないだろうか？　ノアは名前を聞いて誰だかすぐに分かったようで、不審げにこちらを見る。

「あの男にはのっぴきならない事情があり、君は帰ったと言っておくよ。案じることはない、どうせいずれ嫌でも会う日がくるから」

悪戯っぽい笑みを浮かべ、アルフレッドが軽く手を振る。同時に団長が《転移魔法》を使い、足元に魔法陣が浮かび上がった。唐突な浮遊感に、マホロはぎゅっと団長の腕にしがみついた。何度経験しても慣れるものではない。すぐにまた重力が伸し掛かり、マホロは身体をぐらつかせた。

「――着いたぞ」

校長の宿舎のリビングに景色が変わり、マホロはふーっと大きく肩を落とした。目の前に校長が立っていて、突然現れたマホロたちに驚いている。校長は若い女性の姿で、ボブカットの青い髪にガウンを着ている。キッチンとテーブルや椅子が置かれたリビングが繋がっている広い部屋だ。

「こんな夜中に女性の家へ！　え、ちょっとアルフレッド王子とレオンがいないじゃないか、何事さ！」

校長は寝るところだったらしく、動揺している。部屋の隅には校長の使い魔のロットワイラーが二頭いて、けたたましく吼え立てる。

「すまない。アルフレッド殿下は王宮へ運んだ」

団長が申し訳なさそうに言うと、ロットワイラー二頭は吼えるのをやめた。校長は何か起きたと察し、椅子を引く。

「すぐには力を使えないだろう。何が起きた？　それにノアの髪色……」

校長はノアを見据え、顔を引き攣《ひ》《っ》らせている。ノアはキッチンに勝手に入り「使うぞ」と言って髪色を黒に染めるための作業を始めた。マホロもそれを手伝い、小瓶から液体を取り出してノアの髪に浸透させていく。

「——女王陛下が崩御なされた」

団長は校長の向かい側の椅子に腰を下ろし、端的に告げる。

「まさか⁉」

校長が大声を上げて腰を浮かせた。マホロは二人の様子が気になりながらも、シンクに頭を突っ込んでいるノアの髪を櫛《くし》で梳《す》いた。この液体は髪につくとすぐに色が変化する。どんな原材料を使っているのだろうか？

「レオンは無事だ。だが、しばらくとある場所にいる」

団長は淡々と述べる。校長はいぶかしそうに団長を見やり、団長は無言で腕を組んだ。わずかな間に校長は点と点を繋げ、何が起きたか推理した。

「レオンはギフトをもらったのか……⁉　その代償に女王陛下の命が……⁉」

「……」

団長は校長の問いに何も答えなかった。誓いがあるので、それに関しては何も言えないのだ。

「何故、沈黙している……？　もしかして誓いの契約を交わしたのか？」

校長はピンときたのか、椅子に座り直し、団長だけでなくマホロやノアにも目を向けた。全員黙っているので、校長はわずかなヒントから推測するしかない。

「待て、待て、分かったぞ。ノアの髪が赤い理由が……っ。あのくそ王子、敵情視察のつもりか！　まさかレオンは森の人のところに……⁉」

校長はひとしきり喚き、頭を抱えてうなだれた。さすがの校長も、レオンが闇魔法の血族に囚われているとは推理できなかったようだ。マホロは二人のやりとりを聞きながら、濡れたノアの髪をリュックから取り出した布で拭った。

「ヴェントゥスの精霊よ、我の髪を乾かしたまえ」

ノアは腰にかけていた杖を取り出し、小さく呟く。とたんにノアの頭上に風が起こり、あっという間に髪を乾かす。

「すごい」

日常で魔法を使いこなすノアに拍手する。ノアは長い黒髪を手で払い、校長と団長のいるリビングに戻った。マホロもくっついていく。

「お茶でも淹《い》れますか？」

頭を抱えている校長を見かねてマホロが言うと、「酒をくれ」と低い声で校長に頼まれた。

「ダイアナ。俺たちはこの件に関して何も話さないという誓いを立てた。あなただから情報を共有しただけだ。レオンはしばらくしたら迎えに行く」

団長が身を乗り出して校長に伝える。マホロは戸棚から校長の好きな酒が入った瓶を取り出して、グラスと共にテーブルに運んだ。一度ノアの異能力で破壊されたこの部屋だが、戸棚やキッチン周りは以前と同じようなものが置かれている。マホロはお酒を飲まないが、一応グラスは四人分用意した。

「女王陛下が……ヴィクトリアがもうこの世にいないのか……」

校長が重苦しい顔を上げて、酒瓶に手を伸ばす。その目に光るものがあって、マホロは胸を締めつけられた。校長が四人分のグラスに酒を注ぎ始め、ノアとマホロも腰を下ろした。

「この国は一体どうなるんだ。王族のほとんどが殺され……ああ畜生、また置いてかれた。この歳《とし》になるとどんどん周りが逝ってしまう」

校長はそれぞれのグラスを手渡し、自分のグラスにはなみなみと酒を注ぐ。

「レオンは大丈夫なのか？　あの子は王家の狗《いぬ》だぞ。あの子が女王命だとは知っていたが……、まさか家族よりも大事に思っていたとは」

校長はグラスを大きく傾け、うなだれた。マホロは怖くなってノアを窺うと、急に不安になった。やはり今すぐ救出に行くべきではないだろうか。

「レオンについてはひとまず、何もできない。うむ。そろそろ戻れそうだ。俺はやることがたくさんあるので王宮に戻る。何かあったら、連絡してくれ」

団長は時計を確認し、グラスを空にして立ち上がった。団長は数歩歩いて、床に魔法陣を浮かび上がらせると、次の瞬間には姿を消していた。マホロはちびちびと慣れないお酒を舐《な》めながら、どんよりとした様子の校長を窺った。校長は女王陛下と幼馴染《おさななじ》みだと言っていた。きっと悲しみに暮れているに違いない。どう慰めればいいか分からない。

「他に報告することはあるかい？」

しばらく沈んでいた校長だが、理性を取り戻したように尋ねてきた。マホロは道中の話を校長に細かく伝え、結局、闇魔法の血族については何も分かっていないと明かした。校長は思わせぶりな目でノアを見やる。

「明日は朝一番で王都に発《た》たねばならない。君たちも疲れたろう。午前の授業は免除してあげるから、もう休みなさい」

グラスの酒を飲み干し、校長が憂いを帯びた瞳で言う。マホロは席を立った。グラスの半分くらいまでしか飲んでいないのに、顔が熱くなっている。

「失礼します」

校長の宿舎をノアと一緒に出ると、外は満天の星だった。すでに時刻は深夜二時。ノアが杖を取り出して明かりをつけないと、足元も覚束《おぼつか》ない。

「……疲れましたね」

寮に向かって歩きながら、マホロはぽつりとこぼした。

今日はいろんな出来事が起きすぎた。闇魔法の一族の村でレオンがギフトをもらい、女王陛下が死んだなんて今でも信じられない。《転移魔法》の力で闇魔法の一族の村から王都へ、クリムゾン島へと移動も多かった。お酒を飲んだせいか、今頃ずっしりと疲れが身体に伸し掛かってきた。

「俺もさすがに頭が回らなくなってきた。部屋に帰ったら、さっさと寝たい」

ノアも肩にかかる髪を手で束ね、首を振る。

教員宿舎の建物を離れると、右手にローエン士官学校の校舎が見える。左手にはロの字形に造られた寮があり、ローエン士官学校に通う学生は全員ここで暮らしている。A棟からD棟まである建物の校舎には入り口が二つあって、そのうちの一つからマホロとノアは入った。アーチ形の玄関には止まり木にフクロウがいて、出入りするマホロとノアを確認する。以前は二階の相部屋を使っていたマホロだが、復学した時にプラチナルームと呼ばれる三階の個室へ移動した。

「おやすみなさい、ノア先輩」

お酒が入ってぼーっとしながら、マホロは部屋の前でノアに頭を下げた。ノアはマホロの肩を抱いてマホロの部屋に勝手に入ってきた。

「あの……？」

「疲れた。眠い」

そう言ってノアは奥にあるベッドにマホロの身体を引っ張った。

「ひえっ」

ノアはリュックは下ろしたものの、靴を履いたままベッドに倒れ込み、寝息を立てる。ノアに強引にベッドに引きずり込まれたマホロは、部屋に戻るよう言おうかと思ったが、抗えない眠気に負けて目を閉じた。

（レオン先輩……大丈夫だろうか）

うつらうつらとしながら、マホロは眠りに落ちる寸前までレオンの身を案じた。


翌朝目覚めた時には、日は高く昇っていた。隣を見ると、ノアがマホロを抱きしめたまま寝息を立てている。だるい身体を起こし、マホロは身体にかかっていたノアの腕を解いた。信じられないことに、昨夜はリュックを背負ったまま寝ていた。

（そっか。寮に戻ってきたんだっけ）

ぼんやりした頭を振って時計を確認する。十一時半なので、思ったよりも寝こけてしまった。風呂で身体を綺麗にしたら食堂に昼食を食べに行きたい。マホロはリュックを下ろし、汚れた迷彩服を脱いだ。リュックを背負ったまま寝たせいで、身体のあちこちが痛い。

「アルビオン、出ておいで」

杖を使って使い魔を呼び出すと、マホロの身体から白いチワワがぽんと飛び出してきた。アルビオンはワンワンと嬉しそうに吼え、マホロの周りをぐるぐる回る。

マホロは浴室にあるバスタブに蛇口をひねって水を溜めた。プラチナルームには浴室があり、魔法具の蛇口をひねれば水が出てくる。お湯にするには魔法が欠かせない。マホロは魔法のコントロールが苦手なので、溜めた水を前にして息を整えた。

宙に火の精霊のシンボルマークを描く。続いて水を温めるシンボルマークも。

「キャン！」

一瞬のうちにバスタブの水が沸騰して、熱い飛沫《ひまつ》がアルビオンを襲った。アルビオンはパニックになったように駆けだし、ベッドにいるノアに飛びついた。

「……何やってるんだ？　火傷《やけど》する気か？」

顔に張りついたアルビオンの首根っこを摑み、ノアがあくびをしながら起き上がる。バスタブの水がぼこぼこと沸騰しているのを見て呆れている。

「冷めるまで待たないと……」

がっかりしてマホロがうなだれると、ノアがマホロの杖を借りて、「精霊アクアよ」と唱える。

ノアは湯の温度を調節して、大きく伸びをした。

「俺も入る」

マホロが裸なのを見やり、ノアも服を脱ぎ始めた。

「狭いですよ？」

マホロがバスタブに足をつけて言うと、ノアはニヤリとしながら裸になって入ってきた。ノアのおかげでちょうどいいお湯加減になっていて、マホロは表情を弛めた。お湯を掬《すく》い、顔を濡らす。ノアは身体を伸ばして、肩まで湯に浸かり、マホロの腰を抱き寄せた。アルビオンは長椅子に行き、身体を丸くして寝ている。

「マホロ」

湯気の立つバスタブの中、ノアの身体に抱き込まれ、口づけられる。石鹸《せっけん》を泡立てながら互いの身体の汚れを落とす。一通り綺麗にすると、マホロは心地よさに目を細めながらノアの身体にもたれた。

（ん？　ちょっとこの体勢、やばいような）

身体を洗いたいという思いが強くて風呂に入ったが、重なり合っていると、腰の辺りにノアの下腹部が触れる。しかも気のせいか、ノアはキスをしながらマホロの胸を撫で回している。

「ノアせん、ぱ……」

口をふさがれながら、乳首を強めに摘まれ、マホロはびくっと身体を揺らした。口内にノアの舌が入ってきて、息苦しくなる。ノアは乳首を弄《いじ》りつつ、もう片方の手を性器に伸ばす。

「ノア先輩、授業に出ないと……っ」

お風呂に入っているのは、身を清めて授業に出るためだ。校長が免除してくれたのは午前の授業だけで、午後は欠席扱いになってしまう。

「あのな、一度ヤってから、ぜんぜんヤれてないんだぞ？　いい加減、抱かせろ」

マホロの乳首を指先でクリクリと弄んでノアが言う。上顎を舌で探られ、マホロは身を縮めた。避けようとしてもノアの唇が追ってきて、あちこちを舐められる。そうこうするうちにノアの大きな手が身体中を撫でていき、下腹部が半勃《はんだ》ちしてしまった。

「ノア先輩ぃ……もぅ……」

マホロが赤くなって身を離そうとすると、首筋に甘く噛みつかれた。首筋をきつく吸い上げ、そのまま耳朶《じだ》をしゃぶられる。湯の中でノアの手がマホロの性器を握り、軽く扱《しご》かれる。

「うう、う……、はぁ……、はぁ……」

次第に気持ちよさが理性を上回ってしまい、マホロは息を乱して身悶《みもだ》えた。ノアの手の中でマホロの性器が反り返る。湯を撥《は》ね上《あ》げ、マホロは足をもじつかせた。

「ひゃっ」

性器から手が離れたと思う間もなく、尻のはざまに指が差し込まれる。強引に中指を尻の穴に入れられ、マホロは大きく身を揺らした。お湯が入ってきそうで怖い。

「狭いな……」

中に入れた指を動かし、ノアが耳朶のふっくらした部分を舐める。ノアと繋がった時のことを思い出し、マホロは頬を紅潮させた。初めてノアの性器を受け入れた時は、衝撃がすごすぎてしばらく使いものにならなかった。またあんなふうになってしまうのではないかと、不安になる。

「ノア先輩……っ、あのぅ、今はやめていただきたく」

マホロが涙目で肩越しに訴えると、ノアが興奮したように腰を押しつけてきた。太ももにノアの勃起した性器が押しつけられ、マホロは真っ赤になった。

「そういう顔をすると、余計に煽《あお》られるって何故学習しない？」

ふいにノアが指を引き抜いて湯から立ち上がり、マホロの身体を持ち上げた。そのまま床を濡らして、ベッドへ連れていかれる。

「ひえっ」

びしょ濡れのままベッドに下ろされて、マホロは裏声を上げた。

「ヴェントゥスの精霊よ、我ら二人の身体を乾かしたまえ」

ノアは杖を取り出して短く唱える。すると渦巻のような風がマホロとノアの身体にまとわりついた。あっという間に身体が乾き、茫然《ぼうぜん》とする。

「確かリュックに……」

ノアはそう呟いて、自分のリュックの中を探る。何かと思い覗き込むと、嬉々《きき》として小瓶を取り出した。

「そ、それは……」

「潤滑油だ」

にっこりと微笑みながらノアが瓶のふたを開ける。リュックの中に入れていたということは、立ち入り禁止区で性行為をするつもりだったのだろうか。マホロが呆れていると、身体を裏返されて、尻のはざまにぬるりとした液体を垂らされた。

「ら、乱暴に……しないで下さいね」

ここまできたら止められないと観念し、マホロは身体の中に入ってきた指に身をすくめた。ノアは潤滑油を尻の穴に塗り込め、指を動かす。

「善処する」

ノアは深い場所まで指で探り、マホロのうなじにキスをする。ぬめりを伴っているせいか、二本目の指が入ってきても、それほど苦痛はなかった。圧迫感はあるものの、耐えられないほどではない。

「ひゃ、あ……っ」

内部を動き回る指が奥のしこりを擦ると、マホロは甘い声を上げてしまう。身体の奥には声を殺せないくらい気持ちいい場所があって、ノアは容赦なくそこを攻めてくる。指を出し入れさせながら、執拗《しつよう》にそこを擦られ、マホロはシーツに荒い息を吐きかけた。

「気持ちいいな……？　ここ……、最初に弄った頃より、感度がよくなってる」

濡れた音を立てて囁かれ、マホロはひくんと腰を震わせた。ノアの言う通り、そこを弄られると気持ちよくて抵抗できなくなる。腰から下に熱が浸透し、甘い声がひっきりなしに漏れる。太ももはびくびくと震えるし、腹の奥に熱が溜まっていく。

「や、ぁ……っ、あっ、あっ、あっ」

指でトントンと内部を突かれ、マホロは鼻にかかった声を上げた。ノアはうつぶせになったマホロに重なるようにして、耳朶に舌を差し込んでくる。

「お前の身体……、どんどん甘くなるな」

背中や脇腹を撫でられ、マホロはシーツを乱して腰を揺らめかせた。ノアは内部に入れた指を広げ、入り口を解《ほぐ》していく。内壁をぐるりと指で辿られ、息が苦しくなる。

「うう、う……、あぁ……、お尻……気持ちいい」

マホロは乾いた唇を舐め、とろんとした目で声を上げた。くちゅくちゅと濡れた音をさせなががら奥を擦られ、先走りの汁がシーツを汚していく。快楽が高まって、このまま射精してしまいそうだった。

「指だけで達するなよ？」

ノアが意地悪く言って、気持ちいい場所から指をずらした。さらに指が増えて、入り口を広げられる。物足りなくてマホロが腰を振ると、ノアが宥《なだ》めるように前に手を回す。

「乳首、弄ってやるから」

ノアの指で尖《とが》った乳首をコリコリと弄られ、マホロはシーツに頬を押しつけた。腰だけを高く掲げた状態で、熱い息を吐き出す。乳首も気持ちいいが、それだけでは足りない。

「やぁ……、ノアせん……ぱいぃ……、……っ、……っ」

濡れた目でノアを振り返ると、何かを堪《こら》えるようにノアが顔を顰《しか》める。

「我慢できなくなった」

ノアは尻に入れた指を引き抜き、マホロを仰向けにした。マホロが紅潮した頬で見上げると、ノアが両脚を抱えてくる。

「ゆっくり入れるから、痛かったら言え」

ノアはそう言って勃起した性器に、見せつけるように潤滑油を垂らす。ノアの大きくて長い性器を目の当《まあ》たりにして、マホロは息を呑んだ。前回も思ったが、こんなに大きなモノがどうしてお尻に入ったのだろう。怖くなってマホロが尻込みすると、両脚を押さえつけられ、尻の穴にノアの性器の先端が押しつけられる。

「ひ……っ、あ、あ、あ……っ」

待って、という間もなくノアの性器がずぶずぶと入ってきて、マホロは苦しげに仰《の》け反《ぞ》った。先端の張った部分が、強引に内部に入り込んでくる。痺れるような熱と圧迫感が繋がった場所から広がり、マホロは必死になって呼吸を繰り返した。大きい。苦しい。マホロは嫌がるようにずり上がったが、それを許さないというように腰を抱えられる。

「あっつ……、締めすぎだ……」

ノアが呻くように呟き、腰を止める。まだ先端の部分しか入っていないのに、マホロは息も絶え絶えになり震えた。尻の穴が怖いくらい広げられて、身じろぎすらできない。ノアの性器をきつく締めあげているのが分かっていても、力の抜き方が分からない。

「ほら……、こっちも擦るから」

ノアの手がマホロの性器を扱き上げる。直接的な愛撫で身体が弛緩し、下半身から少し力が抜けた。するとそれを見越したように、ノアがぐっと性器を押し進める。

「ひあ……っ、あ……っ」

尻の奥を大きなもので埋め尽くされ、反射的に声を上げる。マホロは目尻から涙をこぼし、胸を上下させた。圧迫感が増すばかりで、全身が痺れる。

「まだ入れることに慣れてないな……、馴染むまで待つから」

ノアは溜めていた息を吐き出し、マホロの太ももを撫でた。繋がっている部分やつけ根、膝裏を揉むようにする。

「ひ、あ……っ、あ……っ、あ……っ」

ノアは動かなくても、内部をいっぱいにされている感覚はなかなか慣れなくて、マホロは忙《せわ》しげに声を漏らした。

「もう少し奥まで入れたい……」

ノアの大きな手が、マホロの腹をゆっくりと押してくる。とたんに、びりっと甘い電流が身体に走り、マホロは脚を揺らした。目がチカチカして、涙がぽろぽろこぼれてくる。

「やだ、や……っ、それ駄目……っ」

得体の知れない感覚にマホロが濡れた声を上げると、ノアが興奮した息遣いになって上半身を屈めてくる。

「これ、気持ちいいのか？」

ゆっくり性器を律動しながら、下腹を押される。そうされると銜《くわ》え込《こ》んだ奥がじんと疼《うず》き、マホロは腰をひくつかせた。内壁がノアの性器に絡みつくのが分かる。痛みが薄れ、じわじわと気持ちよさが広がっていく。

「や……っ、あ……っ、ン、あ……っ、はぁ」

急速に内部が馴染んでいくのが怖い。ノアが腰を軽く揺さぶると、あられもない声が上がってしまう。優しく腹を撫でられて、少し押すようにされると、目尻から生理的な涙がこぼれる。

「ああ、すごくいい……。お前の中、熱くてぴったり吸いついてくる」

ノアが吐息をこぼし、マホロの唇を吸ってくる。奥で性器が動き、マホロは涙目でノアの唇を吸い返した。大きな手がマホロの髪を撫で、マホロは喘《あえ》ぐように胸を上下させた。ノアが目尻の涙を舐める。

「う……っ、あ……っ、あ……っ、ノア先輩……っ」

ゆっくりと腰を律動され、マホロはとろんとした目でノアの背中に手を伸ばした。ノアはマホロの唇を舐めながら、小刻みに腰を動かす。ノアの性器は硬くて、熱くて、それで奥を擦られると、爪先がぴんとなる。

「可愛いマホロ……、俺ので感じてるんだな」

少しずつ奥へ奥へと性器を押し込み、ノアが胸元を撫でる。指先で乳首を引っ張られ、マホロは無意識のうちに奥を締めつけた。

「お前の身体、どこも甘くて最高」

敏感になっている乳首を引っ張られ、マホロは「ひぁ……っ」と甲高い声を上げた。両方の乳首を同時に刺激されると、鼻にかかった声が漏れてしまう。最初は何も感じなかったのに、今ではは乳首を弄られてメロメロになっている。

「やっと全部入った」

マホロの脚を胸に押しつけ、ノアが気持ちよさそうな息を吐き出す。いつの間にか奥をこじ開けられ、ノアの性器がずっぽりと入り込んでいる。深い奥まで犯され、怖くてたまらないのに、痺れるような快感が全身を襲う。

「ひぁ、ああ……っ、あ……ッ!!」

ノアはマホロの腰を抱え、それまでのゆっくりした動きから一転して深く突き上げてきた。先端の張った部分で感じる場所を擦られ、マホロは嬌声《きょうせい》をあげた。ノアはマホロの両脚を押さえつけて、容赦なく腰を穿《うが》ってくる。

「はぁ、気持ちいー……、お前も感じてるだろ？　中でイけそうだな？」

意地悪い笑みを浮かべ、ノアが執拗に奥を突き上げてくる。マホロはシーツを乱し、部屋中に響き渡るような声を上げ、与えられる快感に怯えた。突かれるたびに内部に熱が溜まり、腰から下に力が入らなくなってくる。

「や……っ、やぁ……っ、ひ、ぐ……っ、出ちゃう……っ」

性器を擦られて吐精するのと、内部を刺激されて絶頂に達するのはぜんぜん違う。全身が震えるし、ひっきりなしに喘ぎがこぼれるし、何よりも強烈な快感に怖くなる。マホロは頬を涙で濡らしながら、ノアに手を伸ばした。

「ノア先輩……っ、そんな突かないで……っ」

肉を打つ音や卑猥《ひわい》な水音が耳からマホロを辱める。マホロが泣きながら言うと、ノアがすぐに屈み込んできてマホロの唇を吸った。

「はぁ、興奮する。もっと突いてやるからな」

ノアはそう言って、マホロにキスをしながら、腰を激しく振る。突かないでくれと言っているのに、めちゃくちゃに奥を蹂躙《じゅうりん》され、マホロは息をするのも苦しくて身悶えた。

「中、ひくついてきた。いいんだろ？」

唇を舐めつつ、ノアが断続的に腰を突き上げてくる。

「んううう、うう……ッ!!」

唇をふさがれていたので叫ぶこともできず、マホロは奥を穿たれて白濁した液体を性器から放った。同時に銜え込んだノアの性器を締めつけ、びくびくっと全身を跳ね上げる。

「うっく、う……っ」

ノアが耐えきれなくなったように低く呻き、マホロの内部に精液を注ぎ込んできた。唇が離れ、マホロはぜいはぁと息を吸い込んだ。

「あー……っ、お前にまたイかされた……っ」

悔しそうに歯噛みしながら、ノアが覆い被さってくる。マホロはまだ絶頂直後の余韻が残っていて、獣じみた呼吸を繰り返し、四肢を蠢かせた。声も出せずにいると、ノアが一気に腰を引き抜く。それすらにも感じて、甘い声が漏れた。どろりとした液体が尻の穴からこぼれてくる。ノアが中で射精したせいだとマホロは真っ赤になった。

「ひ……っ、は……っ、は……っ」

マホロはぐったりしてベッドに身を投げ出した。全身が熱くて汗びっしょりだった。息がぜんぜん整わないし、ノアの手が太ももにかかると、びくっと震えてしまう。

「こんなんじゃ、授業に出られないな」

髪を掻き上げながらノアににやーっと笑われ、マホロは顔を引き攣らせた。

「ひどい……ひどいです、ノア先輩……」

涙目でノアを睨みつけると、熱烈なキスが降ってくる。

「ひどいのに捕まって、可哀相だなぁ？」

ノアは嬉しそうに微笑み、マホロの濡れた性器を握りしめる。今日はいつ解放してもらえるのだろうと慄《おのの》く。

その時、ドアがノックされる音がした。

「マホロ？　いるのか？」

ドア越しにカーク・ボールドウィンの声がする。カークは短髪の小柄な青年で、魔法団からマホロの護衛のために配属された魔法士だ。マホロはびっくりしてノアの腕から飛び出し、傍に置いてあった布を身体に巻きつけた。

(嘘！　こ、こんな時に)

慌てふためくマホロに対して、ノアは軽く舌打ちする。アルビオンが長椅子から飛び下りて、ドアに向かってワンワン吼える。

「は、はい！　はい！　い、います！」

下腹部を布で隠しながら、マホロは焦った声でドアに近づいた。

「戻っていたんだな、よかった。開けても？」

カークのホッとした声に、マホロは右往左往した。

「だ、駄目です！　あの今、湯浴《ゆあ》みして、その、とても見せられる格好じゃ――」

まさかノアと性行為をしていたとは言えず、マホロはとっさにドアノブを押さえた。考えてみればマホロの護衛をしている彼らには、戻ってきたことをいの一番に伝えなければならなかった。疲れて部屋に戻ってしまったのが原因だ。

「そうか？　まぁ無事なら、いい。じゃあ、待ってるから、着替えたら顔を見せてくれ」

カークのきょとんとした声音に、マホロは溜めていた息を吐き出した。急いで浴室に戻り、身体の汚れを洗い流していく。

「ノア先輩も、服を着て下さい！」

浴室から出て、乾いた布で身体を拭《ふ》きとり、マホロは小声でベッドに横たわっているノアを促した。ノアは小さくあくびして、ベッドに肘をつく。

「分かった、分かった。ひと眠りしたら、部屋に戻るから」

ノアはマホロと違い、ちっとも焦っていない。カークに何をしていたか知られても構わないのだろう。

「うう……。カークさんに部屋にいること、絶対、ばれないようにして下さいね」

ノアほど厚顔になれないマホロは、小声で釘を刺した。マホロは急いで制服を身にまとい、アルビオンを抱えて、ドアを薄く開けた。廊下にカークとヨシュア・ノーランドが立っている。

「ああ、マホロ」

ヨシュアがマホロを見て、ホッとした表情になる。ヨシュアは眼鏡をかけた背筋のぴんと伸びた青年で、カークと同じくマホロの護衛を任されている魔法士だ。マホロは部屋にノアがいるのを勘づかれないように、急いで後ろ手でドアを閉めた。カークもヨシュアも魔法団の白地に金色のアクセントが入った制服を着ている。

「す、すみません。昨夜は疲れてすぐ眠ってしまい……あ、あのーお腹《なか》が減ったので、食堂に行こうかと思うんですが。まだ間に合いますよね」

マホロはノアの存在を気づかれないようにするため、すぐに部屋から離れた。身体はノアに愛された余韻を残しており、それが二人にばれないか心配でならなかった。腕の中にいたアルビオンは勢いをつけて廊下に飛び下り、尻尾《しっぽ》を振ってマホロの前を歩きだす。

「今朝、校長から女王陛下が亡くなられたと発表があった。そのせいで今日はクリムゾン島にいる魔法士たちは大騒ぎだ。君は、女王陛下の死因を知っているか？　まさかジークフリートに襲撃されたのではあるまいな？」

横に並んだヨシュアが探るようにマホロを見て聞く。

「え、と、血を吐いて倒れたのですが、死因まではちょっと……」

マホロがごにょごにょ答えると、驚いたように二人が立ち止まり、マホロの肩をがしっと摑む。

「何故知っている⁉」

「あの、実は団長と一緒に、王宮に戻ったので……」

「何故⁉」

重ねて聞かれ、マホロは上手く答えられなくてまごついた。嘘をつくのが苦手なマホロに、ごまかしは難しい。カークもヨシュアも女王陛下に関する情報は咽から手が出るほど欲しいようだ。

敬愛する女王陛下の死にショックを受けている。

「くわしい話は団長に聞いてもらえますか？　でも、襲撃とかではないです。アルフレッド殿下はそのまま王宮に戻り、俺とノア先輩は団長の魔法で昨夜遅く島に戻ってきたんです」

　これ以上話すとぼろが出そうなので、マホロは強気に締めくくった。カークとヨシュアは深く考え込むように腕を組んでいる。そうこうしているうちに食堂に着き、マホロはカウンターに行って卵とハムのサンドイッチとフルーツサンド、サラダとスープをトレイに載せた。カークとヨシュアはAランチをそれぞれ手にとっている。

「女王陛下が亡くなられたとなると、次はアルフレッド殿下が王位に就くのか。王族は数えるほどしかいない、この国は大丈夫だろうか？」

　壁際の一角のテーブルに食事を持ち寄り、ヨシュアが憂えた口調で言う。食堂のテーブルは学生で半分くらい埋まっており、あちこちで女王陛下が話題になっていた。どうやら今朝、校長が緊急速報として学生に知らせたらしい。校長はすでに船で王都に旅立っていて、副校長が代わりの業務を請け負っている。

「……滅入るな」

　カークはしょんぼりと、肩を落としながらピラフを頬張っている。学生にも打ちひしがれている者は多いが、魔法士である二人は特に大きな衝撃を受けたようだ。少し前の襲撃で難を逃れたばかりだったのに、と無念そうだ。

　マホロは魂となった女王陛下にしか会ったことがないので分からないが、この国の民は基本的に女王陛下を慕っていた。それは魅了という能力のおかげかもしれないが、国のトップが亡くなるということは、国に影を落とすものなのだと悟った。

(俺がショックじゃないのは、多分、ボールドウィン家で育ち、女王陛下を称《たた》える人がいなかったせいかも)

改めてそこに気づき、かすかに動揺した。ジークフリートは女王陛下をいずれ殺す相手と思っていたし、当主のサミュエルも現体制に思うところがあったはずだ。他の家紋では当然のように行われていた女王陛下への忠誠が、あの屋敷では欠片《かけら》もなかった。

「ところで先ほどノアと戻ってきたと言っていたが、エインズワースの直系の子も一緒に行っただろう？　彼はどうしたんだ？」

思い出したようにヨシュアに聞かれて、マホロはうつむいた。

「すみません、口止めされているので、聞かないで下さい」

これ以上ごまかすのは無理だと諦《あきら》め、マホロは頭を下げた。ヨシュアとカークは顔を見合わせ、それ以上聞くのを控えてくれた。二人とも、立ち入り禁止区での話は外に持ち出せないことは知っているようだ。

サンドイッチを頬張っていると、食堂に入ってきたザック・コーガンが手を振って近づいてきた。ザックはこの学校に入って初めてできた友達で、以前は同室だった。そばかす顔にもじゃもじゃした髪の小柄な青年だ。トレイにはBランチのオートミールとパイが載っている。

「マホロ、戻っていたんだね。遠征してたって聞いたけど、どこへ行ってたの？　女王陛下の話は聞いた？」

ザックはヨシュアとカークに軽く会釈をして、マホロの隣に勝手に座る。立ち入り禁止区に入るのは特殊なことなので、表向きは遠征したことになっている。

「う、うん、ちょっと野外演習に……。女王陛下の話は聞いたよ。これからどうなるんだろうね？」

マホロはザックの明るい空気に救われて、微笑んだ。ザックは貴族ではないので、女王陛下も遠目に見たことがあるだけだった。そのせいか、他の人ほど悲しんでいる様子はない。

「王都からの白い鷹を使った連絡便によると、病気だって話だよ。やっぱりこの前の事件の心労が祟《たた》ったんじゃない？　っていうか、キースとかマジでへこんでてびっくりするよ。貴族の子は皆、落ち込んでる」

食堂の隅でもくもくと食事をしているキースを指さし、ザックが鼻を擦る。

「エインズワース家は王家に忠節な者が多いからな」

ヨシュアが頷きつつ言った。レオンのことを思い出し、マホロは重苦しい気分になった。今、こうしている間も、レオンは闇魔法の一族の村に囚われている。近くに味方もいないし、大丈夫だろうかと気もそぞろになった。

「ノア先輩とレオン先輩の姿が見えないね。一緒じゃないの？」

ザックは食堂内を見回す。

「さぁ。知らない」

ザックにごまかすのがつらくて、マホロは知らないで通すことに決めた。

「ところで二年になると魔法薬の授業があるんだけど、新しい先生が来るみたいよ。それが何でもすごい魔法士なんだって。講師たちが話してるの聞いちゃったんだけど、四賢者の一人とか」

オートミールを咀嚼《そしゃく》しつつ、ザックがいろいろ教えてくれる。マホロも驚いたが、ヨシュアとカークもびっくりしてフォークを持つ手を止める。

「四賢者の一人？　それ、本当か？」

カークに前のめりで聞かれ、ザックがたじろぐ。

「あ、はい。副校長と剣術のアンドレ先生が憂鬱《ゆううつ》そうに話してましたよ。名前は聞けなかったんですけど」

ザックが明かすと、ヨシュアとカークが顔を見合わせる。四賢者の一人というと、一体誰だろう？　マホロが知っているのは、校長と魔法団団長のレイモンド、それに王宮で会ったシリルだけだ。もう一人の賢者は、軍にいるということくらいしか知らない。二年生になると魔法薬や錬金術、従魔法など新しい科目を学ぶ。とはいえまだ三月半ばで、半年は先の話だ。

「マホロ、午後の授業は出るの？」

食器を片づけている時にザックに聞かれ、マホロは頷いた。午後は剣術と魔法史の授業がある。ノアに抱かれたせいでへっぴり腰になりそうだが、なるべく出席したかった。ヨシュアは魔法薬の新しい講師が気になるらしく、事の真偽を聞いてくると別行動になった。

午後の剣術の授業は慣れない剣を振って、同級生と打ち合った。体力のないマホロは大柄な学生と剣を交えると、必ずと言っていいほど吹っ飛ばされてしまう。最初の頃は叱咤《しった》激励《げきれい》していた講師のアンドレだが、マホロが光魔法の血族と知ってからは出席するだけでいいというスタンスに変わった。ぜんぜん期待されていないようで、それはそれで意気消沈する。

「そういえば、新しく来る魔法薬の先生が誰か分かったのですか？」

授業を終えてヨシュアとカークと合流した際、マホロは尋ねてみた。ヨシュアはきょろきょろと辺りを見回し、マホロの耳に顔を近づける。

「元宮廷魔法士のシリルが、魔法薬の講師として来るそうです」

元宮廷魔法士のシリルと聞き、マホロは少年の姿を脳裏に描いた。王宮で会った、シリル・エインズワースがクリムゾン島に来るのか――。

「少年の姿をしていた方ですよね？　元ってことは、宮廷魔法士は辞めたのですか？　四賢者なのに大丈夫なんですか？　王宮のほうは……」

マホロの問いに、カークが目を丸くする。

「おっ、マホロはあいつを知ってるのか？」

「はい。王宮でちょっとだけ会いました。少年の姿をしているけど、校長よりちょっと若いくらい……なんですよね？」

アルフレッドの煙たそうな顔つきを思い返し、マホロは不安になった。一癖ありそうな人物だった。

「シリル殿は先の襲撃の責任を取る形で宮廷魔法士の任を解かれたんです。それでこちらの学校の講師を希望したようですよ」

「あいつ、気をつけろよ？　すっげー意地悪だからな」

ヨシュアとカークは仏頂面だ。ジークフリートの襲撃で責任をとらされる人がいたとは知らなかった。防ぎようのないものだと思うが、宮廷ではいろいろあるのかもしれない。

「意地悪……？」

元宮廷魔法士に対する言葉とは思えなくて、マホロはオウム返しをした。

「シリル殿は人の弱みを握るのが趣味なようで、評判は最悪ですよ。女王陛下の信頼は厚かったみたいですが」

ヨシュアも憐れむように言う。ただでさえ王宮で無視した形になってしまったので、マホロも不安になってきた。

部屋の前でヨシュアとカークに別れを告げると、マホロは窺うようにドアを開けた。そろそろとベッドに近づき、ノアの姿がないか確認する。部屋中見回したが、どうやらノアは自分の部屋へ戻ったようだ。

アルビオンが乱れたベッドの上にジャンプして、シーツの匂いを嗅《か》ぎまくっている。マホロはノアと抱き合った光景を思い返し、ぽっと頬を染めて汚れたシーツを換えた。リネン系はダストボックスに入れると、次の日には洗濯されて戻ってくる。

綺麗にベッドを整えると、マホロはごろりと横になった。

自分はこうして柔らかなベッドで寝ていられるが、レオンはどうなっているか分からない。牢屋に入れられているのだろうか？　マホロもジークフリートがクリムゾン島を襲撃した際、しばらくの間、軍の施設に囚われていた。あの頃の陰鬱で絶望的な気分は思い出したくない。

（レオン先輩、早く助けに行きたい……）

マホロは闇魔法の一族の村に残してきたレオンに思いを馳せた。結局、立ち入り禁止区に入ったのに、光の精霊王にも会えなかったし、ノアの母親も探せなかった。

マホロはベッドに寝転がりながら、破り取られた魔法書を眺めた。ノアが破り取ったページには基本的なシンボルマークとその効力が載っている。暇な時にずっと見ていたので、載っているものは全部暗記できた。今度図書館に行って、切り取ったページを修復しておかねばならない。

（落ち着いたら、俺もどこかクラブに入ろうかな）

学校に戻れたので、クラブ活動もできる。ノアに言ったら、魔法クラブに入れと言われるだろうから、先に自分で吟味しておきたい。

未来に夢を抱き、マホロはシンボルマークを眺めていた。

3 レオン救出

校長は三日ほどしてクリムゾン島へ戻ってきたが、黒髪に全身黒い服で疲れ果てていた。たまたま校舎の窓から箒《ほうき》に乗って教員宿舎に戻る校長を見かけたマホロは、急いでその後を追った。門限が迫っていたが、ヨシュアとカークも一緒に校長の宿舎へ向かう。

「校長、戻ってきたところをすみません。ちょっと、いいですか？」

宿舎の前にいた校長の使い魔のロッドワイラーに吼《ほ》えられながら、マホロはドアを叩いた。ややあってドアが開き、校長が姿を見せる。

「マホロ君か、ヨシュアとカークも」

マホロの後ろにヨシュアとカークを確認し、校長が中へ招く。

「お疲れのところ、すみません。でも、どうしても例のことで話が」

マホロは疲れた様子で椅子に座る校長を見つめて言った。あれから団長も現れないし、レオンのことは放置状態だ。まさか闇魔法の一族の村に囚われているとは明かせないので、表向きは今、レオンは家庭の事情で欠席ということになっている。闇魔法の一族の村に置いてきてから四日経っている。早く助けに行かねばと気は焦る一方だ。校長はマホロのもの言いたげな瞳を見て、レオンのことだと察してくれた。

「ああ……、例の件に関してだが、三日後、レイモンドがここに来ると言っている」

校長がマホロに耳打ちする。ということは、闇魔法の一族の村に行けるのは三日後という意味だろう。まだ待つのかと不安になったが、とりあえず何も予定が立たないよりはマシだ。レイモンドなら《転移魔法》で一瞬にしてあの地に辿り着ける。マホロたちが自力で行くよりよほど早い。

「分かりました。あの、お茶でも淹《い》れますか？」

憔悴《しょうすい》している校長を気遣ってマホロが言うと、頼むと低い声で告げられた。

「どうでしたか？　王宮はやはり混乱していますか？」

マホロがケトルで湯を沸かしている間、ヨシュアとカークが勝手に校長の向かい側の椅子に座る。二人とも、王宮の様子が気になるようだ。

「問題が山積しているようだったな。まぁでも、若いがアルフレッド王子が上手く差配していた。あの子なら、女王陛下の代わりは務まるのだろう」

肩を鳴らして校長がため息をこぼす。

「葬儀の日程が決まった。五月一日から三日かけて国葬を執《と》り行《おこな》う」

校長が言うと、ヨシュアとカークがぴりっと緊張した。二人とも、それぞれ思うところがあるようだ。

「国葬が五月なら戴冠式はいつに？」

ヨシュアが声を落として聞く。戴冠式――マホロは口は挟めないものの、ドキドキしながら話を聞いていた。戴冠式ということはアルフレッド王子が国王になる式典が行われるのだろう。わずかな間でも一緒に過ごした人が、国のトップになるなんて不思議だ。

「一応、葬儀の一週間後に行う予定だ。今回は特に警備が大変だ。敵の動向も探らねばならない。学校としても、戴冠式は全学生が参加することになるから、大事だ。今から日程の調整をしなければ」

校長は頭の痛い問題だと額に手を当てている。戴冠式には全学生が参加すると聞き驚いたが、士官学校としては当たり前かもしれない。ちょうど湯が沸いて、マホロは人数分のハーブティーを淹れた。校長の疲れを癒すために、カモミールを使う。

「……陛下とは、ジークフリートの襲撃後に話をしたんだ」

マホロの淹れたハーブティーに口をつけながら、校長がぽつりと呟く。校長は見た目は若いが、実際は七十歳だ。女王陛下とは幼馴染《おさななじ》みと言っていた。

「陛下は闇魔法の血族を恐れていた。あれほど強い血族はいないと嘆いていた。聡明な彼女は弾圧はよりいっそう敵の力を強めるだけだと分かっていたが、それでも恐れの前には敵を認めることができなかったんだ」

校長の寂しげな声に、マホロは何と言っていいか分からず、目を伏せた。闇魔法の血族は人を殺す魔法に長《た》けている。双方の言い分を聞いているマホロとしては、どちらにも肩入れできない。どうして共存することができないのだろうと悲しくなった。

「人の命は儚《はかな》いものだ。どんなに偉くとも、死ぬ時は死ぬ。我々の魔法は何と無力なものだろうね」

しみじみと校長が言い、ヨシュアがそうですねと頷いた。

「あの、俺、門限が迫っているので戻りますね」

まだ校長の話を聞いていたかったが、マホロは時間が気になっていた。カークが立ち上がり、寮まで送ると言った。ヨシュアはそのまま残って話すようだ。校長の肩が落ちているのが気になったが、マホロは急いでカークと寮に戻った。

翌日――午前の授業を休校にして、校長は学生全員を講堂に集めた。

マホロは入学式以来、初めて講堂に足を踏み入れた。校舎の南側にあるゴシック様式の建物で、建物内部は凝《こ》った装飾がふんだんに刻み込まれている。天井や壁には聖母をモチーフとした絵が描かれ、舞台の上部には精霊をイメージした彫り物が目に留まる。どちらも有名な技士に造らせたものらしく、講堂の目印になっている。

舞台を前に半円形の造りとなった講堂は、一階席には一年生、そして二階席には二年生と三年生が座っている。四年生はほとんど島にいないが、わずかな人数が戻ってきていて、空いている席に座っていた。

ざわめきの中、校長が舞台に上がり、手を上げた。波が引くように講堂内が静まり返り、学生全員が校長に視線を集める。

「諸君、これから大事な話をする。知っての通り、女王陛下が崩御された。ご病気とのことだ」

校長がよく通る声で言う。とたんに重苦しい空気に包まれた。

「我が校は今日、三月二十日から五月三日までの間、喪に服す。なお、葬儀は五月一日から三日に亘《わた》って行われることになった。戴冠式は翌週に執り行われる。貴族の子弟の中には葬儀や戴冠式に参列する義務のある者もいるだろう。よって異例だが、四月末日から三週間、本校は休みとする。なお、戴冠式は全員出席とする。追って集合場所と日時を知らせる」

校長の説明に、学生たちからざわめきが起こった。貴族ということは、ノアも葬儀に参列するのかもしれない。

「休みの間、食堂とカフェテリア、図書館などは通常通り開かれているので、残った学生が使うのは問題ない。講師や学校関係者は通常より数が減るので、くれぐれも問題を起こすなよ」

校長は特例措置となる期間について説明する。マホロは貴族の出ではないので、学校に居残ることになりそうだ。隣に座っていたザックは「休みなら実家に帰ろうかな」と呟いている。ザックの姉に子どもが生まれたそうで、顔を見に行きたいようだ。マホロは帰る家がないので、ザックを羨《うらや》ましく思った。

「女王陛下の御魂《みたま》が安らげるよう、全員、黙とう」

校長の合図と共に、全員が頭を下げて目を閉じた。マホロも女王陛下の顔を思い返し、安らかに眠って下さいと祈った。

講堂から学生たちがぞろぞろと去っていく中、マホロは校長に呼び止められた。人ごみを掻き分けて壁際で手招きをする校長の元に駆け寄ると、人のいない場所へ誘導される。

「マホロ君、昨日は言い忘れていたが、君も女王陛下の葬儀に参列してほしい」

舞台の脇の緞帳《どんちょう》の裏で、校長に声を潜めて言われた。

「えっ、俺もですか？」

貴族ではないマホロは居残りのつもりだったので、戸惑いが声に表れた。

「ああ。葬儀を狙ってジークフリートたちが何か仕掛けてこないとも限らない。万が一の襲撃に備えて、君も来てほしい。葬儀の間の宿泊に関しては私が手配する。まぁ、ノアがいるから私は必要ないかもしれないが……」

校長が講堂を出ていく人の中で、ひときわ目立つノアを見つけて言った。視線に気づいたのかノアが振り返り、手を上げる。緞帳から顔を覗かせたマホロは、小さく手を振り返した。

「ノア先輩と一緒にいてもいいんですか？」

「ああ。それは問題ない。ノアと一緒なら居場所はすぐに分かるし。では、頼んだよ」

校長に肩を叩かれ、マホロは気を引き締めた。

ジークフリート――マホロはかつての主《あるじ》の怜悧《れいり》な顔を思い浮かべる。一時マホロをさらっていたジークフリートだが、その時のマホロは異能力で意思を奪われていたのでほとんど会話することはなかった。王宮を襲撃した際に、ノアの異能力でジークフリートは腕を折られた。あの時マホロを庇わなければ腕を折られることもなかったかもしれない。ジークフリートはギフトの代償に心を喪《うしな》ったとされたが、マホロを庇ってくれたのだから、まったく心がないとは思えない。

（もう怪我《けが》は治っているだろうな……。彼は闇魔法が使える。闇魔法の血族はすべての魔法を操

れるというし）

王宮襲撃以降、今のところジークフリートは何も事を起こしていない。おそらく水面下では何かしているのだろうが、今のところ大きな事件は起きていない。王族は数えるほどしか残っておらず、残りの王族を始末するなら、葬儀はうってつけの機会だろう。嫌な想像ばかり頭を過《よ》ぎってしまう。

「マホロ、一緒にランチを食べよう」

昼休みになって、ノアとテオが教室まで誘いに来た。いつもザックと食べているのでザックも一緒でいいかと聞くと、構わないと言われた。

食堂の窓際の席に、ノアとテオとザック、ヨシュアとカークと共に座ってA定食のランチを食べた。いつもサンドイッチばかり食べているので、たまには違うものを食べろとノアに勧められたのだ。最近ノアはマホロと一緒に食事をしたがるのだが、ただでさえヨシュアとカークがいて目立つのに、ノアまでいると食堂中の視線を集めてしまう。ザックは上級生のテオと仲良く話していて、誰とでも臆《おく》することなく話せるところは才能だと感心した。

「ノア先輩は葬儀に参列するんですよね？」

Aランチのスコッチエッグを咀嚼《そしゃく》しながら、マホロは確認のために聞いた。

「ああ。面倒だが参列するだろうな。お前も一緒に来い。さっき校長から許可はもらったぞ。俺のパートナーという立場でセント・ジョーンズ一族に交じっていろ」

パートナーと言われ、あやうくマホロは食べていたものを噴き出しそうになった。

「そ、それはちょっと、え、冗談ですよね？」

軽くむせて、マホロは顔を引き攣《ひっ》らせた。ザックがきらきらした目でマホロの背中を叩いている。

「俺が冗談なんか言うか？　婚約者のほうがいいなら、そうするが」

「あの、俺、男……ですけど」

ノアに今さら何を言っているんだ、という目で見られ、マホロは助けを求めるようにテオを仰いだ。

「マホロの件は一族の間でも知れ渡っておりますので、ノア様と一緒にいても問題ないかと」

テオはノアに逆らう気はないのか、顔色ひとつ変えずに述べる。

「マホロがセント・ジョーンズ家に行くなら、俺たちの帯同も許可してもらえるか？」

カークがスープを掻き混ぜながらノアに言う。ヨシュアも深く頷く。

「お前らまで来るのか？　マホロは俺が守るから必要ない」

ノアはカークとヨシュアが邪魔らしく、嫌そうだ。

「俺たちも仕事だからな。そういうわけにはいかない」

「一応、セオドア様には話を通しておきますので」

セオドアというのはノアの父親の名前だ。軍のお偉いさんだと聞いている。カークとヨシュアにごり押しされ、ノアは「うざ……」と二人の前で舌打ちした。マホロは態度の悪いノアにはらはらしたが、テオはいつものことと達観した様子だ。

食事を終え、マホロはノアと一緒に中庭のベンチまで足を延ばした。ザックやテオは午後の授業の準備があると言って離れ、ヨシュアとカークもノアがいるなら安心だと、魔法団の団員と連絡を取るために離れていった。

季節は徐々に春めいてきて、中庭の花々もつぼみをつけ始めている。部屋以外でふたりきりになるのが学校に戻ってきて以来で、マホロはノアに寄り添った。

「ノア先輩、明後日にはレイモンドさんが来るって聞きましたか？　やっとレオン先輩を助けに行けますね」

ベンチに座ると、マホロはレオンのことを話したくて、うずうずしていた。人に聞かれては困るので小声だが、ノアとどうやってレオンを助けるか相談したかった。

「ああ。聞いた。あいつが餓死してないといいな」

さらりとノアに言われ、マホロはひやりとした。

「餓死……？　まさかあの村の人が食べ物をくれないとか……？」

囚人扱いならそういう可能性もあるのかとマホロは腰を浮かせた。

「違う、違う。レオンがハンストするんじゃないかって話だ。考えてみろ、命より大事な人を自分が原因で死なせたんだぞ？　絶望の中にいるあいつが、平気で飯を食ってるわけないだろ？あの真面目が制服着てるような奴だぞ？　自死しても驚かないね」

「えっ、自死……っ!?」

予想外の言葉に驚いて、マホロは立ち上がった。レオンが絶望しているのは予測できても、そこまでは考えていなかった。おろおろするマホロに、ノアが座れと促す。

「そうだとしても、今できることは何もない。向こうに行ってから考えればいいだろ」

ベンチの背もたれに背中を預け、ノアがマホロの白い髪を指先で弄《もてあそ》ぶ。視界の端、茂みの奥にノア様親衛隊の人たちを見かけ、マホロはさりげなくノアから身を引いた。

「ノア先輩、冷たいです……」

レオンのことは信頼している友人と思っていたので、マホロはじっとりと睨《にら》んだ。

「俺が心配してたら、それこそ嘘くさいだろ。自死の何が悪いのか？　自分の命をどうしようがそいつの勝手だろ？」

ノアの指先で額を突かれ、マホロは顔を顰《しか》めた。

「自死なんて、駄目ですよ！　命は自分だけのものじゃないですから！」

きりりっと顔を引き締めてマホロが言うと、ノアがニヤニヤする。

「なるほど、両親や祖父母、先祖から受け継いだ血という意味では自分だけのものではないかもしれないな。だが、現実問題として、俺たち人間は自死できる権利を持っている。もし不要なものなら、そもそも備わってないのでは？　動物は自死しないだろ？　それは本能に自死できないようブレーキがかかっているからじゃないのか？」

「えっ」

ノアに畳みかけられ、マホロは頭がこんがらがって唸《うな》った。

「えーっと……それは……うーん。よく分かんないけど、駄目なものは駄目なんです。そもそもレオン先輩のせいじゃないです。そりゃあ自分を責めると思いますけど」

「生きて苦しむより、死んで楽になったほうがよくないか？　これも慈悲だろ？」

うんうん唸っているマホロを面白そうに見やり、ノアが言う。

「そんなぁ……。でもレオン先輩が自殺なんてしたら、家族も友人も悲しむし、アルフレッド王子だって……」

レオンのためにギフトの件を秘密にすると決めたアルフレッドを思い出し、マホロは顔を曇らせた。

「あの王子サマは俺と同じタイプだろ。悲しんでるフリは得意そうだけど」

ノアの言い分にマホロは眦《まなじり》を吊り上げた。

「そんなこと言ってはいけません！　ノア先輩、アルフレッド王子は女王陛下の前でつらそうで……その場にいた皆ももらい泣きして」

亡くなった女王陛下の身体を抱いたアルフレッドを思い出し、マホロは目を潤ませた。あれがフリとは思えない。

「お前を騙《だま》すのは簡単そうだなぁ」

ため息混じりでノアが腕を組む。まるで自分の目が節穴みたいに言われて、マホロはムッとした。

「そんなことより、俺たちのことについて話さないか？　マホロ、俺はお前が好きでお前も俺が好き。世間一般で言う恋人同士、で間違いないいな？」

マホロの肩を抱き、ノアが顔を近づけて確認する。まだレオンについて話したかったが、ノアの真剣な様子に気圧《けお》されて、マホロはぽっと頬を赤らめた。

「あ、はい。畏《おそ》れ多《おお》いことですが……」

マホロが頷くと、安堵したようにノアが微笑む。

「じゃあ、恋人らしい対等な関係を築かないか？　お前はペットとか使用人でいいと前に言っていたが、俺はちゃんと、お前にも、俺と同じ立場で俺を愛してほしいと思っている」

くどいくらいの言い方で言われ、マホロは目を丸くした。ノアと対等な関係……とても想像できない。

「それはぁ……」

マホロが言葉を濁すと、ノアが頬を指先で摘んでくる。

「俺も悪かった。お前のことを白ハムスターとか呼んでいたし、ペットと勘違いもするよな。あれはお前が小さくて可愛くてそう呼んだだけだ」

見る者を魅了する艶《つや》めいた笑みを浮かべ、ノアが言う。

「どうみても見下した感じで言ってましたが？」

あの頃のことを思い返し、マホロは冷静に返した。

「そうだったか？　細かいことは気にするな。それで、手始めに敬語をやめるとか、どうだ？　対等っぽいだろ？」

「滅相もないです！」

反射的にマホロは声を上げて、飛《と》び退《の》いた。敬語を使わずにノアと話すなんて、想像しただけで恐ろしい。ノアはともかく、周囲の人からどんな目で見られるか。

「おい、余計にかしこまるとはどうなってるんだ」

イラッとした顔で睨まれ、マホロは震え上がった。タイミングよく、午後の授業が始まる時間だ。

「そ、それじゃ俺は午後の授業があるので」

マホロはそそくさと中庭を後にした。ノアが不機嫌そうに名前を呼んでいるが、聞こえないふりで校舎に戻った。


日曜日の朝、《転移魔法》を使って魔法団団長が教員宿舎に現れた。団長はマホロたちと同じく迷彩服姿だ。

マホロはノアと一緒に校長の宿舎でお茶を飲んで待っていた。ヨシュアとカークはいきなり現れた団長に慌てて敬礼し、早速情報交換している。団長は二人と十分ほど話すと、「マホロはしばらく俺と行動を共にするので、今夜はもういい」と彼らを追い出した。

校長の宿舎にマホロとノア、そして校長だけになると、団長が懐《ふところ》から小瓶を取り出す。ノアの髪色を赤毛に戻す薬だ。マホロは団長に目配せされ、急いでノアの髪色を赤毛に戻すべく、キッチンにノアを引っ張った。ノアは「面倒くせぇな」とぶつぶつ文句を言っているが、実質シンクに頭を突っ込んでいるだけなので、この場合その愚痴を言っていいのはマホロだと思う。

「校長、あのぅ髪を染める魔法ってないんですか？　校長はしょっちゅう髪の色を変えてますよね？」

マホロが思いついて校長に聞くと、にやりとされる。

「私は髪を染める魔法を使っているわけではないよ。全体的に変化する魔法を使っているんだ。これは水魔法と風魔法の複合魔法で、かなり高位の術だ。学生ごときには教えられないね」

校長はノアを手助けするつもりはないらしく、さっさとシンクに行けと追い払った。

「大体髪の毛が一体何万本あると思ってるんだ？　一本一本の髪に魔法で色をつけるのはかなり大変なんだよ。髪染め液を使うか、ウイッグでも被ったほうが早い」

校長曰《いわ》く、髪を染めるのは魔力を多く使うし、持続も困難なのだそうだ。確かに魔力が強いジークフリートも髪染め液で髪を染めていた。

ノアを赤毛にして、髪を乾かすと、マホロたちはリュックを背負った。

「マホロ、ノア。申し訳ないが、レオン救出に俺と殿下は参加できない」

団長が一人で来た時点で、察してはいたが、アルフレッドの不参加にはがっかりした。次期国王となる彼は、簡単に王宮を離れられないのだ。

「これから君たち二人を闇魔法の一族の村の手前まで運ぶ。レオンをすぐ解放してくれるなら一緒に戻れるが、もしそうでなかったら……、次に行けるのは一週間後だ。それまでに何とかしてレオンを取り戻してもらいたい。俺は今、長く王宮を離れることはできないから」

申し訳なさそうに団長に言われ、マホロはノアと顔を見合わせた。最悪の場合は、マホロとノアの二人で何とかしなければならないというのか。

「おいおい、彼ら二人だけに任せるつもりか？」

校長が呆れたように椅子から立ち上がる。

「即時解放されなかった場合はな。ダイアナ、お前も行くと言いたげだが、魔法は使えないし、無理をする歳《とし》でもないだろう。この二人はたとえふたりきりで残しても大丈夫だろうと判断してのことだ」

団長に釘を刺され、校長が睨み返す。団長の言う通り、見張りの兵らしき人たちにマホロとノアはそれほど警戒されていなかった。

「そんなに、ごたついているのか？」

校長が顔を顰めて聞く。女王陛下が突然亡くなり、王宮では問題が山積みになっている。アルフレッドの傍にはたくさんの護衛がいるが、それでもジークフリートに再び襲撃されたら守り切れるか不安だという。

「準備がよければ、すぐに行こう」

団長が率先して外に出る。帰る際は立ち入り禁止区からここへ《転移魔法》で戻れるのだが、行きは演習場の先の名前を告げて通る岩壁を抜けなければ行けないようだった。魂だけになった時も、岩壁を通らないと向こう側へ行けなかったので、何かのルールが存在するのだろう。

　マホロたちは明るい日差しの下、足早に演習場の奥へと向かった。立ち入り禁止区の手前の岩壁に立つと、団長が岩壁に杖で紋様を描いた。

「我が名はレイモンド・ジャーマン・リード。リチャードとジュエルの子で、雷魔法とボルギニオ族の子なり。ここに真名を記す。三名の人の子を通してもらいたい」

　団長の声と共に、岩壁が消え、扉が出現した。扉はマホロたちが通り過ぎると、再び岩壁に戻った。

「よし、ここから飛ぼう」

　団長が手招きすると、マホロとノアは傍に固まった。アルビオンはマホロの頭の上に飛び乗り、しっかと爪を立てている。レオンを伴って戻ってこられるよう祈るばかりだ。

　団長がマホロとノアの肩に手を回した。とたんに足元の床に魔法陣が光って、軽い風が起こった。マホロは急いで団長の身体にしがみつき、光の渦に吹き飛ばされないようにした。《転移魔法》はわずかの間にどんな距離も越えていく。光の嵐に巻き込まれたと思った瞬間には、マホロとノアは山のふもとにいた。視界の先に闇魔法の一族の村が見える。

「さぁ、行こう」

　団長に促され、マホロたちは闇魔法の一族の村へ近づいた。歩いている途中で、岩壁を越えた時にはいた光の精霊が消えているのに気づいた。団長を見ると、団長の傍にいた精霊も消えている。この辺りは精霊がいない地域なのだろうか？　森の人が住む地域にはたくさん精霊がいたのに。

こんもりとした森の中に、石で出来た大きな門がある。前回は二人の男が見張りをしていたが、マホロたちが近づくと、一人は以前と同じ日焼けした大柄な男だったが、もう一人は筋肉質の女性だった。マホロよりよほどがっしりした身体つきをして、弓矢を構えてくる。

「あなたはこの前の」

マホロとノアの顔を覚えていた男が、もう一人の見張りの女性に弓矢を下ろすよう手を振る。

「レオンを解放してもらいたくて来た。無事だろうな？」

ノアが男に話しかけると、二人とも顔を顰めて黙り込む。まさか殺されたのかとマホロは血の気が引いたが、女性に大袈裟《おおげさ》にため息をつかれた。

「あの男は何だ？　目を離した隙に自害しようとしたぞ。飯も食わぬし、しょっちゅう壁に頭を打ちつけては泣いているし、気味が悪い」

屈強な女性はレオンを心底軽蔑したように、地面に唾を吐いた。マホロは顔を引き攣らせた。

「とりあえず長《おさ》にお前たちを村に入れていいか聞いてくる。そこで待っていろ」

男が手を上げ、村へ入っていった。残されたマホロたちは、レオンの心中を慮《おもんばか》って途方に暮れた。とりあえず生きているようだが、ノアが推測した通り、レオンは絶望の底にいる。

「アタシはヤグ。いい男だな、いつでもお前の子を産むぞ？」

屈強な女性はそう名乗ると、引き締まった腕をノアの肩に絡める。マホロは慌ててノアの腕を引っ張った。マホロの後ろでアルビオンもワンワン怒っている。

「駄目です、駄目です！」

焦ってマホロがノアを引き離すと、からかうようにヤグに見下ろされた。ヤグは長い黒髪を後ろで束ねていて、首や耳にいくつものアクセサリーをつけている。

「光の子か、ちんけな形《なり》してお前のものだというのか？　殺されたい？」

にやにやしながら顔を突き出され、マホロは愕然《がくぜん》とした。女性にこんなふうに威嚇《いかく》されるのは初めてで、言葉を失っていた。マホロが知っている女性は貴族か使用人ばかりで、戦闘タイプは見たことがない。マホロが絶句していると、ノアがおかしそうに噴き出した。

「俺がこいつのものなんだ」

ノアはヤグの前でマホロの肩を抱き寄せ、頬にキスをした。マホロは真っ赤になったが、ヤグは面食らった後、破顔した。

「そりゃあ失礼したな！　分かった、お前に手を出すのはやめておこう」

ヤグはくっくっと肩を揺らして笑い、マホロの頭をぽんぽん叩く。ヤグに触れられるのが嫌で、マホロは身を引いた。

ほどなくして男が戻ってきて、入っていいと言われた。マホロたちは警戒しつつ、二人につき添われ、門を潜った。

そのとたん、石造りの神殿が眼前に広がる。等間隔で大きな石柱が並び、奥まで続いている。神々の闘いの歴史を模した壁のレリーフを眺めながら、マホロはヤグたちについていった。二度目の来訪のせいか、前回よりも彼らから警戒心が薄れていた。特にヤグはよその世界が気になるらしく「お前らは島の外で暮らしているのか？」とか「何故、そんなつまらない服を着ている？」と聞いてくる。闇魔法の村人たちの服装は、森の人と似ていて、基本的に貫頭衣だ。森の人は帯の刺繍《ししゅう》に凝るくらいで装飾品はあまりつけないが、闇魔法の村人は装飾品をいかにつけるかが重要らしく、見張りをしていたヤグも男も、腕や首、髪や頭を飾っている。クリムゾン島は一年を通してあまり寒くならず、特に立ち入り禁止区のこちらでは冬でも暖かい。だから薄着でも問題ないのだ。

「ノービル様」

いくつもの大きな扉を押し開けると、奥の広間にこの村の長老が待っていた。白髪《しらが》を三つ編みにした老婆《ろうば》で、杖をついている。黒い貫頭衣に金色の帯を巻き、鋭い眼力でマホロたちを見つめる。

「彼らが戻ってまいりました」

ヤグと男がノービルの前に膝をつき、マホロたちを顎で示す。

「レオンを返してもらいに来た」

ノアは臆した様子もなく、すっと前に出て言った。男がムッとしたが、ノービルは手で制した。

「あの男は村の裁きにより、あと三日は牢《ろう》にいなければならぬ。その後は好きにしろ」

厳《おごそ》かにノービルが言い、マホロはノアと団長を振り返った。団長は困ったように眉根を寄せ、首を横に振った。

「やはりすぐには返してもらえぬか。仕方ない、レオンのことは二人に任せる。一週間後に迎えに来るから、それまでどうにかしてくれ」

団長はノアとマホロの肩を叩き、自分は戻ると背中を向けた。マホロは呆気にとられ、去っていく団長を見送った。男のほうが団長の後を追い、「今日こそ、追跡する」と長に言い捨てる。前回見失ってしまったので、リベンジに燃えているようだ。団長が異能力持ちだと知らないので、今日も見失うのだろう。

「あの……、この前は名乗ってませんでしたが、俺はマホロ。彼はノアです。俺たち、一週間ほどこの村に留まりたいのですが、いいでしょうか？　駄目なら村の外で寝泊まりしますけど」

マホロは意を決してノービルに頼んだ。嫌がられるかと思ったが、マホロとノアだけになると、ノービルの態度は明らかに軟化した。

「闇魔法の血を引く者と光魔法の血を引く者なら、我らは歓迎する。ヤグ、村を案内してあげろ。空いている家を使わせていい」

ノービルに促され、ヤグが「了解」と胸を叩く。

「え、本当にいいのですか？　俺たち、よそものなのに」

マホロが戸惑っていると、ノービルは当たり前のように笑う。

「光魔法の血を引く者は尊重しろという昔からの教えだ。闇魔法の血を引くそなた……ノアは我らにとっても新しい血を繋ぐ者。我が村にはまだ赤毛の者がおる。赤毛同士の婚姻はめっきり減ってしまったので、できればうちのものと番《つが》わせたいものだ」

ノービルに舐《な》めるような視線を送られ、ノアが鼻で笑ってマホロの肩を抱く。

「ばあさん、俺を闇魔法と疑わぬようだが、髪を赤く染めていただけならどうする？」

ノアは何かを確かめるようにノービルを見据える。

「笑止。髪色を変えたくらいで見間違うわけはない。そなたは正真正銘、闇魔法の血を引く者だ」

ノアの疑問に対するノービルの答えは自信に満ちたものだった。老婆には同じ血を引く者が分かるらしい。少しだけ不安になり、マホロはノアを見上げた。

「……俺は、母親を探しに来た。あんたには分かるか？」

ノアは探るようにノービルに尋ねた。後ろで待っていたヤグの目が丸くなる。

「ふむ……。私の知る限り、お前に似た面影の女は見たことがない」

ノービルはノアの顔をじっくり眺め、答えた。長老が言うくらいだから、ノアの母親はいないのかもしれない。せっかくここまで来たのに、無駄足になった。

「行くぞ、こい」

ヤグに声をかけられ、マホロたちは広間を出た。二つ目の扉まで戻ると、左右に廊下が続いていた。ヤグは右側の通路に入る。

石造りのトンネルが少しの間続き、前方から光が見えた。ここは闇魔法の一族の村なのだと思い、マホロは緊張して身体が硬くなる。それが伝わったのか、肩を抱いていたノアがマホロの髪を撫でる。

「これは……」

トンネルを抜けると、ノアとマホロは驚いて周囲を見回した。闇魔法の一族の村は、マホロたちが住む街とほとんど遜色なかったのだ。家は石造りで平屋のものや二階建てのものもあり、中央には噴水や憩いの場がある。長屋づくりの建物は鍛冶屋《かじや》らしく、火花が散っていて、鋼《はがね》を打つ音が響いている。そのすぐ先には宝飾を売る店や衣服を売る店、野菜やパン、肉、魚を売る店もあった。広さはかなりのもので、ヤグが一通り連れて歩いてくれたが、一時間近くかかった。だが、広さに比べて、村民は少なかった。見知らぬ二人の者が入ってきたことで村人がこぞって現れたらしいが、百人いるかどうかだ。

「闇魔法の力を持っている」

「赤毛の男だ」

村人はノアを見るなりざわめき、羨望《せんぼう》の眼差しを注いできた。ノアは居心地悪そうにしている。

「赤毛の者は成人前の子が三人しかいないからね。皆、珍しいのさ」

ヤグはイライラしているノアに笑いかける。

「あの……子を成すと赤毛じゃなくなるからですか？」

マホロが気になって聞くと、ヤグがふっと目を伏せた。

「いや、アタシは生まれた時から黒毛さ。祖母は赤毛だったけど、一番目の子が病で死んじまったからね。正統な血族はどんどん減っていって、赤毛の子たちは村の宝みたいに扱われている。時々、先祖返りといって赤毛の子が生まれた時は、村中で祭りになるくらいさ。それもこれも、ヴァレンティノが村人を引き連れてクーデターを起こそうとしたせいだ」

ヤグの身体から怒りのオーラがあふれ出て、マホロはびくっとした。正統な血族でも赤毛でもないヤグだが、怒りに満ちた表情はジークフリートのものと似ていた。アレクサンダー・ヴァレンティノは二十年ほど前にクーデターを起こした。その際、闇魔法の血族の者を率いて、多くの人を殺戮《さつりく》したという。

闇魔法の正統な血族の者は強大な力を持つが、一子相伝で、子を作ると、力は子に受け継がれるという。クーデターまでは多くの村人がいたそうだが、今は人も減り、かつての賑《にぎ》わいはないとヤグは寂しそうに言った。

「こっちが牢屋だ」

ヤグは村の外れに行き、洞窟《どうくつ》を指で示した。見張りの兵らしき男が岩の上でくつろいでいて、ヤグが来たとたん、目を輝かせた。

「客人か」

男が槍《やり》を肩に担《かつ》ぎ、ノアとマホロを面白そうに見やる。日に焼けた小柄な男だ。男はノアを珍しそうに眺め、ついでマホロには愛想笑いをした。

「あんたらが噂の。子どもじゃない光の民は珍しいな。何で男なんだ？　女なら好みだった。女になるなら、番ってやるのに」

男は顎を撫でながら、マホロに言う。じろりとノアに睨まれ、男は「ひっ」と飛《と》び退《すさ》った。

「こええ、こええ。魔法が使えなくて助かるぜ」

男がからかうように茶化すと、ヤグが噴き出す。

「そいつはギフト持ちだとよ。しかも二つ。絶対に逆らわないほうがいいぞ」

「マジかよっ」

ヤグに耳打ちされ、男が身を引く。マホロは二人の会話を聞き、不思議な気分になった。闇魔法の一族の村と聞いた時には、村人は全員ジークフリートのように恐ろしい雰囲気なのかと思っていた。けれどヤグも男も、どこにでもいる若者に見える。とはいえ、マホロのことを見下している感じがするし、時折感じる物騒な気配は何だろう？　禍々《まがまが》しいオーラを彼らから感じる。これが闇魔法の血族の証《あかし》なのか。

「囚人と会いたいそうだ」

ヤグに言われ、男が洞窟の中へ案内する。マホロはノアの手を強く握り、松明《たいまつ》の明かりを頼りに奥へ進んだ。洞窟の奥には大きな窪《くぼ》みがあり、鉄格子《てつごうし》で牢が造られていた。牢は全部で三つあり、そのうちの一番手前に、暗がりに横たわる男がいた。

「レオン先輩！」

マホロはレオンの金色の髪を目にして、鉄格子に飛びついた。牢屋の中には水の入った瓶と、手をつけていない食事が載った皿、排泄《はいせつ》をする穴、くたびれた毛布だけしかなかった。レオンは最後に別れた時の迷彩服姿で、武器は全部取り上げられているようだった。マホロが大声で名前を呼んでも、こちらに背を向けたままぴくりともしない。

「レオン先輩、大丈夫ですか⁉　マホロです、ノア先輩と来たんです。あの……」

マホロが必死に呼びかけていると、レオンの身体がかすかに身じろいだ。生きていると知りホッとしたが、レオンはこちらを振り返ろうとしない。

「レオン先輩、あの三日後には解放してくれるそうで……、レオン先輩、大丈夫ですか！」

ぜんぜん反応がなく、マホロが声を張り上げていると、見張りの男が肩をすくめる。

「そいつ、何言っても答えねーの。よその世界のこととか聞きたいのにさ」

男はつまらなそうだ。囚人とはいえ食事は与えられているようだし、虐待されていたわけではない。マホロは救いを求めるようにノアを見上げた。ノアががりがりと頭を掻く。

「おい、レオン。——女王陛下の国葬は五月一日から三日かけて行われるぞ」

ノアの冷たい声音に、レオンの背中がびくっと震える。レオンはノアの言葉に振り向き、真っ青になって鉄格子まで這ってきた。その顔はげっそりとしていて、幽霊のようだった。

「ついでに言うと、アルフレッド王子の戴冠式はその翌週だ」

ノアは地べたに這っているレオンを見下ろし、素っ気なく言う。レオンは絶望的な表情でノアを見上げ、ううう、と苦しげな声を発した。

「俺は……、俺は……、ノア、俺を殺してくれ……」

レオンはぼろぼろと泣きながら、頭を掻きむしる。ギフトをもらった瞬間から、レオンはずっと地の底を這っていたのだ。マホロは憐《あわ》れな姿にほろりと涙をこぼした。

「本当にうっとうしい奴だな。しゃんとしろ」

ヤグはレオンを嫌っているのか、腕組みして呆れている。レオンは優しくて頼りになる男だと説明したいが、今のレオンを前にしては何も言えないのが歯がゆい。

「とりあえず三日後にお前を連れて帰るつもりだから、それまでは生きていろ」

ノアはそう言ったきり、くるりと背を向けて洞窟を出ていってしまう。マホロは目の前で呻《うめ》いているレオンに手を伸ばした。鉄格子の隙間から、レオンの身体に触れる。

「レオン先輩、レオン先輩のせいじゃないです。アルフレッド殿下もそう思っています。今は苦しいかもしれないけど、耐えて下さい。死んでは駄目です。そんなこと誰も望んでません」

マホロはレオンの膝を優しく叩き、必死に言い募った。レオンの涙で濡れた目が、ぼんやりとマホロを見つめる。

「俺に……生きている資格などない……。俺こそ、国家を揺るがす極悪人だ……」

レオンはぼそぼそと呟き、頭を抱えて、また奥へ引っ込んでしまった。それきりマホロが何度呼びかけても答えてくれない。

「もういいか？　こいつを見てるとイライラする」

ヤグに促され、マホロは仕方なく「明日また来ます」とレオンの物言わぬ背中に声をかけた。

明るい場所に戻ってくると、マホロは待っていたノアに沈痛な面持ちを向けた。

「案の定、この世の終わりみたいな面してたな。しょうがない、放っておけ」

ノアはさばさばと言う。放っておけるわけがないので、マホロは「明日もまた来ましょう！」とノアに熱く訴えた。ノアは面倒くさいといわんばかりだが、マホロよりもノアが語りかけたほうがレオンには効くと思う。

見張りの男はそのまま残り、マホロとノアはヤグに仮宿に案内された。

「この家を使うといい。主はとっくに亡くなり、空き家になっている。この村では、物々交換が決まりだ。パンや野菜、剣や宝飾品が欲しければ、近くの森で何か捕まえてこい。お前は正統な血族だし、森に入っても問題ないだろう?」

ヤグが案内した家は、石造りの一軒家で、一階にはキッチンや風呂場らしき水回りと、大きなリビング、二階には寝室があった。主が亡くなり十年は経っているそうで、キッチンはぼろぼろで浴室は埃《ほこり》まみれだった。寝室もベッドはあるものの、毛布はくたびれていて使う気になれない。

「そっちの光の子は単独で森に入るなよ。死ぬぞ」

ヤグにからかうように言われ、マホロは身をすくめた。汚れた室内を見て回っていたノアは、ヤグを振り返る。

「森には何がいる?《悪食《あくじき》の幽霊》か?」

ノアの指摘にヤグはにやりと笑った。

「そうさ。あいつらはアタシらには危害は加えないが、闇魔法の血族以外はすぐに襲いかかる。他にも闇の獣や《忘れられた者》《道化師》なんてのもいるからね。ああ、言っとくけど、竜は別だよ。あれはうちらも襲われる」

ヤグは当然のように断言する。闇の獣は知っているが、《忘れられた者》と《道化師》は初めて聞く。

「名前だけじゃ分からない。どんなものか説明しろ」

ノアがヤグの前に立って言うと、ひらりとかわすようにヤグが入り口に退く。

「そこまで親切じゃないさ。あんたは同じ血族だけど、よそものだしね。まぁ、いろいろいるけど、基本的にアタシら闇魔法には従順さ。おっと」

外に出ようとしたヤグは、後ろを振り返り、天を仰いだ。

「はぁ、物々交換なんて必要なかったみたいだね」

ヤグの呆れた声音に、ノアが入り口に顔を出す。マホロも気になって外を覗いた。するとそこには、七、八人の若い女性が集まっていて、それぞれ手に食料や毛布を持っていた。彼女たちはノアが現れると黄色い声を上げ、目をハートにして駆け寄ってくる。

「あの、私ミージャです。しばらくこちらにお泊まりになると聞いて、毛布を持ってきました。これを使って下さい」

「私はアナ。うちで焼いた美味しいパンよ。ぜひ食べて」

「ちょっと、ずるいわよ！　私だって自慢の焼き菓子を持ってきたから」

若い女性たちは頬を紅潮させて、ノアに迫ってくる。マホロは唖然として、後ろからその様子を窺《うかが》った。ノアは彼女たちに見たことのないような極上の笑みを振る舞った。

「ありがとう、助かる」

ノアの微笑みひとつで女性たちはいっせいに骨抜きにされ、あれこれとノアに質問しまくっている。彼女たちは赤毛のノアに一目惚れして、我こそは特別な人になろうと押し寄せてきたのだ。ローエン士官学校でもノアは人気者で、ノア様親衛隊なるものが存在する。けれど若い女性の前ではこれほど絶大な効力を発揮するのだとマホロはおののいた。

「あ……」

それまで騒いでいた女性たちが、ふいに後ろを振り向いて尻込みをする。一人が何かに気づくと連鎖のように広がって、女性たちは引き攣った笑みを浮かべ、「それじゃ、また後で」と口々に言いながら急いで走り去っていく。

何だろうと思ったマホロたちの前に、一人の少女が歩み寄ってきた。その子を見た瞬間、マホロの背筋をぞくぞくっと冷たいものが走った。真っ赤な長い髪の十三、四歳くらいの白い肌に大人びた顔立ちをした子だ。黒い貫頭衣を着ていて、赤毛にきらびやかな髪飾りをつけている。ノアに群がっていた女性たちは、明らかにこの少女を恐れて逃げていった。

マホロは目を凝らして少女の背後を見た。少女に寄り添うように黒く長い髪をした精霊がいる。初めて見る精霊で、揺れるたびに光る黒い衣装をまとっていた。もの寂しげな佇《たたず》まいで、見ているだけで陰鬱な気分になってくる。これは——多分、闇の精霊だ。

「あなたがノア?」

赤毛の少女が首をかしげる。あどけない顔をしているが、ノアを見る目つきは艶めいている。少女が現れて、ヤグもかすかに緊張したのが伝わってきた。少女は闇魔法の血を引く正統な末裔《まつえい》。そこにいるだけで目を奪われるほど、強い存在感を放っていた。傍にいると温度が下がるというか、笑っていても本心では何を考えているか分からない。マホロがヤグを窺うと、はーっと大きなため息をこぼす。

「彼女はフィオナ。長の孫娘だ」

ヤグに紹介され、フィオナはにこりとノアに向かって微笑んだ。フィオナはノアしか見ていなくて、マホロやヤグには一瞥《いちべつ》もくれない。そういえば長老が正統な血族は数えるほどしかいないと言っていた。その一人が孫娘らしい。

「見事な赤毛だわ。それに美しい……」

フィオナはノアの前に立って、じっくりと観察して唇の端を吊り上げた。

「私と番う？」

ノアを見上げ、フィオナが臆することなく大胆な発言をした。マホロは息を詰めた。会ったばかりで『番う？』なんて、どうして言えるのだろう。ノアはじろじろとフィオナを見下ろし、ふっと口元を弛めた。

「お前と？　面白い冗談だな」

ノアは思わずといった様子で小さく笑った。その笑いが思いがけず好意的なものだったので、マホロはハッとした。

「私はあの赤レンガの家に住んでいるの。あっちに泊まらない？」

フィオナは小首を傾けて、ノアの腕に細い腕を絡めた。赤レンガの家は、村を回った際に一番大きかった家だ。田舎のお嬢様といったところだろうか。案内された仮宿は埃だらけで、寝泊まりするなら断然赤レンガの家のほうがいいだろう。とはいえ、マホロはできればノアとふたりきりで泊まりたかった。ノアがどうするか心配になったが、マホロが案ずる必要もなく、ノアはトップクラスの貴族だった。

「あそこもここも、大して変わりないだろう」

ノアにとっては埃まみれの仮宿も、赤レンガの家も同じレベルなのだ。ノアがトップクラスの貴族でよかったと胸を撫で下ろし、マホロはそっと様子を窺った。

「ふーん……」

フィオナの口元から笑みが消え、ひやりとする怖気《おぞけ》を感じた。隣にいたヤグが、居心地悪そうにそっぽを向き、「じゃあ、もう行く」と早々に立ち去った。ヤグはフィオナが苦手のようだ。

「悪いが子どもは無理だ」

ノアはすっとフィオナの腕を解《ほど》き、女性たちからもらったものを抱えて家の中へ入っていった。フィオナはじっとノアの姿を目で追っている。マホロも急いで家に入ろうとすると、そこでようやくフィオナがマホロの存在に気づいたように視線を向けてきた。マホロはぺこりと頭を下げて、扉を閉めた。

ノアは何事もなかったように毛布を二階に運び、頂き物のパンが入った籠《かご》をリビングのテーブルに載せた。仮宿とはいえ、室内にふたりだけになって、ホッとした。

「パンは不味くない。焼き菓子はふつうだな」

ノアはくれた人が聞いたらムッとする評価を下している。マホロはどっと疲れて、ノアの前に座った。椅子やテーブルも汚れている。掃除が必要だ。

「ノア先輩……モテモテでしたね……」

一連の出来事を思い返し、マホロはぽつりと言った。改めてノアは魅力的な人なのだと思い知った。ローエン士官学校でのノアしか知らないが、これまでもきっとこういったことは多かったのだろう。その証拠にノアは気にも留めていない。

「そんなことより、落ち着いたら少しジークフリートについても探りたい。あいつはここへは来ていないのか？　在学中、失踪していた時期があるだろう？　ここへ来たのでは？」

　ノアは声を落として言う。マホロは慌てて顔を引き締めた。

「そ、そうですね。三日はここにいなきゃいけないし、いろいろ調べましょう！　それにレオン先輩もどうにかしなきゃ……」

　レオンのあの様子では、解放されたからといってすんなり帰るとも思えない。やることはたくさんある。

「とりあえず寝る場所と使うところだけでも掃除します！」

　マホロは使用人歴が長かったので、当然のごとく立ち上がった。ノアは掃除をする気は皆目ないのか「俺は少し村を回ってみる」と家を出ていってしまった。

　奇《く》しくも闇魔法の一族の村で数日過ごす羽目になった。この後いい方向へ進むようにしなければと、マホロは道具入れから帚を取り出した。


　前住んでいた人が残していった掃除《そうじ》道具があったので、夜までにマホロは一通りの掃除をすることができた。ベッドは軽く拭《ふ》き掃除をして、借りた毛布を敷いた。井戸から水を汲んできて浴室を綺麗に洗い、リビングの椅子やテーブルは水拭きした。キッチンはまだあちこち汚れているが、ケトルを見つけ、薪《まき》を燃やして火を熾《おこ》すという原始的な方法で、お湯を沸かすことができた。アルビオンは忙しくしているマホロを尻目に、部屋の隅でずっと寝ている。もらったパンや焼き菓子があるし、リュックの中に一週間分の食料もある。当座は十分だろう。

「おっ、綺麗になったじゃないか」

夜遅くに戻ってきたノアは、綺麗になった家を見て感心している。掃除ですっかり疲れ果てたマホロは、テーブルに突っ伏していた。慣れない村でストレスを感じているのか、さっきからずっと頭が痛い。全身が怠《だる》いし、掃除をがんばりすぎたかもしれない。

「ノア先輩、魔法が使えないのでお風呂は無理です。井戸から水を汲んでくる体力もないです」

マホロがぐったりして言うと、ノアは手に持っていた布をマホロの前に置いた。黒い光沢のある貫頭衣だった。ノアはもう片方の手に見たことのない大きな鳥を持っていた。

「それは……？」

マホロは上目遣いにノアを見つめた。

「こっちはノービルが貸してくれた。黒を着る権利とか何とか言ってたな。お前の分もあるぞ。こっちは村の男連中と一緒に森へ行って、狩りをした。銃は使うなと言われたので、初めて弓矢を使ってみたが、意外と当たるもんだな」

ノアは仕留めた鳥を見せびらかして笑う。マホロはかすかな違和感を覚えたものの、その正体がはっきり摑めなくてぎこちない笑みを浮かべた。

「すごいですね……」

鳥を狩ってきたということは、今夜の夕食はそれにするということだろうか？　マホロは鳥をさばいたことなどないので、戸惑うばかりだ。

「お前、あまり肉は食わないよな。苦手か？　さばき方は分かってる」

ノアはマホロの戸惑いに気づき、キッチンに行って鳥の羽根をむしり始めた。マホロも気になって見に行ったが、鳥の首を落とし、血抜きをしている段階で血の気が引き、外に逃げ出してしまった。

その夜はノアが火を熾し、鶏肉《とりにく》を塩で焼いて食べた。マホロはあまり食欲は湧かなかったので、パンと携帯食の豆ばかり食べていた。血に弱い自分にげんなりした。せっかく狩りをしてきたノアに申し訳なかったが、ノアは気にしていなかった。

「おお、似合うじゃないか」

食事を終えた後、迷彩服を脱いで借りた貫頭衣を着ると、ノアが嬉しそうにマホロを抱きしめた。ノアは貫頭衣に麻でできたズボンを穿《は》いているが、マホロは貫頭衣のみだ。膝までしかないので足元がすーすーすると訴えると、ノアの手が太ももを這う。

「お前はズボンはいいだろ。こっちのほうが手を入れやすくていい」

ノアは機嫌よくマホロの頬や首筋にキスをする。汲んできた水で互いの身体を軽く拭くと、猛烈な眠気に襲われてマホロは一足先にベッドに倒れた。アルビオンも急いでベッドの隅に飛び乗ってくる。

「まだ寝るな」

ノアが後からベッドに上がってきて、マホロのうなじにキスをする。それに答える前にマホロは夢の世界に入り込んでしまった。

明るい日差しを感じて目を開けると、ノアと重なるようにしてベッドに横たわっていた。

昨夜は疲れがあって三時間ほど眠りについたが、何かの拍子で目が覚めて、それ以後はあまり眠れなかった。明け方近くにやっと眠れたが、神経がぴりついているのか、熟睡はできなかった。頭痛もまだ続いている。リュックに入れておいた薬を後で飲もう。

マホロと違い、熟睡しているノアは赤く長い髪をシーツに乱している。覗き込むと、ふっとノアの目が開き、かすかにあくびをする。

「おはよう、マホロ」

艶めいた微笑みで囁《ささや》かれ、マホロはドキドキしてノアをじっと見つめた。ノアが手を伸ばし、マホロのうなじを引き寄せる。自然と唇が吸いついて、マホロはノアにぎゅっと抱きついた。アルビオンが後ろ脚を伸ばしてから、とことことマホロの足元に近づいてきた。

「固いベッドだが、思ったより眠れたな」

ノアはのっそりとベッドから起き上がり、大きく伸びをする。二階の寝室から一階に下りると、マホロは井戸から水を汲んできた。その間にノアがパンに昨夜の残りの肉を挟み、サンドイッチにしてくれる。ここでは魔法は使えないので、火を熾すのも一苦労だ。考えてみれば闇魔法の血族は火、風、水、雷、土魔法を使えるというのに、魔法が使えないこの土地で暮らしているのは何故だろう。

顔を洗い、食事をすませると、マホロはノアを連れて村外れにある牢へ向かった。今日は違う男が見張りをしていて、ノアとマホロをじろじろと見てくる。

「あのぅ、彼と話したいのですが」

マホロが声をかけると、男は目を丸くする。黒い角刈りの屈強な男性で、ノアと同年齢くらいだろう。切っ先の鋭そうな槍を肩にかけている。

「ああ。いいよ。ところで俺はジン。君が光の子？　可愛いなぁ、ベッドで虐《いじ》めてみたい」

ジンと名乗った男はマホロに顔を近づけて、じーっと見つめてくる。ジンはマホロにしか興味がないようで、ノアには全く関心を払わない。ベッドで虐めるとはどういう意味だろう。

「は……、あの？」

頭のてっぺんから足のつま先まで見られ、マホロは気後《きおく》れして後ろへ引いた。するとノアがマホロの前に立ちふさがり、ジンを見据える。

「こいつに手を出したら、殺すぞ？」

ノアが低い声で威嚇すると、ジンが身を引き、顔を歪めた。

「相手がいるのか、残念だ。赤毛じゃ、殺すわけにもいかないしなぁ」

ジンは追い払うように手を振り、また元の位置に戻って槍を担いだ。気のせいか、この村の人たちは、平気で殺すと言う。マホロが戸惑っていると、ノアが背中を押す。マホロはノアと共に洞窟へ入っていった。レオンが心配で足早に近づくと、昨日と同じ場所にまた転がっている。朝食は手つかずで、パンやスープは減っていない。

「レオン先輩、マホロです」

マホロが声をかけると、かすかにレオンの背中が揺れたが、振り返りはしなかった。

「明後日には自由にしてもらえると思うので、そうしたら一緒に帰りましょう。レオン先輩……」

必死にマホロはレオンに話しかけた。

「アルフレッド王子は、あのことについては口外しないよう、俺たちに契約魔法をかけました。アルフレッド王子はレオン先輩を守ろうとしてくれてます」

マホロは何とかレオンの気が引けないかと、小声で重大な秘密を明かした。レオンの背中がびくっと震え、絶望的な眼差しが振り返る。

「俺は戻ったら、女王陛下を殺した罪を贖《あがな》うために、処刑してもらう」

思い詰めた表情でレオンが言う。

「そんな……、レオン先輩のせいじゃないです！　そもそも、そんなことで処刑なんて……」

「俺の所業を知ったら、一族は皆自害しろと言うだろう。それほどの大罪を犯したんだ。生きている資格はない。両親に顔向けできない」

レオンはぼそぼそとしゃべり、ひたすら地面を見つめる。エインズワース家は王家に関わる仕事をしている人が多いと聞く。この事実が知られたら、レオンがどんな扱いを受けるか、想像に難くない。

「ノア先輩、ノア先輩も何か言って下さい。レオン先輩を元気づけるようなことを」

マホロが何を言ってもネガティブな返答しかしないので、駄目もとでノアの腕を引っ張った。

ノアは面倒そうに髪を掻く。

「この状況で元気が出ることなんてないだろ。俺だって、ギフトのせいで母を喪った時は、数年荒れていた。まぁそういう意味では、お前の気持ちがもっとも理解できるのは俺かもしれないが」

ノアは淡々と言う。レオンの目が救いを求めるようにノアに注がれた。その視線を鬱陶《うっとう》しそうにノアは振り払った。

「俺は母親だったが、お前は相手が悪かった。希望なんて持てないだろうな。死んだほうが楽かもしれない」

ノアは残酷な事実を告げる。元気づける言葉を求めているのに、逆に追い打ちをかけるようなことを言われて、マホロはノアを睨んだ。アルビオンもノアの足を後ろ脚で蹴っている。

「レオン――楽な道を選ぶなよ」

ノアは素っ気ない声で言い捨てた。それきりまた興味を失ったように洞窟から出ていってしまう。マホロはがっかりしたが、レオンを見て驚いた。レオンはそれまでの暗い顔つきから、わずかだが変化していた。憤《いきどお》りともつかぬ表情で拳《こぶし》を握り、硬い地面の岩盤を叩きつける。マホロはびっくりして、中腰で固まった。音を聞きつけ駆けつけたジンは、牢の中でレオンが暴れただけと分かり、ホッとする。

「そいつ水魔法の血族なんだろう？　せっかくギフトをもらえたっていうのに、ひどい有り様だな」

ジンはレオンを窺いつつ、マホロに話しかける。そういえばすっかり忘れていたがレオンは異能力を授かったのだ。確か、《魔力相殺》——字面だけ見れば、魔力を消す作用があるのだろうか？

「ギフトって……代償が大きいじゃないですか。嬉しいものなんですか？」

入り口の方へ戻りながら、マホロはジンに尋ねた。ジンの口ぶりだとギフトをもらえるのはいいことみたいに聞こえる。マホロの些細な疑問を、ジンは当たり前だろうと返した。

「ギフトはめったにもらえない。うちの村じゃ俺の知る限り、過去に二人だけだ。代償が大きいのは知ってるが、特別な能力を授かったら、一生安泰だ」

明るい声でジンに断言され、マホロは憂鬱になった。闇魔法の一族の村人ですらめったにもらえないものを、プラチナ3と呼ばれた三人は手にしたのだ。

「あの……ここじゃ魔法は使えませんよね？　皆さん、何でここを出ないんですか？　闇魔法の血族なら、どんな魔法も使えるはずじゃ？」

マホロは先ほど感じた疑問を口にした。

「はは、それは正統な血族だけだろ。つまり、赤毛の奴だけだ。俺たちみたいに黒髪のハズレは、ここを出たって魔法なんか使えないよ」

あっさりと言われ、マホロは衝撃を受けた。黒髪をハズレと呼んでいるのも嫌悪するが、闇魔法の血族は、赤毛の者しか魔法を使えないのか。しかも一子相伝と聞いているから、子どもを産んだら魔力は消えてしまう。何故だろう？　他の血族は髪色に限らず魔法を使えるのに。

「だからギフトをもらえれば安泰ってことさ。魔法が使えなくても、ギフト持ちならこの村じゃ優遇される」

「え？　魔法回路がないとギフトはもらえないんじゃ？」

「いや、違う。俺たちは成人の儀を迎えると、水晶宮へ行って司祭と会う。そこでギフトがもらえるかどうか、判明するんだ」

ジンの口ぶりに、マホロはやっと彼らがギフトを望む理由が分かった。つまり——魔法回路がなくても、ギフトを手に入れることは可能なのだ。これまでギフトというのは魔法回路がある者にだけ授けられるのかと思っていたが、それは情報が少なかった故の誤りだ。考えてみればここでは魔法が使えないのだから、ギフトを得たい者が多いのは当然だろう。しかも成人の儀で必ず司祭に判別してもらうなら、全員にその機会は訪れる。

（ギフトとは……魔法が使えないこの土地ならではの、加護みたいなものなのだろうか？）

洞窟を出ると、マホロはジンに礼を言ってノアと村の中心部へ向かった。ノアはノービルに話を聞くと言っている。村を歩いていると、若い男がノアに話しかけたり、若い女性がノアに手を振って声をかけてくる。ノアはそれらに応《こた》え、小高い場所に位置する赤レンガの家に向かう。マホロは違和感が強くなって、横にいるノアをちらちら見た。

「ノア」

赤レンガの家の前の植え込みに立っていたフィオナが、ノアを見つけて目を輝かせる。フィオナには今日も闇の精霊が寄り添っていて、マホロは無意識のうちに避《よ》けるしぐさをした。他の精霊は好きだが、どうしても闇の精霊は恐怖を覚える。

「待っていたわ、ノア」

フィオナは昨日あしらわれたにも拘《かかわ》らず、平然とノアの腕に細い腕を絡めてくる。

「フィオナ、馴《な》れ馴《な》れしい女は好きじゃない」

ノアは微笑みながら辛辣《しんらつ》な一言を放つ。

「あなたの好みは聞いていないわ」

フィオナは平然と言い返し、絡めた腕を解く気配はない。ノアとフィオナがくっついている姿を見て、マホロは動揺した。雰囲気が——すごく似ている。赤毛というだけではない、互いに持っている空気感が同じなのだ。それに……。マホロは違和感の正体に気づき、身体を強張らせた。

「ノア先輩……、名前で呼んでいるんですね」

マホロが困惑して言うと、ノアが怪訝《けげん》そうに振り返る。ノアは人の名前を覚えるのが苦手なのか、あるいは覚える気がさらさらないのか、いつも他人を適当な名前で呼んでいる。団長ですら兎野郎《うさぎやろう》と言っていたくらいだ。それなのに、ここではフィオナの名前をふつうに口にしている。

しかも、学校にいる時と違い、村の人に対する態度が柔らかい。

「どうしてですか？　ノア先輩……、ここだと穏やかですね」

マホロが立ち止まって聞くと、ノアがフィオナの腕を解いた。フィオナは家の扉を開ける。

「そういえば、そうか？　……ここにいる奴は、人間に見える。それだけなんだが」

ノアは目を細め、玄関でノアを待ち構えているフィオナを手で制した。

「人間に見える……？」

マホロは理解できなくて、聞き返した。

「たいていの奴らは虫に見えるって話をしたことがあるか？　俺は学校の奴らはほとんど害虫に見える。前に、血筋がすべてという話はしたよな。多分、俺の中に流れる闇魔法の血が、この村の人を受け入れる気にさせているのかもしれない」

ノアは考えながらそう語った。そういえば以前、オスカーは人間に見えると言っていた。ノアは毒舌で、身分や肩書きに関係なく気に入った相手としかまともに話さない。そのノアは、ここではすべての人が人間に見えるという。

ノアはこの村を気に入り始めている。村人と話すのが嫌じゃないようだし、むしろ積極的に話しかけてさえいる。学校にいる時より、よほど機嫌がいい。ここにいるのが楽なのだ。

（でもそれじゃ、俺は……？）

マホロは胸が痛くなって、目を伏せた。

（俺は光魔法の血族だから、ノア先輩とは理解し合えないってこと……？）

ざわりと嫌な感覚が起こり、マホロは落ち着かなくなった。ノアは気にした様子もなく、マホロの肩を抱いて、玄関に誘う。フィオナが待つドアを潜り、マホロたちは中へ入った。フィオナの家はレンガ造りの洒落《しゃれ》た建物で、広いリビングには暖炉《だんろ》があり、山から切り出した大きな一枚岩のテーブルが置かれていた。闇魔法の村の家はマホロたちの住居と似たような石造りが多く、山向こうに住む森の人の集落とは雲泥《うんでい》の差だ。

「来たのかい」

長椅子には杖を持ったノービルが座っていて、ノービルの隣には息子らしき中年男性がいた。長い髪を結った鷲鼻《わしばな》の大柄な男だ。フィオナはノアの腕を引っ張り、ノービルの向かいに置かれた長椅子に座らせようとする。

「光の子はそこよ」

フィオナはまるでこの家の主のように、マホロを一人掛けの椅子に座らせた。ノアが何か言おうとしたが、それを遮るようにフィオナがノアの隣に腰を落ち着ける。マホロが「大丈夫です」と小声で言うと、ノアは黙って座った。

「話を聞かせてもらいに来た。二十年前に子どもを産んだ女性を紹介してもらいたい。同時期に子どもを身ごもっていたのなら何か覚えているかもしれない」

ノアはノービルをじっと見つめて言った。ノービルは隣にいた男に耳打ちし、男が頷いて部屋を出ていく。

「それから、ジークフリートについて聞きたい。ジークフリート・ヴァレンティノ。二十年前にクーデターを起こした男の息子だ。あいつはこの村に来たのか？」

ノアの質問に、マホロは固唾《かたず》を呑んでノービルの答えを待った。ノービルが杖をトンと床に打ちつけ、空気が重くなる。

「そやつなら、一年前に来た」

ノービルの顔が歪み、フィオナの顔も曇った。マホロは注意深く皆の顔を確認した。

「黒い髪をしていたが、すぐに闇魔法の者と分かった。それに顔が——アレクサンダー・ヴァレンティノそっくりだったのでな。村は騒然としたものだ」

額を軽く叩き、ノービルは深いため息をこぼした。アレクサンダー・ヴァレンティノは二十年前、デュランド王国でクーデターを起こそうとした咎人《とがにん》だ。神国トリニティというカルト教団を作り、王族を次々に殺して国を乗っ取ろうとした。軍が制圧し、首謀者であるアレクサンダーを捕まえようとした矢先、自決したといわれている。デュランド王国にとっては罪人だが、闇魔法の一族の村人にとっては、赤毛の正統な血族だ。ジークフリートを歓待したのだろうかと考えたが、どうやらそうではないらしい。

「私ら古参の者はアレクサンダーに対して憤《いきどお》りを抱えていた。アレクサンダーは、幼い頃から人を操るのが得意でな。本来ならこの村の長に立つべき家柄だった。だが奴は魔法の万能感に溺れていた。若い男や女を率いて、国を乗っ取るべきと煽《あお》った。その当時、国王を務めていたアルバートは放蕩に耽《ふけ》り、重い税金を課していた。無能な王に取って代わろうというのがアレクサンダーの野望だった。いや——本音はおそらく、違う。この島を離れた彼らは、人を殺す悦《よろこ》びに目覚めてしまった。闇魔法は人を殺す魔法に長《た》けている。五名家の魔法士など敵ではなかった。魔法の使えないこの村に戻るより、一人でも多く人を殺したくなったのだ」

重々しくノービルが言い、マホロは鼓動を速めた。話の内容のせいか、ずきずきとこめかみが疼《うず》いてくる。出がけに薬を飲んだのに、ぜんぜん効かない。ここにいる闇魔法の村人たちは、マホロの目には普通の人たちに見える。だがそれは、赤毛ではないから。赤毛の村人は、ひとたび外の世界を知ると、欲望に歯止めがかからなくなるとノービルは言う。

「村から何人もの若者が出ていってしまった。連れ帰りたかったが、島を出るのは容易ではない。結局あのクーデターでほとんどの闇魔法の者が死んだ。アレクサンダーの息子に罪はないと分かっていても、我らは心中穏やかではなかった。だが――」

ノービルは眉根を寄せ、ちらりとフィオナを見る。

「あの男……ジークフリートと少しの間話をしたのは覚えている。けれど、その後の記憶がない」

ノービルが情けない声を上げた。フィオナはノアにもたれかかり、「目を見たところまでは覚えてるわ」と話す。

「村中の人間の記憶が抜けている。意識を取り戻したのは、あの男が去ってから数時間後だろう。そういえばあの男が来ていたと思い出したのに、自分の意志で何かをした記憶がない。あの男は人の意志を操る術《すべ》を持っていた。ここでは魔法は使えないはずなのに……」

ノービルの困惑した口ぶりに、マホロとノアは顔を見合わせた。

「それはギフトの力です……。《人心操作》――近くにいる者を操れる異能力です」

マホロはジークフリートを脳裏に浮かべて言った。

「そうか……、ギフトの力かもしれないとは思っていた。そやつは何かを探していた。村中の人間が何かを聞かれたところまでは覚えているが……」

何げなくノービルが言い、マホロとノアは一瞬固まった。ジークフリートは何を探していたのだろう？　おそらくジークフリートがこの村に来たのは、召喚術で亡くなった父の霊を呼び出した直後だ。ギフトを手に入れたジークフリートは、闇魔法の血族が住むこの村まで来た。何かを探しに――。

「探していたのは、母親ではないのか？　ヴァレンティノの妻はどうなったんだ？」

ノアが切り込むように聞き、マホロはハッとした。実の母親を探すノアにとって、重大な質問だ。まさかノアはジークフリートと兄弟かもしれないと疑っているのではないだろうか。そんなことがありうるのだろうか？　ノアとジークフリートは一歳違いだ。もしそうなら、ノアの父親であるセオドア・セント・ジョーンズは、クーデターを起こした首謀者の妻と関係を持ったことになる。

「ここではお前らのような婚姻関係はない。番《つがい》になるかどうかという契約だけだ。アレクサンダーには番の女がいた。だが、お互いに闇魔法の力を失いたくないと、身体の関係は持っていなかった。村を出た後は知らぬ。女の名はイボンヌと言ったが、村には戻ってこなかった」

ノービルは残念そうに呟く。ジークフリートの母親については、軍の関係者も相当調べたと言っていた。アレクサンダーが処刑された後、ジークフリートを身ごもったイボンヌは、サミュエル・ボールドウィンに匿《かくま》ってもらった。サミュエルはアレクサンダーが興した神国トリニティの信者で、生まれてきたジークフリートを実子と偽って育てた。ということは、サミュエルならジークフリートの母親についても知っているはずだ。

（彼がこの村に来たのは母親を探すため……？　いや、俺はそうじゃない気がする。母親について知りたければ、サミュエルに聞けばすむ話だし……。では何を探しに？）

マホロは頭を悩ませた。村人全員の意識を操るなんて、何を探ろうとしたのだろう？

「魔法書を探していた……」

それまで黙っていたフィオナが、ぽつりと呟いた。

「魔法書？」

ノアが意外そうに眉を上げる。

「そう聞かれたのを覚えてるだけ」

ノアの質問にフィオナはそっぽを向いた。魔法書といわれても漠然としすぎて分からない。ジークフリートの件に関してはそれ以上、情報は出てこなかった。ちょうどノックと共にノービルの横に腰掛けていた男が戻ってきた。後ろに髪を束ねた中年女性を連れている。

「ジンの母親を連れてきた。マリーンだ」

男に背中を押され、マリーンと紹介された中年女性がノアに向かってぺこりとお辞儀する。ジンはノアと同い年らしく、その母親なら何か知っているかもと連れてきてくれたらしい。

「あなたと同時期に子どもを身ごもっていた女性で、俺の母親に該当する者はいるか？　死産したとか行方知れずになったとか、そういう訳ありの女性だ」

ノアに聞かれ、マリーンは「うーん」と記憶を辿った。

「特にいなかったわねぇ。同じ頃に身ごもっていた子は何人かいるけど、その子どもは今も村にいるし。それにあんたみたいに綺麗な顔立ちの子なら、母親だって相当なものでしょう。赤毛で、そんな美人なら、皆の記憶に残ってるはずよ」

マリーンは申し訳なさそうに言う。ノアの母親の手掛かりはなかった。マホロもマリーンの言い分は理解できると思った。ノアほど目を惹《ひ》く人はめったにお目にかかれない。同じ血なら、母親もかなり綺麗なはずだ。そんな人が記憶に残ってないとは考えにくい。

「そうか……」

ノアは考え込むように顎に手を当てた。

「聞きたいことは、これで終わりかい」

ノービルがやれやれと首を振る。

「あの……どうして前回、俺たちが来ることが分かったんですか？　司祭が言っていたと口にしてましたが……司祭って、あの少女ですか？」

マホロは気になっていたことを横から尋ねた。ノービルはマホロの存在に初めて気づいたように、こちらを向いた。

「ああ。光の子よ。オボロではなく、前司祭に聞いたのだ。村の存続が危うくなり、我らを苦しめた女王を憎んでいたら、いずれ女王を殺す男がこの村に訪れると」

前司祭――マホロは仮死した際にまみえたマギステルを思い出した。

「前司祭は時を移動する術を持っていた。我らはそれを信じてこれまで耐えてきたのだ」

ノービルが微笑み、マホロは不可解な気持ちになった。

「前司祭も女王陛下に忸怩《じくじ》たる思いを抱いていた。我らの村は、昔は光魔法の血族と番っていたが、多くの若者が亡くなり、同族の者との番を優先するようになっていたから」

マギステルに子を作れと言われたことを思い出し、嫌な気分でいっぱいになった。二十年前に起きたクーデターのせいで、闇魔法と光魔法の血族は衰退の一途を辿っている。

「お前は、この村を出たいとは思わないのか？」

ノアが思い出したようにフィオナに尋ねた。フィオナは立ち入り禁止区を出れば、魔法を使えるのだ。

「今はまだいいわ」

フィオナは謎めいた笑みを浮かべて言った。今はということはいずれ出る可能性もあるのだろうか。

「あなたが外へ連れ出してくれるというなら行くけど。あなたの子を産みたいわ」

フィオナが唇を寄せて誘う。まだ子どもとはいえ、どこか大人びた表情を見せるフィオナにマホロは不快になる。ノアは何か考え込んでいるのか、フィオナが首筋にキスをしても、そのままにしている。

「ノア先輩！」

見るに見かねてマホロが声を荒らげると、ノアが我に返ってこちらを振り向いた。そこでようやくフィオナがくっついていることに気づいたらしく、面倒そうに引き剥がす。

「お前——邪魔ね」

ふいにフィオナの表情が消え、ゾッとするような恐ろしい目でマホロを見据えてきた。闇の精霊がマホロに手を伸ばしてくる。ここでは魔法は使えないはずだが、マホロは殺されるのではないかと焦った。

「やめろ」

鋭い声でノアがフィオナの目を手でふさぐ。とたんに闇の精霊はマホロから離れ、フィオナの傍に戻っていった。ノアは精霊を視《み》る目は持っていないはずだが、危険な気配を感じ取ったらしい。

「どうしてこの子を庇うの？　彼は男のままよ。番う気はないってことじゃないの？」

目元を覆っていたノアの手を下ろし、フィオナがあどけない口ぶりで聞く。男のまま？

「男のままってどういう意味だ？」

ノアが問いかける。

「光の民なら性別は変えられるでしょ？」

馬鹿にしたように言われ、マホロは呆気にとられた。ノアも驚いたように目を見開いている。

「知らなかったのね。言わなきゃよかったわ。でもその子、もう大人だし、変えられないかも」

フィオナが呟く。そういえば校長は、光魔法の血族は性差がないと言っていた。性別を変えるなんて、今のマホロにとってはあり得ない話だが、そんな能力もあったのか。

「そんな特殊な能力があるのか……」

ノアは宙を見据えて黙り込んでしまった。場が静まり返り、呼ばれてきたマリーンは「もういい？」と帰っていった。マホロもとりあえず聞きたいことは聞けたので、帰ろうと腰を浮かした。

「あの……、オボロ、は地下通路を通ってきたんですか？」

ひとつ気になったことがあって、マホロはノービルに近づき、小声で尋ねた。ちらりとノアがこちらを見て、眉根を寄せる。

「司祭は地下通路を通って村へ来た。先月、突然現れたのだ。光の民が住む水晶宮とは、地下通路で繋がっている。我らは使えないが、光の民のみに赦《ゆる》された道があると言っていた」

ノービルの言葉を聞き、マホロはにわかに緊張した。闇魔法の村の神殿広場には地下通路があった。そこから光の民が住む水晶宮へ行けるはずだ。

「ありがとうございます」

マホロは礼を言って、ノアを振り返った。まだノアはここに残るのだろうか。

「また話を聞きに来る」

ノアはそう告げて席を立った。出ていこうとするとフィオナが駆け寄ってきたが、ノアは「お前に用はない」と素っ気なくあしらった。フィオナは無表情になって、爪を噛み始める。

マホロは内心ホッとして、ノービルの家を後にした。

ノアは物思いに耽った様子で村を歩いている。マホロもマホロで、考えることはたくさんあった。何よりもジークフリートの行動が気になっていた。この村にやってきた理由は、何だったのか。

（魔法書……か。魔法書……何か引っかかるけどなぁ）

ジークフリートが探す魔法書とは何なのか、マホロはいろいろ記憶を辿ってみたが思い出せなかった。

「アレクサンダーの生家も見ておくか」

ノアが思いついたように言い、村の南側にあったというアレクサンダーの屋敷跡を見ておくことにした。アレクサンダーは村の中では大きな屋敷に住んでいたようだが、火事で全焼したそうで、焼け跡しか残っていなかった。もしここにジークフリートの求める魔法書があったとしても、すべて燃えてしまったはずだ。

「何もないな。戻ろう」

ノアも焼け跡を確認して、歩きだす。

（ノア先輩の母親に関しては手がかりすらない……）

その件については、暗礁《あんしょう》に乗り上げていた。ジークフリートと異父兄弟ではないかとノアは疑っているようだが、そうであってほしくない。

それよりも気になるのは――。

マホロはノアの横顔をそっと見た。この村に来てからノアの態度が気になって仕方ない。ノアは人を寄せつけない性格をしていて、自分のパーソナルスペースに入れる人はごく限られている。そのノアが、この村ではまるで寛容な人物に見える。言い争いをすることはあっても、いつものように切り捨てているわけではない。相手のことを認めて、受け入れている。

(ノア先輩が俺のことを目に留めたのは……光魔法の血族だったから?)

遅ればせながらそのことに気づき、激しく動揺した。思えばノアは初めて会った時からマホロを特別視していた。マホロの身体に埋め込まれた石のせいもあるが、ノアがマホロに惹かれたのは、単に闇魔法の血が、光魔法の血に反応していただけかもしれない。外の世界にはマホロしか光魔法の血族がいなかったから。

だが、ここには同族がたくさんいる。赤毛の女性もいる。ノアにとって、選択肢が増えた。

(ノア先輩は闇魔法の女性がいい……?　別に俺じゃなくても、フィオナがいる……。俺である必要なんて……ない)

それに気づいてしまうと、訳もなく動揺し、胸が締めつけられる思いだった。もともとノアは男性はマホロが初めてだと言っていた。無理に男を好きになるより、女性相手のほうが自然かもしれない。

(でも嫌だ。フィオナにノア先輩を奪われるのは……嫌だ)

悶々《もんもん》とした思いが胸を占めて、マホロはうつむいて額を押さえた。頭痛が治まらない。この村に来てから、体調が悪い。身体も重いし、空気が淀《よど》んで見える。ノアに対して恋人面をするつもりはないのに、どうしてこんなに嫌な気持ちになるのだろう。頭が痛いせいだろうか?

「――マホロ」

　考え込んでいたマホロの耳元でノアの声がして、反射的にびくっと飛び退いた。呆れ顔でノアに見られていて、慌ててぎこちない笑みを浮かべる。

「す、すみません。何でしょうか」

「お前、何で地下通路のことを聞いたんだ？」

　村の中央にある噴水のところでノアに聞かれ、マホロは面食らって立ち止まった。ノアについて考え込んでいたので、質問の意味が分からなかったのだ。自分がノービルにした質問を思い出し、マホロは目を伏せた。

「ああ……、あの、もしかして水晶宮に繋がる道があるのかなと思って」

　オボロたち光の民は、太陽の下で活動できない。だから、前回この村にオボロが現れたのは、地下通路を通ってきたのではないかと推察したのだ。以前森の人の集落でも、地下通路は光の民のために造られたものと聞いていた。予想通り、地下通路で移動できるらしい。

「何故そんな質問を？　まさか、水晶宮に行きたいとか言いださないだろうな？」

　険しい顔つきのノアに、マホロはどう言おうか悩んだ。ノアはギフトを無理やり渡されたのもあり、水晶宮が鬼門になっている。

「あの……光の精霊王に会いたいという話はしましたよね？」

　マホロはノアが怒りださないか心配しつつ尋ねる。ノアが鷹揚《おうよう》に頷く。

「だから、光の精霊王のいる場所へ行こうと思ったのですけど、正直どこにいるか分からなくて

「……水晶宮に行けばもしかして何か分かるかもと」

マホロの言い分にノアの顔が大きく歪んだ。

立ち入り禁止区に入ることになって、マホロは光の精霊王に会いたいと思った。今なら話を聞かれて困る人は傍にいない。よく考えれば魔法が使えない場所では、光の精霊王を呼び出せない。最初に会った時は光の精霊が道案内してくれたのだが、《転移魔法》でここに着いた際、光の精霊が消えていた。もしかしたら、ここが闇魔法の一族の村だからかもしれない。光の精霊王がどこにいるか知らないが、光の精霊がいる森の人が住む地区まで向かわなければならないのだとしたら、山越えをするより、地下通路で移動したほうが安全なのではないかと思ったのだ。

「俺は水晶宮へは行きたくない」

マホロの腕を強く摑み、ノアがきっぱりと言う。嫌な思い出を上書きされた場所を、ノアは嫌悪している。

「俺ひとりで行ってきますけど？」

至極当然とばかりにマホロが言うと、ノアが額を近づけてくる。

「駄目だ。個人行動は禁止だ。何かあったらどうする？」

怖い顔で戒められ、マホロはたじろいで手を放そうとした。しっかりと握られた手は、簡単に解けない。

「でも団長が来るまで時間がありますし……」

時間を有効利用したほうがいいのではとマホロが呟くと、ノアは無言でマホロの腕を摑んだまま歩きだした。

「あのぅ、ノア先輩」

ぐいぐいと引っ張られ、マホロはノアの背中に声をかけた。そのまま強い力で引っ張られ、村外れにある自分たちの家に連れ込まれる。ノアはドアを閉めると、やっとマホロの腕を放し、腕を組んで見下ろしてきた。

「前回はどうやって光の精霊王と会ったんだ？ シンボルマークで呼び出したわけじゃないのか？」

肩を押されて、長椅子に座らされ、マホロはノアを見上げた。

「前回は光の精霊が道案内してくれて……。気づいたら森の中で光の精霊王に助けられていました」

「なら水晶宮に行く必要はないじゃないか」

ノアの表情がわずかに和らぎ、マホロの隣に腰を下ろす。

「光の精霊って何だ？ お前はその辺の話をぜんぜん俺に説明してない」

咎めるように言われ、マホロもそうかもと反省した。ノアに言っても理解されないだろうと思って、説明していなかった。そもそも、光の精霊はノアを怖がっている。

「この村の近くにはいませんけど、立ち入り禁止区に入ると、あちこちに光の精霊がいるんです。その子たちに聞けば光の精霊王がどこにいるか分かるんですけど……。でもノア先輩、それを抜きにしても、俺は一度水晶宮へ行って、光魔法の子と会いたいんです」

マホロがおずおずと自分の思いを吐露すると、ノアの顔が曇る。

「ノア先輩だって、ここに来て自分の出自を知ろうとしているじゃないですか。俺も同じように、同族の子と話してみたいんです」

少し意地悪かもと思いつつ、マホロは強気で言った。ノアは水晶宮を嫌悪しているが、マホロはギフトをもらわないし、危険度は低いはずだ。何よりも同族がいて話ができたら、小さい頃の記憶を思い出すかもしれない。現状、水晶宮にいた頃の記憶はほとんどない。マギステルに言われた『地下神殿に戻って司祭の役目を果たせ』という言葉が引っかかって、これまで積極的に赴こうとはしなかったが、この村にいるより、水晶宮へ行くほうが有効かもしれないと思えてきた。

「お前を一人で行かせて何かあったらどうする？　俺が一緒に行って、さらに危険な目に遭わせるのも絶対ごめんだ」

ノアの手がマホロの髪を梳《す》き、高い鼻がすり寄せられる。ノアにキスされそうになって、マホロはふっとフィオナのことを思い出した。ノアにべたべたとくっついていたフィオナの顔が頭に浮かび、無意識のうちにキスを避けてしまう。

「何だ？」

拒否されるとは思っていなかったのか、ノアが怪訝そうに聞く。

「……フィオナに触らせすぎだと思います」

マホロはうつむいて、ぼそりと呟いた。もっと軽く言うつもりだったが、低い声が出て、とても嫌な気分になった。

「フィオナ？　ガキだろ？　……妬《や》いたのか？」

嬉しそうにノアが笑ってマホロの顎を上向ける。ノアの笑いが気に食わなくて、マホロはムッとしてノアの手を振り払った。さっきからどうも気分が悪い。頭が痛いのにノアは笑っているし、マホロの話を真剣に聞いてくれない。

「お前、前は俺に貴族と結婚しろとか、ペットでいいとか言ってたじゃないか」

ノアはニヤニヤしてマホロを覗き込んでくる。

「その気持ちは変わりません。ノア先輩には身分相応の令嬢と婚姻してもらいたいです」

マホロは決然として言った。

「でも、あの子は駄目です！　あの子じゃ……、あの子なら俺のほうがいいです！」

もやもやした気持ちがぶり返してきて、マホロは声高に叫んだ。ノアが唖然としてから、意味が分からないと言いたげに額に手を当てる。

「どういう意味だ？　フィオナが令嬢じゃないから駄目ってことか？」

眉根を寄せて聞かれ、マホロは上手く言葉が出てこなくて唇を噛んだ。フィオナが嫌な理由は、きっとあの闇の精霊のせいだ。フィオナを見ていると、背筋をひやりとするものが走る。この感覚は、かつてマホロが何度も味わったものだ。――フィオナは、ジークフリートと似ている。ジークフリートと同じ屋敷に住んでいた時は、マホロは精霊を視る目を持っていなかった。見えないけれど、ずっと恐ろしい感覚を味わっていた。

「妬いてくれたのかと期待したのに……、お前、貴族至上主義者か？　使用人歴が長いせいか？　俺がこの村に移住すると言ったら、どうする？」

じろりと睨まれて、マホロは息を詰めた。マホロが答えないで押し黙っていると、ノアは勝手な思い込みで不機嫌になっている。しかもノアがこの村に移住するなんて――。

「ここに残る気ですか？」

マホロが真顔になって聞き返すと、ノアが降参というように両手を上げる。

「――お前、貴族の俺が好きなのか？」

腹立たしげな声に、マホロは何を言われているか分からずぽかんとした。微妙な空気が流れ、マホロはしばらく言葉を失っていた。マホロが何も言わずにいると、あからさまにノアの顔が陰り「もういい」と立ち上がった。

「がっかりした」

ノアは低い声で吐き捨てて、家を出ていってしまった。追いかけることもできず、マホロはその場に立ち尽くした。

（貴族のノア先輩が好きって何？）

ノアが立腹していたのは分かったが、質問の意図が読めなかった。ノアはノアで、貴族だからどうというわけではない。五名家の血筋と言われてローエン士官学校に入ったが、そもそもマホロは自分を孤児だと思っていたので、貴族に対するこだわりはない。

（ここに残る選択肢なんてあるんだろうか？）

ノアが漏らした移住するという言葉は、大きなショックだった。それはノアが闇魔法の血族として生きるという選択肢に他ならないからだ。ノアがジークフリートのようにならないとは誰にも断言できない。人を殺すことに対して、なんら良心の呵責《かしゃく》を覚えないノアは、ジークフリートのように悦んで殺すことはなくとも、眉ひとつ動かさずに殺傷できる。

ノアにはそんな生き方はしてほしくない。ノアがもし意味もなく人を殺すようであれば、マホロがそれを阻止すると決めているのだ。

(俺がノア先輩は貴族と結婚するべきだと思ってるから？　だからあんな質問をされたんだろうか？)

分からない。ノアの質問の意味が理解できない。ノアはマホロを好きだと言って憚《はばか》らないが、マホロはノアの隣に立てる人間ではないと思っている。ノアのように優秀で立派な家柄の生まれで、人の上に立つ人間は、それ相応の女性と婚姻して子を成すべきだと思っている。それがこの国では当たり前のことだからだ。ノアが結婚して自分に構わなくなったら寂しいかもしれないが、自分のように得体の知れない存在だけ愛するより、よほどいいと思う。

(俺は……ノア先輩に誰にも後ろ指を差されないような人生を望んでいるのか)

ノアについて考えていくうちに、マホロは自分のそんな思考に気づいた。理由は分かっている。自分が一度は罪人として軍の監視下に置かれていたからだ。あの時の暗く陰鬱な思いをノアに味わってほしくない。ノアには光の中にいてほしいのだ。

ノアが闇魔法の血を引くと知って、マホロは正直悲しかった。ノアにはジークフリートのように逃亡する人生は歩んでほしくない。けれど……ノアは自分の出自について、嘆いていない。むしろマホロと最後までセックスできると喜んでいたくらいだ。マホロにはノアの考えは理解できない。二人の間には、深い思考の溝がある。

（俺が光魔法の血族で、ノア先輩は闇魔法の血族だから？　好きでも理解できないこの気持ちはどうすればいいんだろう？）

頭を抱え、マホロは涙ぐんだ。ローエン士官学校に戻りたかった。守られた囲いの中で、ノアと午後の授業について語ったり、カフェでお茶を飲んだりしたかった。そう考えて、はたと気づいた。

（俺、この村、嫌いだ……）

ここに来てからずっと頭が痛くて、身体が重くて、眠りも浅くなっている。村人と話しても気が晴れないし、打ち解ける気になれない。自分はこの村が好きじゃないのだ。めったに人を嫌わない自分には珍しいことだが、闇魔法の血族の平気で人を殺すと口にする野蛮さや、どこか見下したような視線が嫌だった。光の民は尊重するとノービルは言っていたが、とてもそうは思えない。水晶宮へ行く気になったのも、ここから離れる言い訳に近かった。

ノアは暗くなっても戻ってこなかった。マホロは長椅子に横たわり、じっと床の汚れを見つめていた。

朝がきて、マホロはベッドにひとりきりで寝ていることに気づいた。一緒に寝ていたのはアルビオンだけで、寝る必要のない使い魔であるチワワは、伸びをして耳を後ろ脚で掻いている。昨夜もあまり眠れなかった。この村の空気が自分と合わない。些細な音も気になって、目が覚めてしまう。自分は牢屋に入れられているわけではないのに、ずっと囚役しているような気さえする。

貫頭衣を身にまとい、階下に下りてノアを探したが、どこにもいない。どうやら昨夜から戻ってきていないようだ。ノアはまだ怒っているのだろうか？　少し憂鬱になりながらも、マホロは残っていた固くなったパンを食べ、家を出た。

村外れにある洞窟へ向かうと、ジンが槍を肩にかけ、困った様子で立っていた。マホロが近づくと、その表情が和らぐ。

「あの……レオン先輩、今日解放されるはずですよね？」

マホロが上目遣いで聞くと、ジンが渡りに船とばかりに首をたてに振る。

「ああ、そうなんだよ。それがあいつ、もう出てもいいって言ってるのに、ちっとも出てこないんだ。参ったよ」

ジンはマホロの肩に手を置き、にかっと笑う。

「あんたが来てくれてよかった。とりあえず見張りの仕事は終わりだから、俺は行くな。あとは好きにしてくれ」

他に囚人もいないので、レオンがいなくなればジンの仕事は終わりらしい。ちょうどいいところにマホロが来たので、ジンは手を振って去っていく。マホロは急いで洞窟に入り、レオンの房に駆け寄った。

ジンの言葉通り、牢の扉は開いていた。マホロが薄暗い中を覗くと、レオンが牢の隅っこで膝を抱えて座っている。アルビオンは薄暗い洞窟が怖いのか、入り口付近でうろうろしている。

「レオン先輩、もう自由ですよ」

マホロは鉄格子越しにレオンに声をかけた。返事はない。マホロは仕方なく、牢の扉を潜り、膝を抱えるレオンの前に膝をついた。

「レオン先輩、もう出ましょう。こんな暗くて汚いところにいたら病気になっちゃいますよ」

マホロがレオンの肩を揺らすと、億劫《おっくう》そうにレオンが顔を上げた。まともに食事をしていないせいで、頬が痩《こ》けている。

「俺はここで野垂れ死ぬ……それがお似合いだ」

レオンは相変わらず絶望の底にいて、ここを動くつもりはないようだ。

「レオン先輩……」

マホロは途方に暮れて、レオンの隣に同じ格好で腰を下ろした。魔法が使えればレオンの心を癒やす術をかけるのだが、あいにくとここでは魔法は発動しない。

「あのー、レオン先輩の使い魔を呼び出してもらえますか？」

困り果てた末、マホロはそう提案してみた。レオンは動こうとしなかったが、マホロが何度も頼み込むと、仕方なさそうに使い魔を呼び出した。

レオンの使い魔は、黒いドーベルマンだ。魔法が使えないこの地で、使い魔だけは呼び出せる。

ドーベルマンは姿を現すと、すぐにレオンの隣に寄り添い、ぺろぺろとレオンの頬を舐めた。レオンの表情が和らいだのに気づき、マホロは微笑んだ。

「レオン先輩、もしレオン先輩がここで本当に野垂れ死にしてしまったら、きっとアルフレッド王子は悲しむと思います。レオン先輩の家族や友人、校長や学校の子も……。俺はレオン先輩には責任はないと思ってますけど、レオン先輩がどうしても罰を望むなら、とりあえず生きてここを出なければならないんじゃないでしょうか」

マホロは昨夜遅くまで考えていたことをレオンに告げた。レオンの目がマホロに吸い寄せられ、咽《のど》が嚥下《えんか》する。レオンは嗚咽《おえつ》を堪《こら》えるように顔を手で覆い、震える息を吐き出した。

「こんな場所で死のうとするなんて、無責任だと思います」

マホロが小さい声で言うと、レオンはくぐもった声を上げた。レオンは肩を揺らし、声を殺して泣き始めた。自分より年上の、剛の者と呼ばれたレオンの静かに泣く姿は、マホロの胸を締めつけた。

「……情けない。お前にまでこんな姿を見せて」

ひとしきり泣き終えると、レオンは涙を拭《ぬぐ》って顔を上げた。

「俺だって、本当は分かっている。こんな場所で死んでも何にもならないってことは。自分が罪悪感から逃れたいだけだが、何度もあの少女の声が蘇って、憎悪で気がおかしくなるんだ。オスカーがギフトをもらった後、あれだけ変貌した理由が分かった。ノアだって……母親を自分のせいで喪った時の気持ちは想像したくない」

レオンは苦しそうな息遣いで、髪を掻きむしった。あの少女というのは司祭であるオボロのことだろう。

「あの少女と次に会ったら、間違いなく俺はあの少女を殺そうとするだろう。それがどんなに間違ったことだと分かっていても、憎しみが止まらない」

レオンの瞳に憎しみの炎が宿り、マホロはぞくりとした。司祭に対する憎悪はノアにもあった。望んでいないギフトを与えられた者は、司祭への憎しみを募らせる。

ギフトとは何だろう？　何故光魔法の血族はギフトを渡すのだろう。強大な力でありながら、その人の一番大事なものを奪っていく諸刃の剣。この地では魔法が使えないからだろうか？

「あの子は……レオン先輩が嫌いだからギフトを与えたという訳じゃないと思います。ギフトは自動的に付与されるもので……」

無意識のうちにそう口走り、マホロはハッとした。レオンが奇異な目でマホロを見ていたからだ。

「自動的に付与……？　お前は何か知っているのか？」

疑惑の眼差しを向けられ、マホロは動揺して首を横に振った。自分でもどうしてそんなことを言ったのか分からないが、自分はどこかでそう聞いたのだと思い出した。考えてみればオボロのギフトを与える際の口上を初めて聞いた時も、聞き覚えがあると思った。

「すみません。なんとなくそう思っただけです」

マホロは曖昧《あいまい》な笑みを浮かべ、腰を浮かせた。

「レオン先輩、ここを出ましょう」

マホロは手を伸ばした。レオンは少しの間考え込むようにうつむいていたが、やがてマホロの手を取った。ふらつく足取りでレオンが立ち上がり、マホロに引っ張られて牢から出てくる。レオンが最悪の事態から脱出してくれたと思い、マホロは少しだけ希望を持った。

「明るいな……」

洞窟から出たレオンは、外の明るさに目を細め、まぶしそうに顔を背ける。明るい場所で見ると、レオンはげっそりと痩せて、全身汚れていて顔も泥だらけだ。レオンの使い魔のドーベルマンは嬉しそうにレオンの周りをぐるぐる回り、尻尾《しっぽ》を振っている。

レオンは深く息を吸い、むせたのか咳き込んだ。その咳が長く続いたので、心配になって背中を撫でる。

「空き家をお借りしているんです。行きましょう」

マホロは手を離すとレオンがまた牢に戻ってしまいそうだったので、手を握ったまま家まで連れ帰った。レオンは別人みたいにマホロのなすがままで、大人しく従っている。

家に戻ってくると、マホロはレオンを椅子に座らせ、携帯食を取り出して食べるよう促した。その間に井戸から水を汲んで、バスタブに溜める。ある程度溜めたところでレオンの様子を見に行くと、携帯食の干し肉とパンは無くなっていた。食欲を取り戻してくれたのかと安堵する。

「水浴びでいいですか？　お湯を沸かすのが大変で」

マホロは汗ばんだ額を拭って言った。何度も井戸と浴室を往復したので、少し疲れた。魔法が使えればもっと楽なのだが、ここでは原始的な方法に頼らざるを得ない。

「すまない、お前にやらせてしまったな」

レオンは顔を引き締めた。表情が戻ってきて、マホロは微笑んだ。

「いいんです。汚れた身体を洗って下さい」

マホロが促すと、レオンは素直に応じて浴室に入った。マホロはリュックを探り、石鹸《せっけん》を取り出した。浴室にひょいと顔を出すと、レオンが全裸でバスタブに浸かっていた。上半身のあばらが浮いていて、痛々しい姿だ。

「レオン先輩、背中洗いましょうか」

マホロは石鹸を掲げながら、水浴びをするレオンに声をかけた。

「いいのか？」

レオンはわずかに動揺したそぶりを見せながらも、近づいてきたマホロを追い出す真似はしなかった。マホロは床のタイルに膝をつき、石鹸を泡立て、レオンの大きな背中を手で洗った。水は黒く汚れていたが、代わりにレオンの顔や髪から泥が落ちた。当たり前だがノアとは違う背中だ。レオンの広い背中には、いくつかの切り傷が残っていた。

「はい。綺麗になりました」

マホロが笑顔で背中を綺麗な水で流すと、ふいにレオンが思い詰めた空気を漂わせて振り返ってくる。レオンは唇を噛み、マホロに熱い視線を注ぐ。

「マホロ」

レオンは苦しそうに呟き、いきなりマホロの身体を抱きしめてきた。びっくりして硬直すると、きつく腕を締められる。

「みっともなくてすまない。……感謝している」

レオンは濡れた身体にマホロを閉じ込め、耳元で喘《あえ》ぐように言った。レオンの精神の助けになったのかと思うと、マホロも胸が熱くなった。強い精神の持ち主だと思っていたレオンの弱い部分を知り、優しい気持ちになる。年が上だろうと、剛の者と呼ばれようと、自分と変わりないのだとしみじみ感じたのだ。

「いいんです。早く元気に……」

なって下さい、と言いかけたマホロは、目の前の壁が突然、ぼこりと音を立てて崩れたのに驚いた。ドーベルマンが入り口に向かって唸り声を上げ、アルビオンがびっくりして飛び上がり、キャンキャンと鳴きだす。焦って振り向くと、浴室の入り口に不機嫌そうなノアが立っている。

「――何をしている？」

ノアの冷たい眼差しを浴びて、マホロの鼓動は次第に速まった。レオンがノアに気づき、マホロを抱きしめていた腕を弛める。

「ノア先輩、これは……」

抱き合っていたので誤解されたのかと、マホロは口を開いた。すると、ノアがつかつかと歩み寄り、膝立ちだったマホロの腕を引っ張り上げる。

「牢から出たと思ったら、人のものに手を出すとは、いい度胸じゃないか？」

低い声でノアはレオンを見下ろし、摑んでいたマホロの腕に力を込めた。痛みに顔を歪めてマホロが「ノア先輩、違います」と言うと、きつく見据えられる。

「お前もお前だ。俺が駄目ならレオンに鞍替《くらが》えか？　貴族なら誰でもいいってわけか？　反省しているかと思って来てみれば、浮気とはいい度胸じゃないか」

軽蔑するように見下され、マホロはカッと頭に血が上った。

「離して下さい！」

ノアの態度に無性に怒りが湧いて、マホロは腕を振り払った。ノアの力はすごくて、振りほどこうとしてもまったく相手にならない。

「ノア先輩、本当に俺が貴族が好きだと思ってるんですか⁉」

昨日の会話ですぐに否定しなかった自分も悪いが、貴族であるノアにしか興味がないなんて、冗談でも思ってほしくなかった。有無を言わせぬ態度に腹が立ち、マホロはノアを睨み返した。マホロのそんな態度は初めてだったせいか、わずかにノアが怯《ひる》んで腕を放す。

「じゃあ何で俺がここに移住するかもと言ったら、一緒にいると言わない⁉」

マホロの怒鳴り声に感化されたのか、ノアの声も荒々しくなった。ノアの怒鳴り声が痛む頭にずきずきと響き渡る。ノアに正面から問《と》い質《ただ》され、マホロはカーッと頭に血が上った。

「何で俺がノア先輩に合わせなきゃならないんですか⁉」

言ってはいけないと思ったが、それがマホロの正直な言葉だった。ノアの顔が強張《こわば》り、少しの間互いに睨み合った。

ノアが昨日の言い合いで腹を立てた一番根底にある不満は、きっと移住の件なのだとマホロも分かった。ノアはどんな場所にもマホロに黙ってついてきてほしいと思っている。ノアは自分を愛していると言うし、その気持ちに偽りはないのは知っている。対等になろうとノアは言ってくれたが、自分たちの関係は対等ではない。ノアはマホロが水晶宮へ行きたいと言った時も、猛反対して、決定権はまるでノアにあるかのようだった。少し前まではそれでいいと思っていたのに、今は納得できないでいる自分がいた。

（俺たちの関係って何だろう？　俺はこのままノア先輩の言うなりでいいのか？　俺はこの村に長居したくない。ノア先輩にも、この村にいてほしくない。闇魔法の血族と一緒にいてほしくないんだ）

ノアを睨み返しながら、マホロは自分の本心に気づいた。ノアはこめかみをぴくぴくさせ、見たことのない形相でマホロを見据えていた。まといつくような邪気を感じ、マホロは鳥肌を立てた。負の感情がノアの身体からあふれ出て、マホロを包み込むようだ。それはひんやりとして、ゾッとする感覚だった。かつてジークフリートに逆らって、見下ろされた時のような——。

ノアの背後におぼろげに精霊が浮かび上がる。これは……？

「移住ってどういう意味だ……？」

それまで黙っていたレオンが、困惑した声で割り込んできた。マホロはハッとして、口元を手で覆った。レオンの存在を思い出したのか、ノアが舌打ちして、邪気を引っ込める。そのまま荒々しい足取りで浴室から出ていった。

（今の……ゾッとするような感じは……）

マホロは青ざめてノアの消えた扉に目を向けた。

「……すまない、俺のせいで誤解させてしまったな」

レオンはバスタブから物憂げに立ち上がり、乾いた布で身体を拭き始めた。

「レオン先輩のせいじゃありません……」

マホロは悄然《しょうぜん》として、浴室から出ていった。レオンの替えの衣服を取りに行き、リビングを覗いた。ノアはどこかへ行ってしまったのか、家の中には見当たらなかった。

レオンは身を清めると、いくらか気力を取り戻したようだった。いつもの生真面目な顔つきになり、台所で火を熾して湯を沸かすマホロの隣に立った。

「マホロ、ノアの言っていた移住ってどういう意味だ？」

レオンは先ほどの会話がどうしても引っかかるらしく、再度尋ねてくる。

「ノア先輩の冗談だと思います……。多分、俺の反応が見たかっただけだと」

そうであってほしいと願い、マホロはため息をこぼした。レオンはノアが闇魔法の血族のふりをしていると思っているし、マホロはまだ真実は明かしたくなかった。

「レオン先輩……俺、団長が迎えに来るまでに、ちょっと行きたいところがあるんです」

ノアの話を長引かせるのは危険なので、マホロは思い切って水晶宮へ行きたいという話をしてみた。地下通路で水晶宮へ行けるかもとマホロが明かすと、レオンの顔色が曇った。

「地下通路……。来た時と同じく山を越えるのでは駄目なのか？」

悩ましげにレオンが額を押さえる。

「山越えでは、俺の足だと時間がかかるんで……。ノア先輩に話したら大反対されたので、俺ひとりで行くつもりです。もし団長が来るまでに戻ってこられなかったら、森の人の住む集落に向かうので、そこへ迎えに来てくれるよう頼んでもらえませんか？」

マホロは静かな決意を秘めて言った。立ち入り禁止区はそう何度も来られる場所ではない。団長の力があれば容易《たやす》く来られるが、利益がなければ団長は力を使ってくれないだろう。行くなら今しかない。

「……俺も一緒に行こう」

ふと思い詰めた目つきで、レオンが言った。

「え、でも……」

まさかレオンが同行すると言いだすとは思わなかったので、マホロはたじろいだ。

「お前ひとりでは何かあった時、危険だ」

抑揚のない声でレオンが呟き、宙に視線を定める。レオンの何かに囚われたような表情を見て、マホロは言い知れない不安を抱いた。レオンの好意は有り難いが、そのただならぬ様子には違和感があった。レオンはひょっとして水晶宮へ行けばオボロがいると思っているのではないだろうか。次に会ったら殺すと豪語していたし、危険だ。

「分かりました。それじゃ、一度休んで下さい。レオン先輩、ずっと寝ていないんでしょう？身体を休めてから、一緒に行きましょう」

拒絶するとレオンにまで行くのを禁じられそうで、マホロはレオンを二階にある寝室へ連れていった。レオンはずっと牢のごつごつした岩に囲まれて過ごしていたので、ベッドに無理矢理寝かしつけると、ものの一分で眠りについた。相当疲れていたのだろう。眉間のしわが、ほどけていく。

（レオン先輩、ごめんなさい）

マホロは階下に下りると、迷彩服に着替え、リュックに二日分の食料があるのを確認して、そっと家を出た。レオンには悪いが一人で行くつもりだった。嫌がるアルビオンを自分の中に戻し、村民に見られないようにして家から離れた。ノアにも今は会いたくなくて、村の端っこの人が通らない道を使って神殿に向かった。夕食時だったせいか、神殿に向かうマホロを見咎める者はいなかった。

神殿に入ると、回廊には蠟燭《ろうそく》の明かりはあったが、薄暗く、静けさに満ちていた。祭事がない時は人の来ない場所なのだろう。マホロは誰もついてこないのを確認して、蠟燭の火をもらってカンテラに明かりを灯《とも》した。

カンテラを手前に持ちながら、マホロは地下通路に通ずる階段を下りていった。長い一本道が続いている。通路は真っ暗で、カンテラの明かりがないと真の暗闇だった。少しばかりの怖さを抱えつつ、マホロはひたひたと通路を進んだ。足下は土で、壁は木材で補強されている。ところどころに青く光る壁があり、それを目印に歩いていった。

（ノア先輩、怒るだろうな）

勝手にマホロが行ってしまったと知れたら、きっとノアは怒りまくるだろう。想像すると憂鬱になったが、マホロは今どうしてもこの村を離れたかった。ノアへの反発があった。これまでノアの言いなりになっていたけれど、この村にいるノアとはもう一緒にいたくなかった。

（今までこんなこと、思ったことないのに）

ノアはマホロを心の底からいつも案じていて、口は悪くても奥底には愛があふれていた。だが、今のノアは何か違う。いや、ノアだけでなく、自分も違う。頭痛が治まらないせいだろうか？　心がささくれだって、優しくなれない。

（この村に馴染《なじ》めない。自分の生まれた場所に行ってみたい）

水晶宮へ行こうと決意した。まだ存在するなら、他の光の民を見たかったし、あのオボロとも話をしてみたかった。ノアとレオンが一緒では、きっと聞きたいことも聞けない。

（今は一人になりたい）

ノアと言い争った光景が脳裏に蘇り、マホロは首を振ってそれを追い払った。

4 異端者

三時間ほど休みなく歩き続けたマホロは、時計を見てその場に腰を下ろした。ずっと歩いていたので疲れた。カンテラの明かりはマホロの周りのわずかな場所しか照らすことはできないので、目を凝《こ》らしていたせいだ。

三十分くらい前から、地面は石畳に変わっていた。地下通路は完成する前に何らかの事情で放置されたのかもしれない。地面が石畳に変わった辺りから壁や床の補強もしっかりしたものになり、一定区間ごとに明かり採りの窪《くぼ》みが造られていた。分かれ道はなかったのでひたすらまっすぐ歩いてきたが、一度だけ外に出る階段があり、上がってみると竜の谷のすぐ近くに出た。空を飛び交う竜に恐れをなして急いで離れたが、どうして竜の谷に繋がる道があるのか謎だった。幸いにも地下通路の階段入り口は竜が入れる大きさではなかったので、地下通路に竜が来る心配はない。

リュックの中に入れておいた水筒に口をつけ、マホロは壁に寄りかかった。

マホロがいないことに気づき、ノアが怒っている頃かもしれない。ひとりで歩きながら考え続けていたせいか、黙って出てきて申し訳なかったなという気持ちが湧いてきた。

(ヤキモチ……なのかなぁ)

ノアとフィオナがくっついているのを見るのは嫌なものだった。だが自分は、もっと前からもやもやしたものを抱えていた気がする。

(ノア先輩がこの村に溶け込んでいるのを見てから……だな)

深く考え続けると、マホロはそれに気づき悲しくなった。外では毒舌家で人を拒絶するノアが、闇魔法の一族の村では、村人を受け入れているように見えた。本当ならノアのそんな態度を見て、喜ぶべきなのだ。けれど自分はそれがつらかった。

(俺は……あの村にいても、溶け込めない。光の民だから……？)

外見だけでなく、本質がまるで違うとたびたび感じていた。何よりも村にいて、安眠できなかった。あの村の人はマホロを表向きは尊んでくれるが、まるで監獄にいるようなのだ。

(何をされたわけでもないのに、気が休まらなかった)

ノアに対する愛情は変わりないのに、ノアとは意見が対立してしまった。我慢すればよかったのだが、それは嘘だと分かっていたので、できなかった。

本当にノアが闇魔法の一族の村に留まるなら、自分はどうすればいいだろう？　あそこにずっといられない。学校に戻りたかった。早く団長の迎えが来てほしいと願うほどに。けれどノアの幸せがあの村にいることなら、受け入れなければならない。

ノアについて考えていると自然と涙が滲《にじ》んできて、マホロは胸を震わせた。

――ふいに空気をかすめる音がして、びくりとした。鼻先をかすめた弓矢が、床に弾かれて落ちる。

「あー。残念、外れちゃった」

つまらなそうな声がして、マホロは驚愕《きょうがく》して腰を浮かせた。数メートル先に、弓矢を構えているフィオナがいた。少女は面白がっている顔つきで再び弓矢を構え、マホロに向けて放ってくる。慌ててマホロはその場を離れ、持っていたカンテラをフィオナに向けて投げつけた。矢が足下に放たれ、青くなってフィオナを見据える。カンテラはフィオナの近くで燃え続け、ゆらゆらと影を動かす。

「何で俺を……っ⁉」

フィオナが自分に矢を射る意味が理解できず、マホロは急いでホルダーに入っていた銃を抜いた。

「動かないで下さい！　動いたら、撃ちます！」

理由は不明だが、命を狙われているなら、対処しなければならない。マホロは銃の先をフィオナに向けた。けれどフィオナは逆にあざけるように矢を射ってくる。

「無理よ。あなたに人は殺せない」

フィオナは少女とは思えない妖艶《ようえん》な笑みを浮かべ、弓を引き絞る。カッときて威嚇《いかく》のつもりでフィオナの足下に銃を撃ったが、怯《おび》えるそぶりはなかった。それどころかマホロに向かって矢が放たれ、とっさにアルビオンを呼び出していなければ、怪我《けが》を負っていた。アルビオンは飛んできた矢を蹴り飛ばし、ギャルギャルと吼《ほ》え立《た》てる。

「やめて下さい！　何で俺に⁉」

銃をフィオナに向けたまま後ろに下がり、マホロは冷や汗を流した。フィオナの言う通り、マホロは銃は扱えるが人は撃てない。他人を傷つけることに躊躇《ちゅうちょ》がある。

「邪魔だから」

フィオナは肩にかけていた革袋から矢を引き抜くと、二本の矢を同時に放ってくる。そのうちの一本がマホロの腕をかすめた。二の腕に焼けるような熱さが起こり、マホロは悲鳴を上げた。逃げなければと痛む腕を押さえながら走ったが、行き止まりだった。

（そんな⁉）

壁に埋め込まれた手のひらサイズの水晶が三つ並んでいて、他に道はない。水晶は淡い光を放っていて、周囲を照らし出している。マホロは逃げ場がなくなり、その場で足踏みした。とたんに矢が飛んできて、横を走っていたアルビオンが、身を投げ出して矢を受けた。キャンと悲鳴を上げて、アルビオンが消滅する。

マホロは恐怖を感じて、銃を構えた。フィオナの腕か足を撃って、攻撃をやめさせるしかない。続けてフィオナの矢が数本飛んできて覚悟を決めたが、マホロが銃の引き金を引く前に、「やめろ！」という怒鳴り声がして、攻撃がやんだ。

誰かが駆けつける足音がする。

「マホロ、無事か⁉」

ノアとレオンの声が同時に聞こえ、マホロは銃を下ろした。カンテラの明かりに照らされ、フィオナがノアに羽交い締めになっている姿が映った。レオンはマホロに駆け寄り、二の腕の怪我に気づき、顔を歪める。

「怪我をしているが、マホロは無事だ！」

レオンの大声に、ノアが険しい顔つきでフィオナの持っていた弓矢を粉々に砕く。マホロは助けが来たことに安堵して、その場に尻餅をついた。今頃震えがきて、立ち上がることができない。

「何故、マホロを狙った⁉」

フィオナの腕を摑んだノアが、恐ろしい迫力で問《と》い質《ただ》している。マホロはレオンに支えられてフィオナに近寄ると、こわごわと少女を見た。

「だって邪魔だから。ちょうど一人になったから、殺しちゃおうかなって」

悪びれた様子もなくフィオナが言う。レオンとマホロはそれに怯《ひる》んだが、ノアは表情ひとつ変えずにフィオナの首を片方の手で絞めつけた。

「誰かの命令じゃないんだな？」

フィオナの細い首を絞めながら、ノアが問う。フィオナは苦しげに身悶《みもだ》えし、肯定するように何度も頷いた。マホロはフィオナの首を絞めつけたままのノアに驚き、「ノア先輩、その辺に」とかすれた声を上げた。

「いや、危険だからこいつはここで殺そう」

ノアは何でもないことのように言い、ぎりぎりとフィオナの首にかけた手に力を込める。最初は脅《おど》しかと思ったが、フィオナが血の気を失い、口から泡を噴き出した時点で、ノアが本気だと悟った。

「ノア先輩、やめて下さい!!」

マホロはわななきながら、ノアの身体に飛び込んだ。レオンも困惑したようにノアの腕を引き、フィオナの首から手を離させる。フィオナは苦しげに咳き込み、生理的な涙を流す。

「何故止める？　またお前を襲うかもしれないぞ」

ノアは止められたことが不満だったのか、眉根を寄せる。殺して当然というノアの態度についていけず、マホロは絶句した。するとフィオナは咽《のど》を押さえたまま身を翻《ひるがえ》し、マホロたちに舌を出した。

「《悪食《あくじき》の幽霊》たちよ、あいつら食べちゃって」

フィオナは口笛を吹いて、笑いながら言った。フィオナが逃げる方を見ると、地面から数体の《悪食の幽霊》が浮かび上がってくる。身体全体を海藻で覆われた気味の悪い怪物で、真っ白でゆらゆらとした動きで近づいてくる。

「あれは……っ」

レオンは王宮で《悪食の幽霊》が王族を次々と殺しているのを目の当《ま》たりにしていたので、衝撃で声がひっくり返ってしまった。《悪食の幽霊》は生きている人の身体の中に入り込み、命を奪う。それだけでなく、近くにいる人を恐怖と絶望で支配する。マホロは四肢が震え、怖気《おぞけ》が立ってノアにしがみついた。動かなければ襲ってこないといわれている怪物を、フィオナは操れるのだ。

「銃は効かないんだよな？　どうする⁉」

　レオンは近づいてくる《悪食の幽霊》に動揺している。するとノアがすっと前に出て、左手で《悪食の幽霊》を制した。

「それ以上、近づくな。この地下通路から出ていくんだ」

　ノアが《悪食の幽霊》に向かって命じる。すると《悪食の幽霊》たちがぴたりと止まり、ノアの命令に従って去っていった。マホロはびっくりしてしがみついていたノアの腕から離れた。ノアも《悪食の幽霊》を意のままに操れる——。そういえばヤグも彼らは闇魔法の血族は襲わないと言っていた。

「……何故、あいつらはお前の命令に従った⁉」

　マホロよりも動揺していたのは、レオンだった。先ほどまでは敵に恐怖を持っていたはずが、今やレオンはノアに対して身構えている。それは仕方ないだろう。王宮でジークフリートが操っていた《悪食の幽霊》を、ノアが止めたのだから。

「お前は……っ、お前は本当は、闇魔法の血族なのか⁉　その赤い髪も、染めているわけではなく……っ」

　レオンは声を怒らせて、ノアと対立する。レオンにはノアが闇魔法の血族の血を引いていることは隠していた。だがそれも限界かもしれない。ごまかすには、ノアはあの村に馴染《なじ》みすぎている。

「はぁ」

ノアは面倒そうに肩にかかった髪を払いのけた。

「そうだよ。俺は闇魔法の血族の血を引いている。お前には隠し通せないよな」

あっさりとノアが認めると、レオンは大きく身体を揺らして拳を固めた。

「そんな……っ、お前が……っ、俺は……っ」

レオンは声を詰まらせて、何度も拳《こぶし》を震わせた。レオンも心のどこかでノアの出自を疑っていたのかもしれない。すごい形相でノアを睨《にら》みつけ、髪を掻きむしることで混乱を抑えようとしている。

「言っておくけど、アルフレッド殿下は知ってるぞ。別に俺は国家転覆なんて望んでいないし、殿下とはよき関係でいたいと思っている」

ノアはレオンが暴走しないよう、先んじて言った。レオンは爆発しそうだった感情を、無理にごまかそうとしてか壁に拳を叩きつけた。すごい音がして、マホロは涙腺が弛んでレオンに駆け寄った。

「レオン先輩、ノア先輩も知らなかったんです！　ノア先輩はジーク様……ジークフリートとは、違うから……っ」

レオンとノアが対立する事態は避けたくて、マホロは声を張り上げた。レオンは絶望的な表情で壁を見据えていて、壁から離した拳には血が滲んでいた。ノアが闇魔法の血を引くと知り、レオンは衝撃を受けている。ジークフリートとは違うと訴えたが、レオンの顔は強張ったままだ。

「マホロ、腕の怪我を見せろ」

マホロはレオンが心配だったが、ノアはそんなことはどうでもいいらしく、傷ついた二の腕を確認してくる。フィオナの放った矢は腕をかすめ、布が裂け、血が少し滲んでいた。かすめた程度なのでもう血は止まっていたが、ノアは不服そうに眉根を寄せている。

「俺は行くなと言ったよな？　何故勝手に出ていった？　しかもひとりで」

ノアはマホロの顎《あご》を捉え、怖い顔で詰問する。

「俺たちがここに来なければ、フィオナに殺されていたかもしれないんだぞ？」

苛立った様子でなおも聞かれ、マホロは唇を噛んだ。水晶宮へ続く道があると言われて地下通路へ来たが、道は行き止まりだった。光の民にしか使えない道が、今のマホロには分からない。

「ともかく村に戻るぞ」

有無を言わせぬ口調でノアに背中を押され、マホロは納得できなくて身を引いた。

「俺……戻りたくないです」

闇魔法の村へ戻るのが嫌で、マホロは思い切って口にした。ノアが面食らったように固まる。マホロは自分の腕をさすり、ノアを厭《いと》うように数歩離れた。フィオナに殺されかけたのも怖かったが、それ以上に先ほど現れた《悪食の幽霊》のゾッとする感覚が身体を包んでいた。

「ノア先輩はいいかもしれませんが、俺は……俺は、あの村にいるのが嫌なんです。ぜんぜん眠れないし、それに……頭が痛くて……」

ずっと敵地の中にいるような不安な感覚を分かってもらおうと、マホロは言葉を募った。上手く伝えられなくてマホロが口ごもると、レオンが髪をぐしゃぐしゃと掻き乱した。

「俺も戻りたくない。あの村にいる奴らは、全員敵だ」

レオンを振り返ったマホロは、ふいに地下通路の奥の壁にある水晶に目を吸い寄せられた。水晶宮へ続く道――もしかして。

マホロは無意識のうちに奥に向かって走りだしていた。

「おい、待て」

脇をすり抜けていったマホロを、レオンが反射的に追いかける。マホロは行き止まりの壁まで一気に走った。そして、三つある水晶のうち、真ん中の水晶に手を伸ばした。

「マホロ」

追いついたレオンがマホロの肩に手をかける。その背後からノアが追いかけてくるのが見えた。だがその刹那《せつな》、光がマホロを包んだ。水晶に手を載せたマホロと、肩に触れていたレオンの身体がどこかに引っ張られる。

「マホロ！」

切羽詰まった声でノアが叫んだのが分かったが、それは途中で掻き消された。

マホロは気づくと、水晶宮に立っていた。

5 水晶宮

視界に映るのは、透明に光り輝く水晶でできた神殿だった。以前、ギフトをもらいに訪れた水晶宮に違いない。大きな柱が二列、等間隔で奥に向かって繋がっている。天井も壁も、柱や装飾まで水晶でできてまばゆいばかりだ。

マホロは大きく息を吸って、周囲を見回した。隣にいたのはレオンだけで、ノアの姿はなかった。おそらくあの水晶に触れることで、ここへ転移したのだろう。

「ここは……っ⁉ どうなっている⁉」

レオンは突然見知らぬ場所に移動させられて、身構えている。レオンは水晶宮に来たのが初めてなのだ。

「あの地下通路から、水晶宮へ移動したんです」

マホロが説明すると、レオンは落ち着きを取り戻した。マホロは何度か呼吸を繰り返し、ひどく身体が軽くなっているのに気づいた。先ほどまであった頭痛がすっかり消えている。空気が綺麗で、怠《だる》さもない。頭もすっきり冴え、何よりも心が安定していた。

「水晶宮……あの少女がいる場所だな」

ふっとレオンの声が低くなり、マホロが止める間もなく奥に向かって駆けだしていた。

「レオン先輩⁉」

マホロは走りだすレオンの背中に向かって叫んでいた。レオンはオボロを捜しているのかもしれない。あれほど弱っていたはずのレオンは、マホロが追いつけない速度でどんどん奥へ行ってしまう。

「待って、待って下さい」

必死になって止めたが、レオンには届かない。マホロは息を荒らげ、水晶宮のだだっ広い床を走った。前回も行けども行けども柱が並んでいるだけだったが、これだけ走っても、景色が変わらない。しかも何て静かなのだろう。人の気配がまったくない。

走るのに疲れて、マホロはとうとう歩みを止めて呼吸を繰り返した。レオンの姿が見えなくなり、自分しか存在しなくなった。

「レオン先輩……？」

マホロは不安になってきょろきょろした。マホロの声だけが響いて、誰の声も聞こえない。後ろを振り返ると、最初に転移した場所すら見当たらなくなった。途方に暮れてその場にしゃがみ込むと、コツコツという足音がした。

「あなた……」

いつの間にか目の前に腰まで伸びた真っ白い髪に真っ白い肌の少女が立っていた。ノアやオスカー、レオンにギフトを与えたオボロという少女だ。白い貫頭衣を着ていて、サンダルを履いている。

「オボロ……、だよね？」

マホロは胸を熱くさせて立ち上がった。前に立つとオボロの小柄さがより一層分かった。まだ七、八歳くらいの子どもだ。

「あなたはマホロね。マギステルがお話ししてくれたわ」

オボロは嬉しそうに微笑んで、マホロの手を握る。こうして話していると、ふつうの女の子だ。

「帰ってきてくれたのね！　皆のところに行きましょう！」

オボロが目をきらきらさせて、マホロを引っ張る。マギステルに話を聞いたということは、マホロが子孫を残すために戻ってきたと思っているかもしれない。慌ててマホロはオボロの手を払いのけた。

「ごめん、俺は帰ってきたわけじゃない。ただ、どんなところか知りたくて……、俺にはここでの記憶がないから」

オボロを期待させたくなくて、マホロはつい身を引いた。

「それに、レオンという男の人も一緒に来たんだ。彼を知らない？　もし彼が君に会ったら、また殺そうとするかもしれない」

不安が先に立って、マホロは声を一段落として尋ねた。オボロの顔が曇り、悲しそうにうつむく。

「レオンというのはあの時の人ね……。ギフトをあげたのにあんなに怒るなんて思わなかった……。ギフトをあげるのが私の使命なのに……嫌がる人もいるなんて……」

オボロが小さな手で、ぎゅっと白い裾を握る。オボロは困惑しているのだ。ギフトをあげるのはいいことだとでも聞かされたのだろうか？　こうしてみると、まだ幼い。物の善悪も分かってないに違いない。オボロを責めることはできなくて、マホロは小さな頭を優しく撫でた。

「そんなに私を殺したいなら、しょうがないわ。殺されてあげる」

儚《はかな》げな笑みでオボロが言い、マホロは虚を衝《つ》かれて撫でている手を止めた。

「殺されてあげるって……本気で言ってるの？」

聞き間違いかと思い、マホロはオボロと視線を合わせるために膝をついた。

「本気よ。その代わりに、私の死体は外へ出してくれる？　光の民は穢《けが》れに弱いの。私の死体があったら、残っている子たちは弱っちゃうわ」

他人事《ひとごと》のように言ったかと思うと、オボロが宙に向かって円を描いた。すると、今まで姿を見失っていたレオンが、すぐ近くに立っていた。レオンは人の気配に振り向き、マホロとオボロを見つけて肩を怒らせる。

「見つけたぞ！　貴様！」

レオンが聞くに耐えない怒号を浴びせ、悪鬼の形相でオボロに飛びついてくる。マホロが止める前にレオンはオボロに馬乗りになり、細い首を締め上げた。恐ろしさにマホロは硬直してしまった。オボロは抵抗もせずに、レオンに首を絞められている。

「やめて下さい！　レオン先輩！　やめて!!」

本気で殺すつもりかとマホロは急いでレオンの腕を摑んだ。レオンは頭に血が上った様子で獣じみた息遣いで手に力を込める。オボロの顔色が見る見るうちに変わっていき、マホロは本気で恐怖を覚えた。

——その時、背後から複数の人の気配がした。

「やめて！　オボロを殺さないで!!」

「オボロ！　駄目だ！」

子どもたちが駆け寄る足音と、小さな子どもたちの声。マホロはびっくりして周囲に群がってきた子どもたちに目を瞠《みは》った。どこから現れたのだろう？　確かに先ほどまでは誰もいなかったのに、今や十数人の子どもたちがレオンを止めようと必死にしがみついている。年の頃は、五歳から十歳くらいまでさまざまだったが、皆一様に真っ白い肌に真っ白い髪をしていて、自分とよく似ていた。

「何だ、お前ら、は……」

憎悪でオボロを殺しかけていたレオンも、いきなり出現した子どもたちに毒気を抜かれた。レオンの手から力が抜け、自分を必死に引き剝がそうとする子どもたちを凝視する。

「お願い、殺さないで」

「オボロが死んだら嫌だよぉ」

「オボロを助けて」

子どもたちは口々に叫び、大粒の涙を流してレオンにすがりつく。レオンは口をぱくぱくさせて、彼らを見下ろした。首を絞める力が弛んだのか、オボロが大きく咳き込んだ。その拍子にレオンは手を離してしまい、真っ赤な顔で苦しげに息を吸うオボロを見返す。

「……俺は……、俺は……っ!! クソ……ッ」

レオンはオボロの顔の横に拳を叩きつけた。オボロがびくっとして、涙を流す。レオンは怒りをぶつけるが如く、何度も床に拳を叩きつけた。床にヒビが入り、レオンの拳が血でぐちゃぐちゃになっていく。

「何故俺にギフトなど授けた⁉ 俺はそんなもの欲しくなかった!! お前のせいで、俺は、俺は陛下を……っ!!」

レオンの悲痛な叫びに、子どもたちまで泣き始める。マホロはどうしていいか分からなくなり、レオンを背中から抱きしめた。

「ごめんなさい……、ごめんなさい……、私には止められないの……。ギフトをあげられる人に会うと、勝手に付与してしまうの……」

オボロは頬を涙で濡らし、かすれた声で謝った。レオンはその声に今さらながら相手が子どもだと認識して、恐れるようにオボロから身を離した。

「オボロ、大丈夫？」

「オボロ、怖かったね」

レオンが離れると、子どもたちはオボロに抱きついて互いに慰め合っている。オボロはまだ苦しそうに咳をしていて、子どもたちは小さな手でオボロの背中を擦る。

「光の精霊王、どうかオボロを癒して下さい」

一人の子どもが手を組んで祈り始め、次々と他の子どもたちも祈りを捧げる。すると水晶宮に目を開けていられないほどの神々しい光が瞬《またた》いた。マホロは目元を手で覆い、光の中心に目を凝《こ》らしてみた。芳《かぐわ》しい花の香りときらきらした光の粉が舞い、白い布を揺らして光の精霊王が現れた。

「光の精霊王！」

マホロは思わず声を上げて、光の精霊王の前に跪《ひざまず》いた。空間に圧力が加わり、肌が粟立《あわだ》つ感覚になる。レオンは精霊を視《み》る目は持っていないが、何か大きな存在がやってきたのを察し、横に退《ど》いた。

光の精霊王は金の冠を戴き、白く輝く衣をまとっていた。豊かに波打つ長い金色の髪が発光している。光の精霊王は持っていた錫杖《しゃくじょう》をレオンに向けて軽く振った。するとレオンは深い眠りに誘《いざな》われ、抵抗虚しくずるずると床に崩れていった。横たわった時には寝息を立てていて、その顔から険がとれている。

「精霊王ー」

「王様ー」

子どもたちは頰を紅潮させ、親しみを込めて光の精霊王のマントにまとわりつく。光の精霊王はそれを微笑ましく見つめ、倒れているオボロを抱き上げた。

「はぁ……光の精霊王……」

光の精霊王がオボロに息を吹きかけると、徐々に顔色が安定して、息遣いが整ってきた。オボロは苦しさから解放されたように光の精霊王に笑いかける。オボロが元気になると、子どもたちは再び光の精霊王に手を組んで祈りを捧げた。

マホロは彼らの姿を、声もなく見守っていた。光の精霊王はここでは雲の上の存在ではない。身近にいて助けてくれる親のような存在だと悟ったのだ。光の民である彼らは皆、光の精霊王を視ることができるし、彼らの存在も認知されている。

『マホロ、ここまで来たのだな』

ふっと光の精霊王の黄水晶の瞳がマホロに向けられた。マホロはどぎまぎして、「は、はい」と深く頭を下げた。光の精霊王はオボロを床に下ろし、何かに気づいたように宙に目を向けた。

『闇の子は堪《こら》えがきかぬな……。お前を見失った闇の子が、地下通路を破壊しておる』

光の精霊王が呟くと、マホロの顔がサッと青ざめた。闇の子とはノアのことに違いない。マホロとレオンが消えたから、混乱して地下通路を破壊しているのだ。

「俺は……、あの、早く戻らなければならないかもしれませんが、光の精霊王とお話ししたくて……、ずっと気になっていて……」

前回会った時には、身体から長く離れていると危険だったのでゆっくり話すことができなかった。あの時、光の精霊王はこう言った。門を開けよ、と。マホロには役目があると。

『おいで、マホロ』

光の精霊王が手を差し出し、マホロはおそるおそるその手を重ねた。光の精霊王がマホロを抱き上げると、いつの間にか上空に移動していた。一瞬の間に水晶宮から上空へと場が変わっていて、焦って光の精霊王にしがみつく。雲の合間にマホロたちはいた。クリムゾン島が眼下に広がっている。

『何から話せばいいか……。この島が異質なことは、お前も分かっているね？』

光の精霊王はクリムゾン島を見下ろし、優しく話し始めた。風が吹き、光の精霊王の髪がたなびく。マホロは光の精霊王の腕の中にいて、島の全景を目の当《ま》たり《あ》にした。こんな高い場所にいるのに、ちっとも怖くないのは、光の精霊王と共にあるからか。

「はい……。俺の存在も含めて、とても奇妙だと思います」

マホロはこくりと頷いた。

『無理もない。もともとこの島は次元の違う存在なのだ』

「次元……？」

マホロは意味が分からなくて、問い返した。

『クリムゾン島は天空にあったものだった。いわば、私や精霊たちと同じ存在だったのだ。お前も疑問に思ったのではないか？　何故、光の民は短命なのか、何故、闇の民の能力は一子相伝なのか……、生命体としては欠陥していると。それらは罰なのだ』

光の精霊王がマホロの目元に手を当てた。すると視界に闘いの場面が映し出された。恐ろしい角や黒い羽を生やした人に似た生き物と、白い羽に金の冠を被った人に似た生き物が武器を持って闘っている。

「これは……いわゆる天使と悪魔、みたいな……？」

マホロはまるで絵巻物を見ている気分だった。闘いはずっと続いていて、双方ともに傷ついていく。

『そのようなものだ。天空にあったクリムゾン島が地に墜ちたのは、もう三百年も前だ。天空にあったふたつの種族は闘い続け、憎悪に満ちあふれた。争いはカルマを生み、波動を落とした。我々と同じ次元だったものが、人と同じ次元に堕ちたのだ。人と同じ存在になった彼らは、闇魔法の血族と光魔法の血族に分かれ、島で生きていくことになった』

光の精霊王の説明は難しすぎて、マホロには理解できないことばかりだった。だが、それなら闇魔法の血族が歴史に突如として現れたのも納得がいく。

『地で暮らすために、我と闇の精霊王はこの島で魔法を使うことを禁じた。再び争いのもとになるのを防ぐためだ。ただし、神殿においては使用を認めた。すべて禁じては、いずれ天空に戻る際に使えなくなるかもしれぬのでな』

淡々と言われ、マホロはこの島の謎についての答えに、感銘を受けた。ここで魔法が使えないのは、光の精霊王と闇の精霊王がもたらした措置なのか。しかも、神殿では魔法が使えるなんて。

「で、ではギフトは――」

マホロは明かされていく疑問におののきつつ、問うた。

『ギフトは、魔法を使えないと不都合なことがいくつも生じたので、光の民から望まれて許した。ただし、ギフトを受け取るには条件があり、大勢の者には手に入らないようにした』

「条件って、何ですか？　それにどうして使い魔はここでも呼び出せるのです？」

『お前は条件をすでに知っている。……使い魔は、かつて存在した生き物だから、我が許した。使い魔は精霊と似た存在ゆえに』

光の精霊王はマホロの問いに、微笑みながら答えた。ギフトをもらえる条件をすでに知っている……？　マホロには何のことか分からなかったが、光の精霊王はマホロを抱いたまま、風に乗って降下した。気づくと以前通りすがった神殿の中にいた。その時は朽ちてぼろぼろだったが、時が巻き戻ったみたいに、今は建設当時の美しさと神々しさを放っていた。光の精霊王はマホロを柱廊に招いた。大きく太い柱には、凝った意匠が彫り込まれている。

「わ……」

光の精霊王が手を上げると、神殿の周りがめまぐるしく変化していった。太陽が昇ったかと思うと、月が顔を出し、明るい空が広がったと思うと、真っ暗な闇が訪れる。

『これがお前の両親だ』

周囲の景色が秒単位で変化していく中、光の精霊王が手をかざした。柱に真っ白い肌に真っ白い髪の少年と少女が映し出されている。子どもにしか見えない彼らは、仲良くなり、やがて子どもを産み、赤子を抱いている。顔は自分と似ているかもしれないが、よく分からなかった。彼らは子どもを育てる間もなく、死んでいった。

マホロはその光景を目にして、ぶるりと震えた。

子どもが子どもを産み、すぐに死んでいく。異様な光景だった。マホロが知っている家族や夫

婦の在り方とまったく違っている。

マホロは自分の両親について知ったら、もっと感動したり、悲しくなったりするのだと思っていた。けれど現実は違った。実感が湧かない。両親だと言われても、戸惑うばかりだ。

「……このままでは光の民は滅びますね」

マホロはぽつりと呟いた。

『その通りだ。いずれ同じように闇の民も滅びるだろう』

光の精霊王は深く頷き、マホロの頭を撫でた。光の精霊王はマホロの手を握り、奥へと誘った。そういえば、ここは古代の神々の墓だと校長が言っていた。光の精霊王はマホロを奥にある祭壇《さいだん》の前に連れてきた。祭壇には色とりどりの花が捧げられ、消えることのない火が灯《とも》されていた。

「俺は……何をすればいいんですか？」

マホロは光の精霊王を見上げて言った。

『お前に扉を開けてもらいたい。そうすることで、この島の次元を戻す。再び上空に島を戻し、滅びかけているふたつの血族を保護する』

厳《おごそ》かに光の精霊王が告げ、マホロは我知らずわなないた。

『次元を戻すことで、短命だった光の民は長命に変わる。闇の民は能力は一子相伝ではなくなり、すべての子に受け継がれる』

マホロは光の精霊王を穴があくほど見つめた。すべての事象が元通りになるということか。そんな重大事を自分が成すというのか？

「何故俺が……？」

重荷に耐え切れずマホロが聞くと、光の精霊王が初めて憐《あわ》れみの色を目に宿した。

『お前が魔法石を食べた竜の心臓を受け入れられたからだ。――マホロ、よく聞きなさい。扉を開けるには莫大な魔力を必要とする。そして、扉を開ける際に、お前は命を落とすだろう』

衝撃を受けて、マホロはよろめいた。

扉を開けるには、死なねばならない……？　命をかけて、行う仕事なのか。

『これまでも何度か、竜の心臓を受け入れた光の民はいた。だが、どの魂も穢れていった。長命になると、人は変貌していく。お前がマギステルと呼んでいた彼も、他人の死を厭《いと》わない性質に変貌していった。今は亡者のなれの果てと化しているが……』

光の精霊王は物憂げに言い、マホロの頬を撫でた。光の精霊王はマホロの腕に気づき、そっと手をかざした。腕の傷はみるみるうちに消え、ついで胸の辺りに温かい光が流れてきた。

『光の子、マホロ。お前の魂はまだ穢れていない。どうか扉を開けてほしい。だが、これは強制ではない』

慈愛に満ちた眼差しで説くように語りかけられ、マホロは目を潤ませた。光の精霊王の頼みなら聞いてあげたいけれど、まさか自分の命を賭してするものだとは思わなかった。

「クリムゾン島にいる者は皆、天空とやらへ行くのですか……？」

マホロは頬に触れている光の精霊王の手に自分の手を重ね、なおも尋ねた。

『いいや。次元が変わると言っただろう。立ち入り禁止区にいる闇の民と光の民だけが、空へ戻る。次元というのはね、こうやって重なり合うものだ』

光の精霊王が二つの球体を目の前に取り出した。青く光る球体で、それらがぴったりと重なり合う。寸分違《たが》わぬ大きさだ。光の精霊王が指先を動かすと、球体が二つに分かれた。よく見ると球体の中に同じ島が二つあった。目を凝らしてみると、どちらも同じ地形で同じ建物、同じ木々が生えている。

『お前が扉を開ければ、必要なものだけが分離する。クリムゾン島には立ち入り禁止区がなくなり、表向きは光魔法と闇魔法の血族が滅んだことになるだろう。デュランド王国に闇魔法の血を引く赤毛が生まれてくることもなくなる。本来なら島ごと天空に戻したかったが、長い年月の間にこの国の人間は、自分たちが使える土地を増やしてきた。ローエン士官学校がそのいい例だ』

「つまり、分離されるのは闇魔法の血族と光魔法の血族だけ……？」

マホロは困惑して聞いた。

「では……、ノア先輩は？」

マホロが息を詰めて問うと、光の精霊王が悲しそうに眉を曇らせた。

『あれは不確かなもの。扉が開いた時の状態によるだろう。その時に闇の力が強ければ、天空に誘われ、闇の力が弱ければ、闇魔法の力を失い、火魔法の血族に戻る。そうだ、マホロ。闇魔法の血族で分離されるべきは、赤毛の者だけ。闇魔法の血族は人の中にいるべき存在ではない。あれは血を求める性質があるから』

光の精霊王はすっと宙を指さした。空間に突然映像が現れ、ノアの姿が見えた。狂ったように地下通路の壁や天井を破壊している。その姿はさながら悪鬼のようで、マホロは胸が苦しくなった。

『この者はお前に執着しすぎている。特に今はあの村の力に引っ張られて、闇の力が強くなっている。あの村に居続けると、血を求めるようになるのも時間の問題だ。すでにその兆候が表れている。……そろそろ、戻してやろう』

光の精霊王はマホロの身体を軽々と抱き上げた。ふわりと浮かんだと思う間もなく、瞬時に再び水晶宮の廊下に立っていた。レオンは横たわって眠ったままで、オボロと子どもたちは消えていた。

「待って下さい、まだ俺は聞きたいことが……。門というのはどこにあるんですか？　いつ、どうやって――」

マホロはもっとくわしい話が聞きたくて、身を乗り出した。

『くわしい話は、お前が心を決めた時にしよう。……お前は五歳の時に仲間が手術を受けて死んでいくのを見た。それが心の傷となって、ここにいた時の記憶を失ったのだろう。だから光の民に仲間意識がなくても、気に病むことはない』

マホロの頭を軽く撫で、光の精霊王が言う。

『お前に門を開けてほしいが、それをするかどうかはお前が決めなさい。無理をしてはいけない。自己犠牲で開けようとしても、門は開かない』

光の精霊王はレオンの身体を起こし、そっと頭に手を置いた。光る粉がレオンの頭の中に吸い込まれていく。つーっとレオンの閉じた目尻から涙がこぼれていく。

「う……、俺、は……」

レオンが眉根を寄せて、目を開ける。光の精霊王はレオンから離れ、『もう行きなさい』と道を示した。

『あの村に長居してはならない。お前たちは瘴気《しょうき》に弱い』

光の精霊王が軽く手を振った。

——ふいに景色が一変して、マホロはぎょっとした。周囲は真っ暗で、砂埃《すなぼこり》が舞っている。天井や壁に亀裂が入り、今にも崩れそうだ。

「マホロ！」

怒鳴り声がして、マホロは砂埃の中、目を凝らした。ノアが駆け寄ってきて、マホロの腕を摑む。

「どこへ消えていた⁉　何故、突然現れた！　お前が消えて——俺は」

ノアは苛立たしげに叫び、マホロの腕をきつく摑む。すぐ近くにレオンが屈《かが》み込《こ》んでいて、景色の変わりように混乱している。

「どうなっているんだ⁉　今まで俺たちは、水晶のところに……っ、あの少女は⁉」

レオンの顔は蒼白で声が裏返っている。

「この壁の水晶に触れると、水晶宮へ行けたんです……。今、戻ってきました」

マホロはノアが腕を摑む力が強くて、しかめっ面になった。ノアはようやく冷静さを取り戻したのか、マホロを抱きしめる。地下通路はひどい有り様だった。ノアが異能力で破壊しかけたせいだ。今も壁の亀裂からぼろぼろと崩れているし、いつ落盤しても不思議じゃない。

「話は後で。とりあえず、ここから離れましょう」

マホロはノアの背中を軽く叩き、崩れそうな現場から逃げようとした。ノアも自分のしでかした行為に今頃気づいたのか、バツの悪そうなそぶりで走りだした。レオンもつられて速足になる。

光の精霊王から聞かされた話は、マホロにとって重大なものだった。小さい頃から時々聞こえていた『門を開けよ』という声は、こんなたいそうなことだったのか。しかも、ノアに関する重大なことも明かされた。あの村に居続けると、ノアは闇魔法の血が濃くなる。すでに兆候は表れている、と……。とても今はゆっくり考える時間はなくて、マホロはひたすら地下通路を走っていた。


三十分くらい地下通路を駆け戻ると、マホロたちはやっと歩を弛めた。マホロが投げ飛ばしたカンテラは壊れてしまい、明かりはノアたちが持ってきたカンテラひとつだけだ。

「水晶宮へ行って、どうしたんだ」

ノアは置いていかれたのが不服だったのか、離れている間の話を知りたがった。レオンはオボロを殺しかけたことを口にするのがつらかったのか、黙り込んでいる。マホロも光の精霊王に会った話はできなくて、無言になった。

「何故、黙っている？」

苛立ちを隠さず、ノアがレオンの肩を掴む。するとレオンは大きく咳き込んだ。

「お前とは話したくない」

レオンはずっとノアと視線を合わせていない。そういえば闇魔法の血を引いているのがばれてしまったのだ。光の精霊王の話が衝撃的すぎて頭から抜けていたが、フィオナに殺されかけて大変だった。それに、もしかしたらまだ《悪食《あくじき》の幽霊》がどこかにいるかもしれない。

「俺は荷物を持ってすぐにでもあの村を出る」

拒絶するようにレオンが言い、大きく呼吸をした。レオンは身を屈め、再び激しく咳き込んだ。

敵と言ったなかにノアが含まれている気がして、マホロはレオンを仰いだ。レオンの様子がおかしくなっていた。顔は土気色になり、咳が止まらなくなる。もともとずっと牢《ろう》にいて不衛生だったし、食事も睡眠もろくにとっていなかった。

「レオン先輩……？」

マホロが背中をさすると、レオンは身体を大きくぐらつかせた。

「おい、何だ……？」

ノアもさすがに様子がおかしいと思ったのか、レオンの肩に手をかけてくる。

「脂汗が出ているじゃないか」

ノアはレオンの額に手を当て、目を瞠っている。マホロも気になって覗き込むと、レオンが苦しそうに息を喘《あえ》がせる。こめかみや額から大量の汗が出て、小刻みに震え始める。

「マホロ、早く村に戻るぞ。こいつを何とかしないと」

ノアはいきなり具合が悪くなったレオンに肩を貸し、地下通路を戻り始めた。マホロもレオンの症状を見て行きたくないとは言えなくなり、仕方なく一緒に地下通路を歩いた。まだどこかに《悪食の幽霊》がいるのではないかと心配だったが、帰り道の間、何者にも遭遇しなかった。レオンはノアに支えられながら歩いているが、息遣いはひどく弱々しく、汗は止まらない。

行きと同じ三時間かけて地下通路を抜け出すと、とうとうレオンは肩を支えられても歩けないほどになった。仕方なくノアがレオンを担《かつ》いで、神殿を抜けて村に戻る。とっくに辺りは暗くなっていて、人もまばらだった。

「ノア」

村の広場のところでノービルが近づいてきた。マホロは身構えたが、ノアはレオンを担いだままノービルを睨みつける。

「おい、フィオナがマホロを殺そうとしたぞ。長《おさ》であるあんたが処罰しないなら、俺が二度と同じ真似ができないように腕をへし折るが」

ノアが物騒な発言をして、マホロは身を縮めた。フィオナとノービルは血縁関係にある。逆に怒るのではないかと思ったが、平然として頷いた。

「フィオナから事情を聞き、牢に入れた。光の民に傷をつけたので三日間、牢屋入りだ。あの子は正統な血族だからね、刑は軽い」

あまりにも早い処罰に、マホロは唖然とした。てっきりフィオナはマホロを殺しかけたことを隠すか、ごまかすと思っていたのだ。

（何だろう、この違和感……。どうしてノア先輩も、長も、ふつうに話しているの？）

マホロは人を殺しかけた件について特に驚いたそぶりも見せないノービルに不審を抱いた。フィオナのような少女が人を殺しかけたのだ。もっと驚くとか嘆くとかあってもいいのではないだろうか。ノービルだけではない、ノアだっておかしい。あんなに仲良くフィオナと話していたくせに、平気で殺そうとしていた。

（人を殺したり、傷つけたりすることが、ここでは問題視されていない……？）

遅まきながらその違和感の正体に気づき、マホロは戦慄《せんりつ》した。闇魔法は人を殺す術が多い。それを操る血族の者も、根本的に何かが違うのだろうか。ノアがマホロ以外の他人に対して冷酷なように、この村の人たちは自分の愛する者以外は、どうでもいい……？

「闇魔法の正統な血族は、定期的に人を殺さないとならぬ。フィオナにはそれを許している」

マホロの咎《とが》めるような視線に気づいたのか、ノービルがにたりと笑う。

「定期的に……人を……？」

マホロは血の気が引いた。光の精霊王も言っていた。闇魔法は血を求める性質があると。それに以前もどこかで聞いたフレーズだ。そうだ、以前ジークフリートが言っていた。

『闇の精霊は血を好む。血を与えなければ、魔法の威力が削《そ》がれ、私の生気を奪う』

言われてみると、フィオナに対して、村の人々は恐れるような態度だった。闇魔法の精霊は、対価を要求するというのか。だとしたら――。マホロは恐ろしげにノアを振り返った。

「こいつが病気みたいなんだが、ここに医師はいるのか？」

ノアがノービルに聞く。マホロは頭を切り替えて、ノービルの答えを待った。この村の違和感についてよりも、今はレオンの状態を改善するほうが先だ。

「どれ……ああ、こやつは水魔法の血族と言っていたな。これは他の血族ならではの症状だ。長くこの地にいると、こうしてよそ者は弱っていく。この村は瘴気が濃い故な」

ぐったりしたレオンの顔色を窺《うかが》い、ノービルは簡潔に答えた。瘴気……？　マホロは光の精霊王の言葉を思い返した。確かそんなことを言っていた。

「瘴気とは何だ？」

ノアも困惑している。

「毒といえば分かりやすいかの。この辺りは毒が漂っておるのさ。我ら闇魔法の血族には無害だが、それ以外の血族はたいていこれにやられる」

ノービルはおかしそうに笑う。この立ち入り禁止区には光魔法と闇魔法の血族以外、定住できないと言われている。長くいると、具合が悪くなっていくとか。それはつまり、毒が漂っていたせいだというのか。レオンは牢屋にいた時も含め、おそらく二週間近くこの地にいる。

「フィオナが《悪食の幽霊》をけしかけたと言っていたから、それも具合を悪くさせた要因だろう。あれは瘴気の塊《かたまり》ゆえ。死にたくなければ、そやつは早くこの地を去ることだな」

ノービルに嘲笑われ、マホロは腹立たしい思いを抱いた。この村で頭痛が治まらず、安眠できなかった理由がやっと分かった。毒が漂っていたなんて、知らなかった。

「おい、何故それをもっと早く言わない？」

ノアが目をぎらつかせ、ノービルに迫る。

「聞かれなかったのでな」

意地の悪い笑みを浮かべるノービルに、ノアは殺気を漲《みなぎ》らせた。隣にいたマホロさえ、びくっとするような怖気《おぞけ》だ。瘴気が濃い、と言っていたが、この村に来てからのノアは、怒りと共に禍《まが》々《まが》しいオーラを放つようになった。

「ノア先輩、やめて下さい。苦しい……」

自分に向けられた怒りではないのに、マホロは苦しくて悲しくて涙ぐんだ。ノアが自分の知らない恐ろしいものに変化していくようで嫌だった。ここにずっといたら、ノアはどんどん変貌してしまう。もしかしたらそれがノアの本質かもしれないが、マホロは信じたかった。ノアの善性を。

「……」

マホロが涙ぐんで言うと、ノアがハッとして振り返り、気まずそうに目を伏せた。ノアの怒りは収まり、背負っていたレオンを抱え直す。

「……そういうことなら、この村を出ていく。ここでは魔法も使えないしな」

ノアがそう言ってノービルの前を通り過ぎようとする。マホロは思わず「神殿なら使えるそうです」と声をかけた。

「何……？」

「光の精霊王から聞きました」

マホロがうつむいて言うと、ノアがいきりたった様子でノービルを見据える。

「おい、それも聞かれなかったから言わなかったのか？　神殿なら魔法が使える⁉」

ノービルは不敵に笑った。

「おお怖い。何故我らの村の話をせねばならぬ。お前がこの村に残るならいくらでも明かすが。確かに神殿では魔法は使える。ただし、この村で呼び出せるのは闇の精霊のみだ。闇の精霊は治癒などしない」

両手を広げてノービルが言い、邪悪な笑みを浮かべる。神殿では精霊を呼び出せるが、この村では闇の精霊しか呼び出せないというのは、この辺りに他の精霊がいないことと関係しているのかもしれない。

「ノア先輩、行きましょう」

これ以上ここにいると、ますます困難な状況になりそうで、マホロはノアの腕を押した。ノアは黙ってレオンを背負って歩きだす。

村の秘密が少しずつ明らかになってきた。どうして自分がここでは安眠できないのか、何故レオンの具合が悪くなったのか、その理由が分かった。闇魔法の血族は瘴気の濃い場所で生きていける特殊な血族なのだ。ノアが少しずつ残虐性が増しているように感じたのは気のせいではなかった。考えてみればノアはともかく、よそ者であるマホロたちをすんなり受け入れたのも、おかしかった。表向きは光魔法の血族を尊重すると言っていたが、瘴気で弱っていくマホロを裏で嘲笑っていたのかもしれない。

（この村を早く出たい）

背負われているレオンを労《いたわ》りながら、マホロは強くそう思った。


レオンをベッドに寝かせると、マホロは乾いた布でレオンの汗を拭《ぬぐ》った。レオンは苦しそうな息遣いで横たわっている。少しすると眠り始めたので、マホロは一階に下りた。家までレオンを運んできたノアは外に行っていたかと思うと、麻の袋に食料をいっぱいにして戻ってきた。

「毒は竜の谷まで漂っているそうだ。今の状態のレオンを連れて山を越えるのは無理だろう。地下神殿を使えば半日でその辺りまで行けるかもしれない。問題は竜の谷から、無事に抜けられるかどうかだが」

ノアが村人に聞いた情報を伝え、マホロは安堵と不安でごちゃ混ぜになった。移住してもいいというくらいここでの暮らしを満喫していたノアが、出ていく決意をしてくれたのは単純に嬉しい。けれど毒は竜の谷付近まで漂っていたのか。一晩眠ってレオンの体力が回復するならいいが、ノアの言う通り、動けないレオンを伴って山越えをするのは無理だろう。とはいえ、こうしている今もここには毒が漂っているのだ。ここにいることが正解か分からない。

「そんな目で見るな。……お前らが瘴気当たりしていたなんて、知らなかったんだ。体調が悪いと何で言わなかった？」

マホロの不安そうな姿に、ノアは居心地が悪いのか目を逸らす。ノアは長椅子に腰を下ろし、隣に座れというように椅子を叩いた。マホロがおずおずと座ると、ノアが腕を組む。

「……悪かった」

ぼそりとノアが呟き、マホロはびっくりした。ノアが謝っている。

「俺が移住するかもって言った時、嫌そうにした理由がやっと分かった。俺はてっきり、お前が……」

ノアはがりがりと頭を掻き、言葉を探す。

「俺、ノア先輩が貴族だから好きなわけじゃありません」

マホロはノアの手を握って、心を込めて言った。そんな馬鹿な誤解はしてほしくない。ノアの表情が和らぎ、顔が近づいてくる。触れるだけのキスをされ、マホロはノアの胸に頭をこすりつけた。

「でも俺は、ノア先輩に今の地位を失ってほしくないとも思っています。ノア先輩に平民の暮らしなんてできないし、ノア先輩は誰よりも気高いから」

マホロが言葉を重ねると、ノアが失笑する。

「馬鹿を言うな。平民の暮らしくらい、できるだろ？」

ノアは胸を張って言うが、とてもできるとは思えない。何しろここに来てノアが井戸から水を汲んだり、掃除をしているのを見たことがない。魔法が使えないこの村では、自力で何もかもしなければならないことをノアは理解していない。それはマホロにも責任がある。使用人歴が長かったマホロが先に動いてしまうからだ。

（でもノア先輩なら、俺がいなくても別の誰かが喜んで助けてくれそうだなぁ）

想像してつい笑いがこぼれて、マホロはノアの背中に腕を回した。するとノアがマホロの身体を押し返し、怪我をした腕のほうの袖をまくり上げる。

「傷が消えている……光の精霊王が？」

ノアは怪我した辺りにそっとキスを落とした。そういえばレオンにノアの秘密がばれてしまったと、マホロは暗くなった。

「レオン先輩……ノア先輩と仲違いするなんてことないですよね？」

ただでさえレオンは罪悪感で自死しそうなほどだったのだ。そこへノアの秘密を聞かされ、混乱しているに違いない。レオンがノアの秘密を吹聴する男ではないと思いたいが、まだつきあいの浅いマホロは確信を持てなかった。オボロを殺すのは諦《あきら》めてくれたと思いたいが……。

「あいつのことはどうでもいい。それより、何故俺に黙って出ていこうとした？　俺は行くなと言っただろう。お前の気配が消えて、俺がどれだけ焦ったか分かるか？　レオンを叩き起こして事情を聞かなければ、今頃お前は命を失っていたかもしれないんだぞ？」

険悪な形相になり、ノアがマホロの肩を摑む。

「……すみません」

マホロはうなだれた。まさかフィオナが自分を殺しに来るなんて予想していなかった。あの時の自分はただこの場を離れたくて、必死だった。

「オスカーの時みたいにさらわれたのかと思って、肝を冷やした。お前に首輪をつけたいと思ったのは初めてだ。俺の許可なく勝手な行動はするな」

ひやりとする発言がノアの口から出て、マホロは身体を硬くした。首輪……。冗談と思いたいが、ノアはふざけて言ったわけではない。

ノアをじっと見つめて、マホロはずっと抱いている違和感と対峙《たいじ》しなければと決意した。この村に来てからノアは本質が変貌している。この村の空気がそうさせているのか、あるいはもともとあったものが表に出てきたのかは分からない。

ノアが——時々、ジークフリートに見える。

「勝手な行動は……悪かったと思ってますけど、でも……俺がノア先輩に従う理由は、ないですよね。対等になろうと言ったのは、ノア先輩です」

マホロはノアに分かってほしいと思って、ノアの宝石のように綺麗な瞳を覗き込んだ。昔の自分だったら分かりましたと従っていたかもしれないが、今の自分はたくさんの経験をしてたくさんの人と会い、自我を持ってしまった。

ノアの顔が気色《けしき》ばみ、明らかに腹立たしげに手に力を込める。

「ノア先輩は俺が言いなりになるほうがいいんですか？　レオン先輩とのことだって、俺が本気でレオン先輩とどうにかなるなんて思ってませんよね？」

わざとマホロが声を荒らげると、ノアのこめかみが引《ひ》き攣《つ》る。

「……俺はお前の博愛主義に、時々反吐《へど》が出そうになる。お前が気にするのは、俺だけでいいんだ」

ノアは低い声でマホロの胸をえぐってくる。ノアの背後から、禍々しい気配が滲《にじ》み出《で》てくるのが分かり、マホロはそれを見極めようとした。

「俺を力で従わせたいのですか？　今のノア先輩は、……ジークフリートと同じことを言っています」

マホロが思い切って口にすると、鳥肌が立つような恐ろしい空気が充満した。ふっとノアの背後に黒っぽい影が視えて、マホロは絶望的な気分になった。ノアの背後に影のように揺らめく精霊が立っていた。長く黒い髪を床まで垂らし、黒装束で、目元に隈取《くまど》りがしてあった。これは闇の精霊だとマホロはやっと分かった。闇の精霊は背後からノアにしなだれかかり、細い腕を首に絡める。

「ノア先輩の後ろに闇の精霊がいます」

マホロは信じられない思いでかすれた声で伝えた。ノアがぎょっとして、身体を硬くする。

「闇魔法を使おうとしているのですか？　それとも、もう使った？」

マホロは信じられなくて、涙目で尋ねた。ノアがいつの間に闇魔法を学んだのかは知らない。だが、おそらくは喧嘩《けんか》して一晩帰ってこなかった時だろう。フィオナか、ノービルから習ったに違いない。あの後から、ずっとノアの傍に闇の精霊がついている。

この村に来てから、ノアは感情を制御しにくくなっている。残酷な言葉も、高圧的な態度も、以前と同じようでいて、全く異なる。闇の精霊を呼び出したせいだろうか。

「違う、俺は……っ」

動揺したのかノアが腰を浮かし、口元に手を当てる。ノアの背後にいた闇の精霊がすっと消え、マホロは握りしめていた手を開いた。汗びっしょりだ。闇の精霊は恐ろしく冷たくて、そして悲しげだった。

「俺は……っ」

ノアは言葉を詰まらせ、ぐっと唇を噛んだ。そのまま黙り込み、顔を逸らした。

「――確かに、闇魔法を少し、習った」

ノアが言葉を絞り出し、マホロに背中を向ける。マホロは信じたくなくて、両手で顔を覆った。何故そんなものを、と口に出して言いたかった。闇魔法が人を殺す術ばかりだと知っていたはずだ。

「ここでは魔法は使えないから、どうせ発動されないだろうと……。お前と言い争いになって、ノービルの家に寝泊まりした時に……」

ノアはいたたまれなくなったのかその場を去ろうとしたが、マホロが「行かないで」と呟くと、足を止めた。

「……興味があった。知りたいという欲に抗えなかった」

マホロの前に跪き、ノアが沈痛な面持ちで言う。ノアは闇魔法を知りたいと思ってしまったのか。マホロは息をするのもつらくなる。ノアがマホロの濡れた手をとり、すがりつくように顔を押しつけてくる。

「ノア先輩……、ノア先輩は俺を選ばなくてもいいんですよ？」

マホロは息を整えて、声を絞り出した。困惑したようにノアが顔を上げ、マホロを凝視する。

「今までは……俺しか目に入らなかったかもしれないけど……、ここにはノア先輩が選べる人がたくさんいるんです。俺じゃなくても、他の人を愛することができると思います」

苦しくてつらいことだったが、マホロは黙っていられなくて口にした。この村に来てからのノアの態度は、マホロの目にはリラックスしているように見えた。ノアはここにいると、楽なのだ。これまでは自分にしか愛情を示さなかったが、ここなら他の人にも心を開ける。

「俺の愛を疑っているのか⁉」

ノアが激高して立ち上がった。その声にびくっと肩を震わせ、マホロは頰を濡らした。

「俺は……ノア先輩にはその選択肢があると……」

ノアが移住の話を持ち出した時、マホロは一緒にいるのは無理だと悟った。どれだけノアが好きでも、マホロはここにはいられない。おそらくずっとここにいたら、マホロは弱っていき、やがて死ぬかもしれない。一方で、ノアは闇の力が強くなってジークフリートのようになっていくに違いない。ノアにはそうなってほしくないが、それはマホロのわがままだ。ノアが本当にここでの暮らしを望むなら、止められない。

「俺は……っ、俺は、お前を……っ‼」

ノアは憤《いきどお》りの余り、息を詰まらせた。壁に亀裂が走り、ノアは自分の首を押さえて息を荒らげた。ノアの首にかけられたチョーカーが切れて、床に転がる。ノアは必死に感情を抑えようと髪を掻き乱す。

「……お前が何よりも大事な気持ちは変わっていない」

喘ぐようにノアが言葉を絞り出す。両手で顔を覆い、マホロに背中を向ける。

「だが俺の中で何かが……、今まで感じたことのない恐ろしく冷たい感情が育ち始めている。この村にいると、俺は闇の力に支配されていくのか……？」

ノアは動揺して、壁にもたれかかった。マホロは見ていられなくて、顔をくしゃくしゃにしてノアに駆け寄った。ノアに抱きついて、胸に顔を埋《うず》める。ノアの震える手がマホロの背中に回り、マホロの肩に顔を寄せた。

「俺を嫌いになったか……？」

後悔している様子で問われ、マホロはノアの背中に回した腕に力を込めた。

「嫌いになりたくない……、嫌いになりたくないんです」

マホロはノアの衣服をぎゅっと掴み、目を合わせた。もしノアがジークフリートと同じ存在になったら、自分はもう愛せなくなるだろう。自分の中には越えられない一線がある。それを越えてしまったジークフリートから離れたように、ノアからも離れるしかない。

(その時は、俺が門を開ける)

マホロの脳裏には光の精霊王との会話が蘇り、身体の芯まで冷える思いだった。闇の力にノアが支配されたら、これ以上ノアをこの世界に置きたくない。ノアが人を傷つけるのを見たくない。

「ジークフリートと同じにならないで」

潤んだ目で言うと、きつく抱きしめられた。マホロはノアの身体を抱きしめ返すことで気持ちを分かってもらおうとした。ノアの手がマホロの髪を弄《まさぐ》り、耳朶《じだ》に唇が吸いついてきた。マホロが顔を上げると、貪るように唇をふさがれる。ノアは激しくマホロの唇を求め、音を立てて吸ってきた。マホロは黙ってされるがままに身を委ねた。息もつけないほどノアはマホロにキスを続けた。深くかぶりつかれ、舌が口内に潜り込んでくる。

「ん……っ、ふ、ぅ」

キスの間にノアがマホロの衣服の裾から手を差し込んでくる。ベルトを外され、マホロはふっと頬を赤らめて、ノアの胸を押し返した。

「俺、匂いが……、身体、汚れて……」

この村に来てから身体を拭くくらいしかできなくて、あまり綺麗ではなかった。地下通路をずっと歩いていたこともあって、臭うのではないかと身体を離すと、ノアが強引に腰を引き寄せてきた。

「そんなのどうでもいい。今すぐ、欲しい」

切羽詰まった声でノアが言い、マホロを壁に向かって立たせる。ノアはマホロのズボンを強引にずり下ろし、下着ごと膝まで落とした。あられもない部分が空気にさらされ、マホロは羞恥《しゅうち》で身をよじった。ノアはマホロの尻の前に跪く。

「ノ、ノア先輩……っ」

躊躇《ちゅうちょ》することなくノアがマホロの尻のはざまに顔を埋め、びっくりして素《す》っ頓狂《とんきょう》な声が上がった。ノアは尻たぶを摑み、平気で尻の穴に舌を這わせる。

「き、汚いですっ、そんなところ……っ」

ぞくぞくとした甘い電流が背中を這い上がってきて、マホロはノアの行為を厭った。けれどノアは、マホロの尻をしっかりと摑み、音を立ててそこを濡らしていく。

「やだ、や……」

マホロが怯《おび》えて壁にすがりつくと、ノアは尻の穴にすぼめた舌を強引に差し込んでくる。まだ固いそこを舌で濡らされ、突かれ、マホロは目元を真っ赤にして腰を揺らした。寒気に似た感覚は、絶えずマホロを襲う。ノアはマホロの性器に手を伸ばし、舌で蕾《つぼみ》を刺激しつつ、手で扱《しご》いていく。

「ひ……っ、は……っ、ぁ……っ」

マホロは壁に頭をこすりつけ、かすれた声を上げた。ノアの手の中で性器が勃起していく。

「ふぅ……っ、は、ぁ……っ、……っ」

ゆるやかに性器を手で撫でられると、徐々に身体が熱くなり、息が乱れてきた。ノアはさんざん尻の穴を唾液で濡らすと、ゆっくりと濡らした指を内部に入れてきた。ノアの中指で内壁をぐるりと辿られ、マホロは大きく喘いだ。

「痛くないか……?」

入れた指を揺らしながら、ノアが囁《ささや》く。痛みはなかったので、マホロはぶるぶると首を横に振った。ノアの指は内壁を広げるような動きで尻の穴を掻き乱す。すぐに二本目の指も増やされ、マホロの息も荒くなってきた。潤いが足りなくなると唾液で濡らされ、少しずつ、少しずつそこを広げられる。

「あ……っ、あ、う……っ」

マホロの身体から強張りが抜けると、ノアの指の関節がぐっと曲がり、変な声が漏れる場所を重点的に刺激してきた。

「あ、あ……っ、そこや、だ……っ、あ……っ」

ぐりぐりと内部のしこりを指で擦られ、マホロは肩を上下させて甘い声を上げた。いつの間にか性器から手が外されていたが、内部に入れた指を動かされているだけで、勃起《ぼっき》した性器から先走りの汁があふれてくる。

「気持ちよくなってきたな……？」

ノアが指を入れたまま立ち上がり、背後からマホロを抱え込むようにする。逃げようとしてもズボンと下着が膝下まで落ちていて、身動きがとれない。ノアは片方の手で内部に入れた指を律動させつつ、もう片方の手でマホロの上着を脱がしてきた。

「マホロ……俺から離れるな」

ノアの指がボタンを外し、中に着ていた薄手のシャツの上から乳首を引っ掻いてくる。執拗《しつよう》に胸元を探られ、マホロはびくびくと腰を揺らした。シャツ越しに乳首を弄《いじ》られ、そこが布を押し上げて尖《とが》っていく。甘い痺れが体中に起こり、マホロは熱い息を吐き出した。

「ひぁ……あぁ…っ、や、ぁ……っ、立ってられ、な……っ」

首筋をきつく吸われ、内部に入れた指でぐちゃぐちゃと掻き混ぜられ、尖った乳首を摘まれる。マホロは深い快楽に襲われ嬌声《きょうせい》を上げながら両脚を震わせた。気持ちよくて、腰から下の力が抜けそうだ。

「駄目だ、我慢しろ」

ノアが上擦った声で耳朶を吸う。同時に三本目の指が尻の穴に無理矢理入ってきて、マホロは仰《の》け反《ぞ》った。圧迫感で呼吸が乱れる。背中からノアに抱きしめられるような格好で、全身をわななかせる。

「くる、し……っ」

ノアの指が三本も入ると、マホロは太ももを痙攣《けいれん》させた。気持ちよさと苦しさが相まって、身体が時折勝手に跳ね上がってしまう。

「はぁ……、限界だ。入れるぞ」

マホロの耳朶をしゃぶっていたノアが、深い吐息をこぼして、内部に入れていた指を引き抜いた。ホッとしたのも束《つか》の間《ま》、ノアはズボンを下ろし、勃起した性器を取り出す。マホロが逃げる間もなく太くて熱い塊が尻の穴に押しつけられた。

「ひ、あ、あ……っ」

ぐぐっと先端の張った部分がマホロの尻の穴に押し込まれる。指で広げた場所に硬いものが入り込んできて、マホロは息も絶え絶えになった。苦しくて前に身体を逃がそうとすると、ノアの腕が腰を引き寄せ、強引に性器を押し込む。

「ああ、あああ……っ」

尻の穴が目いっぱい開かれ、熱い楔《くさび》がマホロの身体をこじ開ける。二階に聞こえるのではないかというくらい大きな声を上げてしまい、マホロは真っ赤になってその場にへたり込みそうになった。

「もう少し……」

ノアの腕がマホロの身体を支え、揺するようにして性器が中へ入り込んでくる。マホロは胸を大きく上下し、脚をガクガクさせた。どんどんノアの熱が入ってきて、呼吸が荒くなっていく。痛いというより、苦しい。狭い場所に大きくて硬いものをねじ込まれ、涙が滲み出てくる。

「ひ、は……っ、は……っ、は……っ」

マホロはぐったりして壁にもたれかかった。ノアの動きがようやく止まり、互いの息が熱く交わる。ノアはマホロの少し萎えてしまった性器に手をかけ、優しく上下する。先端を指先で刺激され、マホロの性器が形を取り戻した。

「マホロ……」

ノアは息を整え、マホロの顎《あご》に手をかけ、唇を寄せた。頬やこめかみに舌を這わされ、キスをされる。ノアの片方の手はシャツを全開させ、露《あらわ》になった乳首をクリクリと摘んだ。

「マホロ、俺が欲しいのはお前だけだ……」

請うように囁きながら、マホロの感じる場所を刺激していく。

「ノア先輩……、遠くへ行かないで……」

乳首を引っ張られ、マホロは甘く呻《うめ》いた。内部に入っている大きな熱の塊が、徐々に身体に馴《な》染《じ》み始《はじ》める。身体の強張りが解けていき、乳首を弄られるたびに甘ったるい声がこぼれると、ノアが優しい動きで腰を揺らしだした。

「あっ、あっ、あっ、や、ぁ……っ」

先端の張った部分で奥の感じる場所を擦られ、例えようもない甘い感覚に支配される。硬いものでそこをごりごりとされると、だらしない顔になってしまうほど気持ちいい。目尻から生理的な涙がこぼれ、身体が熱くて、溶けそうになる。

「きもち、い……っ、あぁ……っ、そこ、駄目ぇ……」

マホロは腰を揺らし、壁に押し当てていた腕をずるずると落とした。ノアの腕が腰をしっかりと抱え、突き上げる動きに変えていく。

「感じているな……？　もっと奥を開くぞ」

ノアは荒い息で腰を動かしていく。どんどんノアの性器が奥へ入ってきて、マホロは甲高い声を漏らした。最初は苦しさが勝っていたのに、今は快楽が上回っている。ノアの性器が動くたびに濡れたいやらしい音がして、マホロの耳から刺激した。

「ひ……っ、は、ああ……っ、奥、こわ、い……っ」

ノアの性器が深い奥まで突いてきて、マホロは怯えていやいやと首を振った。するとノアがマホロの両腕を摑んで、壁にすがりつけないようにする。

「大丈夫だ、中は熱くて馴染んでいる。ほら、ここも気持ちいいだろ」

マホロの腕を拘束しつつ、ノアが腰を律動させる。すがりつくこともできず、内部に深い快楽を与えられ、マホロは両脚を震わせた。容赦なく腰を突き上げられ、肉を打つ音が響き渡る。ノアの荒々しい息遣いとマホロの嬌声が交わり、頭がおかしくなりそうだった。

「ひあぁ……っ、やぁ……っ、無理、立ってられない……っ」

マホロは悲鳴じみた嬌声を上げ、がくりと力を失った。するとノアが動きを止めて、ゆっくりと繋がったまま床にマホロを下ろした。マホロがぐったりして床に尻餅をつくと、さらに激しく腰を突き上げられる。

「ひ……ッ、あ……ぁ、っ、やぁああ……っ」

尻だけを高く掲げられた状態で、ノアが奥を突いてくる。奥を擦られるたびに内壁が痙攣し、甘い電流が全身を襲う。深い奥にもマホロの知らない快楽のツボがあって、ノアはそこを重点的に責めてくる。マホロは喘ぎすぎて苦しくなり、全身を引き攣らせた。

「イきそうだな……？　俺も、そろそろ保《も》たない……っ」

はぁはぁと荒い息を吐きながら、ノアがマホロの内部に深く侵入してくる。

「やぁ、ああ、あああ……っ!!」

激しく奥を突き上げられ、マホロは気づいたらびくびくっと大きく身体を上下して精液を吐き出した。ほぼ同時にノアもマホロの内部で膨れ上がり、射精してくる。

「うっ、く……っ、は……っ」

ノアの苦しそうな声と獣じみた呼吸が重なる。マホロは四肢を強張らせ、床に精液をぼたぼたと垂らした。内部にはじわっとした熱い液体が広がっていく。

「はぁ……、はぁ……」

ノアは数度腰を振って、マホロの中に液体を注ぎ込むと、熱い息を吐き、きつく抱きしめてきた。マホロは冷たい床に熱い頬を押しつけ、何度も痙攣していた。


レオンの具合はよくならなかった。翌日も苦しそうな息遣いで、食欲もなく、頭が痛くて起き上がることもできなかった。マホロはノアと話し合い、団長が来るまでここに留まる選択をした。残り二日で具合の悪いレオンと山越えをするのは無理だし、地下通路を使って行くにしても、竜の谷を無事に通り抜けられる保証はない。この病は立ち入り禁止区を出れば回復するものなので、このままレオンを安静にしておく選択をした。ノアにマホロは大丈夫かと聞かれたが、考えてみると、光の精霊王はマホロの腕を治癒した際、身体の毒気も治してくれたのかもしれない。時間が経つにつれ、再び頭痛が起こったが、まだ耐えられる程度だ。

そして、団長が約束した一週間が経ち、マホロはノアと共に到着を待っていた。

あらかじめ客が来ることをノービルに知らせておいたせいか、神殿にはいつもより屈強な男が揃っていた。それぞれ槍《やり》を持ち、出入り口と神殿内部を見張っている。

「ノアよ、村を出ると聞いた。そなたには残ってほしかったが、強制はできぬ。その代わりに、見送りの儀式でもしようと思うのだが」

団長が来るのに合わせてマホロたちが帰ると聞きつけたのか、ノービルが家まで来て残念そうに言った。

「見送りの儀式？」

ノアが呆れて聞き返すと、ノービルがこくりと頷く。

「別にいらない。うさんくさそうだし」

ノアは旅支度を終えたマホロと目を合わせ、皮肉っぽく笑う。マホロもノアも今日は迷彩服を着て、リュックの中身も整えた。徒歩で帰ると思っている村人からもらった食料を入れたので、リュックはぱんぱんに張り詰めている。

「そう言うな。正統な赤毛の血族に去られて、我らはどれだけ悲しいか。神殿で別れの挨拶くらいいいだろうが」

ノービルは杖で肩を軽く叩いて去っていった。見送りの儀式と聞き、嫌な予感しかない。これは早々にレオンを連れて立ち去るのがいいのではないかとノアと話し合っていると、村の広場の方からざわめきが起きた。

「客人だ」

「この前の奴らだな」

人々の声がして、マホロたちは急いで広場に向かった。すると、いつの間にか二人の青年が村の中を女性に案内され歩いている。一人は迷彩服を着た団長で、もう一人は――同じく迷彩服を着たアルフレッドだった。

「ア……ッ」

あと少しでアルフレッド王子と呼びそうになり、マホロは焦って口を押さえた。ノアも呆れて二人に近づく。

「やぁ、ふたりとも。迎えに来たよ。彼らが入ってもいいというのでね」

アルフレッドはにこやかな笑みを浮かべ、マホロとノアに手を振る。即位を控えたアルフレッドが直々にここへやってくるとは思っていなかったので、マホロは二の句が継げなくなった。ノアは団長とアルフレッドを自分たちが暮らしていた家に案内する。村人はよそ者が珍しいのか、ノアの家の近くまで興味津々でついてきた。ノアが散らすと、素直に離れていく。

「ここを借りて暮らしていたのか。ノアのおかげで待遇は悪くなかったようだね」

家の外観を観察しつつ、アルフレッドが感心する。マホロが顔を引き攣らせて団長を窺うと、大きなため息が戻ってくる。

「俺は止めたんだが、自分の力が必要だろうと言ってな」

団長はしかめっ面でアルフレッドを見やる。マホロがドアを開けると、アルフレッドと団長が家の中へ入ってきた。ノアがドアを閉め、近くに人がいないかを窓から確認する。

「アルフレッド殿下。あの、実はここには長居しない方がいいんです。瘴気といって、毒が竜の谷辺りまで漂っていて……。闇魔法の血族以外は、具合が悪くなるそうなんです」

次の王になる人を危険な目には遭わせられなかったので、マホロは家の中を見て回るアルフレッドに急いで報告した。アルフレッドの理知的な光を放つ目が、興味深げにマホロを見つめる。

「瘴気！　なるほど、それで長くいると弱っていくのか。どこかにその発生源があるのか？竜の谷までということは、ひょっとして竜と関係している？　何故、闇魔法の血族だけ無害なんだ？　耐性でもあるのか？　何か証拠が欲しいな。この水は、村の井戸から？」

アルフレッドはまくしたてながら室内を見渡し、台所にある桶《おけ》の水を覗き込む。マホロがそうだと答えると、アルフレッドは桶ごと団長に手渡す。団長は桶を受け取り、宙に円を描いた。団長が桶を円の中に入れると、桶が目の前で消えた。アルフレッドは他にも気になった用具を団長に渡していく。この家の備品を勝手に持っていっていいのか分からなかったが、アルフレッドのすることなので黙って見ていた。

「他に何か分かったことはあるかい？」

ひとしきり家の中を見て回ったアルフレッドに見つめられ、マホロはどぎまぎして頬を染めた。アルフレッドと目が合うと、自然に頬が赤くなる。

「俺たちをスパイにでもさせる気か？」

ノアが台所に顔を出し、嫌みっぽくアルフレッドに言う。不敬ではないかとマホロは慌てたが、アルフレッドは平然と、マホロの頭を撫でる。

「一応、我々は調査のためにここへ来たからね」

アルフレッドに肯定され、マホロはここへ来てからの出来事をあれこれと報告した。横ではノアが仏頂面だが、隠しているのも変なので知っている限りは伝えた。とはいえ、光の精霊王から聞いた話は黙っておいた。多くの疑問が解決されるだろうが、簡単に明かせない内容だ。

「神殿では、魔法が使えるのか……」

マホロの情報の中でとりわけアルフレッドの気を引いたのは、その一点だった。立ち入り禁止区では魔法が使えないという思い込みがあって、神殿でも魔法を試したことがなかったようだ。

「興味深いね。現在機能している神殿だけで有効なのだろうか？　それとも朽ち果てていても、神殿という場所なら魔法を使える？　次の調査隊には、ぜひその点を検証させよう」

アルフレッドは目を輝かせている。

「えっと、あの、それより、レオン先輩が二階にいるんですけど、具合が悪くて……」

マホロは二階を指さし、アルフレッドに切実な目を向けた。

「昨夜から、ほとんど起き上がれなくなったんです。早くここから連れ帰らないと……」

マホロの必死な言い分にアルフレッドは表情ひとつ変えることなく、ちらりと上を向いた。ノアは長椅子に座って、小窓から村の様子を窺っていた。アルフレッドが階段に足を向けたので、マホロはホッとしてその後ろをついていった。団長はノアと一階に留まったままだったので、マホロだけがアルフレッドに付き添った。

二階の古びたベッドに寝かされていたレオンを眺め、アルフレッドはしばらく無言だった。どんな思いでレオンを見ているのだろうと気になったが、その表情から窺い知ることはできなかった。

　ふとレオンがギフトをもらった時のことを思い出した。

「あの……殿下、聞いてもいいですか？　ギフトで女王陛下の命が代償になったと言われた時……笑ってませんでしたか？」

　マホロが小声で尋ねると、弾かれたようにアルフレッドが振り返った。とっさにマホロは頭を下げ、目をつぶった。

「すみません！　俺の見間違いですよね！　気になってしまって……っ」

　不敬罪で罰を受けるかもと、マホロの声が裏返った。実の祖母が亡くなったと知り、笑うはずがない。何てことを聞いたのだと、反省した。

「笑っていた……？　そうか、俺は笑っていたのか」

　アルフレッドは怒っている様子はなかった。マホロがそろそろと顔を上げると、前髪を掻き上げ、心外そうに苦笑した。

「もちろん陛下が亡くなって喜んでいたわけではないよ。むしろ、まだ数年はがんばってほしかったから、陛下の死は痛手だった」

　アルフレッドは抑揚のない声音で、逆にそれが嘘ではないとマホロにも伝わった。

「前にも話したと思うけれど、俺は生まれた時に王になるという預言を受けた。俺はね、小さい頃からずっと、どうやって俺が王になるのだろうと想像していた。それはもう、ありとあらゆる角度からね。闇魔法の血族の復讐《ふくしゅう》はもっとも俺の中でありうる出来事だった。実際それが現実となり、その後は、祖母が病気で亡くなったら、順当に王になるのだろうと思った。だがあの時、レオンがギフトの代償に陛下の死を招いて——俺はその時、歯車が回り出した気がしたんだ」

恍惚とした表情になり、アルフレッドはレオンの髪を指先で弄んだ。

「まさか、こんなふうに王になるのかと、思わず興奮した。それが笑いとなったのだろう。マホロ、俺はね。あの時、玉座と共に、この男も手に入れたんだよ」

アルフレッドの他者を圧倒するオーラが、マホロには見えた。二人の間に、目に見えない鎖があるのだと痛感した。この人はやはり王族で、マホロみたいな立場の者には理解できない感情を抱えている。

「う……」

アルフレッドの気配に気づいたのか、レオンが呻き声を上げて目覚める。レオンは目を開けるなり、自分を見下ろしているアルフレッドを認めて顔色を変える。

「アルフレッド殿下……っ」

レオンはふらつきながら起き上がろうとした。横で見ているマホロはハラハラしたが、アルフレッドはレオンを見ているだけだ。レオンは土気色の顔でベッドから落ちるようにして床に足をつけた。そのまま額を床にこすりつけ、土下座する。

「殿下……っ、申し訳ありません……っ、俺の、俺のせいで女王陛下が……っ」

レオンは聞くも憐れな声でアルフレッドに何度も謝罪した。マホロはどうしていいか分からず、横で手をこまねいていた。アルフレッドは一言も口を利《き》かず、レオンが涙ながらに謝る姿を見下

ろしている。

「俺は、取り返しのつかない大罪を犯しました……っ、俺を殺して下さい！　それが駄目なら……っ、どうか、俺をここに置いていって下さい、このままここで死なせて下さい！」

レオンが絞り出すように叫んだ。レオンの死への願望は未《いま》だ残っていたのだと、マホロは悲しくなった。それほどまでにレオンの絶望は深いのだ。マホロはアルフレッドがレオンを慰める言葉をかけてくれないかと期待した。

「殺して下さい？　死なせて下さい……？」

だが——マホロの思いとは裏腹に、アルフレッドの声は冷たかった。まさかレオンに死を与えるのではないかと不安が頭を過《よ》ぎったが、アルフレッドはそれ以上に残酷だった。

「おまえの命で陛下の死を購《あがな》えると思っているのか？　お前の命が陛下の命と同等だとでも？」

鋭い声音が降ってきて、レオンの顔色は紙のように白くなった。横で聞いていたマホロも真っ青になった。アルフレッドが恐ろしくなり、身体が縮こまる。目の前にいる人はどれだけ気安く話しかけてくることがあっても、雲の上の存在だと身に染《し》みた。

「それは……っ、も、申し訳ありません……っ!!」

レオンは悲痛な声を上げ、ぶるぶると震えた。体格だけでいえばレオンのほうがアルフレッドよりがっしりしているのに、マホロの目には二人の差が大人と子どもほどに見えた。それほどにアルフレッドは絶対的強者としてレオンの前に立っている。

一体どうなるのかと固唾《かたず》を呑《の》んで見守っていたマホロは、ふっとアルフレッドの表情が和らいだ瞬間を見た。アルフレッドはレオンの前に膝を折り、優しくその背中に手を添える。

「レオン——女王殺しの罪を償いたいなら、死ぬまで俺に尽くせ。王家のために、生きるのだ。自死は許さない。お前の命は俺のものだから」

驚いて顔を上げるレオンを、アルフレッドは強い視線で捉えた。レオンの身体が大きく震え、涙を流しながら狂ったように首を振る。

「アルフレッド殿下……っ！　でも俺は……っ、俺は、もしまた同じことが起きたら、今度はあなたを……っ‼」

レオンは身を切り裂かれるような声で叫んだ。マホロはレオンの中にある真の絶望に気づいた。レオンが真に恐れていたこと——再びギフトをもらうようなことが起きたら、レオンは次はアルフレッドの命を奪ってしまうかもしれないと恐れているのだ。

「やってみろ、レオン」

絶望の中にいるレオンに、アルフレッドは微笑みを返した。レオンの目が吸い込まれるように、アルフレッドに注がれる。

「真の忠誠で、俺を殺してみせろ」

アルフレッドは立ち上がり、堂々とした態度でレオンに告げた。マホロは圧倒的な光を放つアルフレッドに打ちのめされ、自然と跪いてしまった。レオンは魂が抜けたみたいに、アルフレッドから目が離せずにいる。アルフレッドは身を翻《ひるがえ》し、部屋から出ていこうとする。

「レオン——お前の妹をもらい受けるぞ」

部屋の入り口に立ち、アルフレッドが宣言した。マホロには何のことか分からなかったが、とたんにレオンが身震いをした。レオンの顔には困惑、絶望、衝撃といったさまざまな感情が一瞬にして表れた。

「立ち止まっている暇はない。すぐにここを出る」

アルフレッドは言い捨てると、さっさと階段を下りていった。マホロはおろおろしつつ、レオンを窺った。レオンは腑《ふぬ》抜けた身体を叱咤《しった》するように、よろめきながら立ち上がった。マホロからすると荒療治だったが、アルフレッドの言葉でレオンは息を吹き返した。

「肩を……貸してくれるか？」

レオンはうつろな目でマホロに頼む。マホロはレオンに肩を貸して、階段をゆっくりと下りていった。階下では団長とアルフレッドが何事か話している。ノアの姿が見当たらないと思っていると、裏口から戻ってきたところだった。

「殿下、どうやら村人は俺とマホロ以外は殺してしまおうと決めたようだ。今、教えに来てくれた子がいた」

ノアが面倒そうに言う。マホロは恐怖を感じた。おそらくノアを慕う若い女性の誰かがこっそり教えてくれたのだろう。友好的と思っていた村人たちだが、アルフレッドと団長を中に招き入れたのは、殺すためだったらしい。ますます闇魔法の血族への不信が募り、彼らを理解するのが難しくなった。

「仕方ない。それじゃここで消えるか」

アルフレッドは大して動じたそぶりも見せず頷く。レオンは苦しそうな息遣いでマホロにもたれかかる。見かねたノアに代わってもらい、レオンはノアに背負われた。

「いいんですか？　転移能力が知られるかもしれませんが」

団長は念のためにアルフレッドに確認する。

「仕方ないね。危険な真似はできないから」

アルフレッドが手招きすると、マホロたちは持ってきた荷物を抱え、部屋の中央に集まった。

団長が全員の身体に触れ、「では、行くぞ」と告げる。

団長の《転移魔法》が発動し、マホロたちは光の渦に巻き込まれた。

6 国葬

団長の《転移魔法》でマホロとノアはローエン士官学校の教員宿舎のひとつ、校長の家へ飛ばされた。たまたま校長がいなかったのもあって、留守を任されていた校長の使い魔であるロッドワイラーが突然現れたマホロたちにいっせいに吼《ほ》え立《た》てた。すぐに異変に気づいた校長が駆けつけ、マホロたちは再会を喜んだ。

「レオンは王宮に連れていこう。彼の症状を医師に診《み》せたいからね」

アルフレッドはぐったりしているレオンを団長に背負わせ、転移可能になると去っていった。

「あの王子、どうして毎回一個しかくれないんだ。まとめてくれればいいのに」

ノアはアルフレッドからもらった髪染め液に文句を言っている。ノアの言う通り、せめて予備の分でもくれないと、いざという時に困る。アルフレッドがくれる髪染め液は半年は保《も》つという特別な染料らしいが、一体どこで売っているものなのだろう？　マホロも以前は金髪に染めていたが、通常の髪染め液だと二、三ヶ月しか保たない。今のところ、アルフレッドは対価を要求することなく髪染め液をくれるが、今度市販の髪染め液を購入しておこう。

「ノア先輩、お腹《なか》が空きました。食堂に行きましょう」

マホロは疲れと空腹を感じてノアの腕を引いた。マホロとノアは久しぶりに魔法が使える場所に戻って、その利便性を堪能した。一週間ぶりの風呂に入り、食堂の美味しいご飯を食べると、戻ってこられてよかったなぁと胸を撫で下ろした。光の精霊王の話は重大すぎて、今は考えるのを頭が拒否している。あの村にノアを長居させずにすんで安心した。学校に戻ったノアは以前のようにつまらなそうな表情しかしないが、そのほうがノアらしい気がした。

「いろいろ大変だったようだね」

落ち着いた頃、マホロは休日に校長の宿舎を訪ねた。同行してくれたヨシュアは、魔法士から連絡がきて、船着き場へ行ってしまった。今日の校長はピンク色の髪をしていて、黒の革ジャンにぴったりした細身の黒いズボン、ごてごてしたブーツという目立つ格好だ。マホロのためにアップルパイを焼いてくれていて、部屋に入ると甘い匂いが漂っていた。アルビオンはアップルパイの匂いを嗅ぐと嫌な記憶を思い出すのか、マホロの腕に抱かれて震えている。

校長とアップルパイを摘みつつ、マホロは闇魔法の一族の村での出来事を語った。ノアが闇魔法の血を引いていることを知るものはごく限られている。ノアが母親を探していたという話をすると、校長は目を伏せた。

「自分の本当の母親を知りたいと思う気持ちは当然だろうね……」

校長はハーブティーの匂いを嗅ぎ、困ったように笑う
「ノア先輩は日に日に少しずつ変わっていって……あの村にいると、言葉は悪いですけど、残虐性が増すというか……どんどん闇魔法の血が濃くなっていくんです」

マホロはノアの状態が変わっていくのが怖かったと校長に打ち明けた。校長も厳しい顔つきで聞いている。

「瘴気《しょうき》については報告を受けている。長逗留できない理由がようやく分かったよ。もしかしたら瘴気には人の本質を変貌させる力があるのかもしれないね。ノアは火魔法の血も引いているんだ。できれば闇の力に支配されないでもらいたいものだな。教え子を処刑するような真似は勘弁してほしい」

校長もマホロと同じくらいノアを案じている。ノアに感じていた不安は、校長に話すことでいくぶん軽くなった。共感力といえばいいのか、悩みを分かち合うことで楽になれる。

光の精霊王の話も校長にできたらどんなにいいかとマホロは残念に思った。今のところ、この話は誰にもできずにいる。

「校長、荷物が届きましたよ」

校長とお茶を飲んでいると、ノックの音がしてヨシュアが大きな荷物を抱えてやってきた。定期船の物資が届いたらしい。ヨシュアはたくさんの本や重厚な箱に包まれたものをリビングの壁際に置いた。校長は「ありがとう。アップルパイ食べるかい？」と重い荷物を運んでくれたヨシュアをねぎらっている。

「そういえば、魔法薬の新しい講師がシリルさんというのは本当なのですか？」

ヨシュアがお茶の仲間に加わったので、マホロは思い出して尋ねた。

「ああ。シリル・エインズワースが九月から我が校に配属される」

憂鬱《ゆううつ》そうに校長が頬杖をつく。アルフレッドは『いずれ嫌でも会う日がくる』と言っていた。

ヨシュアは二切れ目のアップルパイを皿にとり、げんなりとして口を開いた。

「決まったのですか？　彼が講師？　ありえないでしょ。馬鹿なガキどもはお嫌いでしょうに」

校長とヨシュアが二人とも嫌そうなので、マホロは気になった。

「シリルは襲撃の件で責任をとることになってね。本人の強い希望で、この学校で働きたいと。女王陛下からは気に入られていたが、アルフレッド殿下はお嫌いみたいだから、いずれ宮廷は出るだろうと思っていた」

校長が苦笑する。

「シリルさんは四賢者の一人なのですよね？　どうしてそんなに嫌われているのですか？」

マホロは疑問に思って問うた。四賢者といえば尊敬される存在だ。校長も団長も、多くの人から慕われている。

「シリルはねぇ……昔は大人しいけど努力家で勉強熱心な男だったんだよ。魔法に関する研究と熱意は誰もが認めるところだった。外見を変える魔法も使っていなかったしね。それが、ある日を境に変わってしまったのさ」

声を潜めて校長が明かす。

「ある日、とは……？」

マホロとヨシュアが身を乗り出す。

「内緒だよ。ギフトをもらえなかったせいさ」

校長が唇に指を立て、悲しそうに呟く。マホロはヨシュアと顔を見合わせた。

「あの時、我々四賢者は共に司祭を訪ねた。ギフトの情報を手に入れた女王陛下から、調査に行けと命じられてね。結局もらえたのはレイモンドだけ。私はがっかりした反面、代わりに大事なものを奪われると聞いていたから、ホッとした。だけどシリルは違った。自分はもらえるという自信があったのだろうね。それ以来、こじらせちゃったのさ。外見を少年に変え、陰湿な性格になり、友達をなくした」

マホロはぽかんとした。ギフトをもらえなかったというだけで、性格まで変わってしまったというのか。

「シリル殿がいい奴だった時代なんて信じられませんけどね？　人の弱みを握ることだけが生きがいみたいな人ですよ？　こじらせすぎでしょ」

ヨシュアは校長の昔話を信じられないのか、手を振って否定している。マホロはシリルを深くは知らないが、どうやらあまりいい人ではないようだ。

「昔の彼は賢者にふさわしいひととなりだったんだけどねぇ。まぁ、当時ギフトをもらえたレイモンドは最年少賢者で、シリルは自分より下だと思っていたから、まさかレイモンドがもらえて自分はもらえないなんて露ほども思わなかったのだろうさ。だから未《いま》だにシリルはレイモンドを目の敵《かたき》にして……」

校長が言葉を濁して、ハーブティーに口をつける。

「ギフトをもらえなかっただけで……」

マホロは理解できなくて、うなだれた。闇魔法の一族の村でも、誰もがギフトを得たいと願っている。

「ご馳走様。そろそろ時間なので、私は行きます。マホロ、代わりにカークをよこしますので、待っていて下さいね」

ヨシュアはアップルパイを三切れ食べると、口元をナプキンで拭《ふ》いて立ち上がった。甘いものが好きらしい。ヨシュアが出ていくと、マホロはハーブティーのお代わりを頼んだ。

「あのぅ、団長は何故あの歳《とし》で髪が白いのですか？」

ふたりきりになったので、マホロは校長に気になっていた質問をした。

「彼はボルギニオ族の生き残りだからさ。かつて国の離島に住んでいた先住民だ。先々代の王に蹂躙《じゅうりん》され、生き残ったのはごく少数だ。銀色の髪と赤い目を持つのが一族の証《あかし》だ。それからボルギニオ族は生き残るために他部族と交わった。ジャーマン・リード家は革新的な考えの者が多くてね、彼らと交流を持ち、婚姻を繰り返して今に至る。ああいう特徴的な外見を持つボルギニオ族は今やほとんどいないんだよ」

校長に教えられ、団長の特徴的な外見の理由が分かった。団長も複雑な背景を抱えているようだ。

「私も違う血族同士の婚姻で魔法回路がある稀《まれ》な例だが、レイモンドも同じように稀な一例なんだ。レイモンドの母親は先住民だし、魔法回路がなかったんじゃないかと私は思っている。本来なら魔法回路を持たず生まれてくるはずが、何故か並外れた力を持ってこの世に生まれた」

誇らしげに校長が語る。

「団長は部族を蹂躙されて、この国に対して怒りはないのでしょうか？」

マホロはジークフリートと重ね合わせて、団長の気持ちを慮《おもんぱか》った。

「レイモンドが国や陛下に対して文句を言っているのを聞いたことがないな。むしろ、女王陛下に対しては能力を認めてもらって感謝しているようだった」

「そうなんですか……。そういえば、団長はギフトで何を失ったんですか？」

団長の大切なものとは何だったのだろう？

「愛馬を亡くしたんだ」

テーブルの上を綺麗にして、校長はふっと優しい表情になった。愛馬……？

「彼の使い魔を見たかい？　レイモンドは小さい頃からずっと一緒だった愛馬をギフトで喪《うしな》ってね。ボルギニオ族は馬と共に生きるという習わしがあって、彼にとっては人間より動物のほうが大事なんだ。私はそういうレイモンドを好ましく思っているけれど、シリルは馬ごときを喪ったくらいでギフトをもらえたのかと怒り心頭でね。価値観というのは人それぞれだからなぁ。とはいえ結果的に使い魔として愛馬が戻ってきたのだから、レイモンドにとってはよかったのかもね」

棚からクッキーを取り出して、校長がポットの茶葉を入れ替える。そういえば団長が使い魔である馬を呼び出した時、大切にしていた馬だと話していた。

シリルとはわずかな間、話しただけだが、未だに過去の遺恨を引きずっているのかと思うと憐《あわ》れな気がした。ギフトで幸せになった人はほとんどいない。それでも皆、力を求めている。

「そうそう、レオンは来週には学校に戻ってくるそうだ」

カークが迎えに来た頃、校長が思い出したように言った。レオンは宮廷医師団の看護を受け、無事に回復したそうだ。団長の背中でぐったりしているレオンの記憶が残っていたので、マホロも安心した。

「ところで——ジークフリートたちの動きはどうなっているのですか？」

会話がいったん落ち着いたところで、マホロは声を落として聞いた。空気がぴりっと硬くなり、校長の顔も曇る。あれからジークフリートの動きに関して何も知らされていない。

「あらゆる場所に捜索をかけているがね、不思議なほどに何の情報も得られていない」

校長は両手の指を合わせて、静かに答えた。ジークフリートが多くの王族を殺しただけで満足してくれたのなら助かるが、それで終わりとは到底思えなかった。特にジークフリートは、この島には秘密があると言ってクリムゾン島を占拠したがっていた。

「女王陛下が亡くなったことは奴らの耳にも届いているだろう。彼らがアルフレッド殿下の命も奪おうとするなら、全力で止めなければならない。ジークフリートがこの国のシステムを変えたいと思うなら、王族を根絶やしにするのが一番手っ取り早いからね」

憂いを帯びた瞳で校長が言い、マホロも表情を引き締めた。アルフレッドが参加する葬儀の日が一番狙い目だろう。アルフレッドを守るために、多くの魔法士や軍の関係者が集結するに違いない。当日何も起こらないことを祈るしかなかった。

マホロは校長の荷ほどきを手伝い、迎えのカークが来ると寮へ戻っていった。カークから定期船でレオンが戻ってきたのを知り、心配だったのでカークと共にレオンの個室を訪ねた。

「レオン先輩、いますか？」

レオンの部屋のドアをノックすると、ややあってレオンが姿を現した。血色もよくなり、痩《こ》けた頬も元通りになっている。やや暗いのは気になるが、最後に会った時よりずっと元気になっていた。

「心配かけたな。俺はもう大丈夫だ」

レオンは白いシルクのシャツにズボンという軽装で、部屋の中には大きな鳥籠《とりかご》があり、止まり木に白い鷹がいた。レオンの肩越しに目が合った。

「ああ……アルフレッド殿下からの贈り物だ。文を脚にくくりつければ、殿下の元へ届けてくれる」

レオンはマホロを部屋に入れて、鳥籠の中にいる白い鷹を間近で見せてくれた。鋭いくちばしに、獲物を狙う目、高貴な佇《たたず》まいの白い鷹に向かって、アルビオンは怯えてキャンキャン吼えている。

「よかった……。レオン先輩、元気になったのですね」

レオンの目にはもう死を願う気配はなかった。アルフレッドの元にいて、生きる力を取り戻してくれたのだろう。

「すごいな、殿下からの贈り物なんて！　そういや殿下とお前の妹が婚約するかもって話が魔法士の中で持ち上がっているが、本当なのか？」

マホロの後ろに控えていたカークが感嘆して尋ねた。レオンの顔に一瞬影が差して、マホロはどきりとした。大歓迎というそぶりには見えない。

「……耳が早いですね。昨日、両家が揃って正式な婚約を結びました」

レオンは気を取り直したように微笑み、カークに答える。カークが「うひゃあ」と嬉しそうな声を上げた。マホロは知らないが、レオンの妹は王都でも有名な器量よしの女性らしい。

「すげーなぁ！　身内が王家に入るとか、考えられねーわ」

カークは明るくはやし立てる。

「光栄なことですね……」

レオンは目を伏せて、床に広げたままの荷物に手を伸ばした。マホロたちは邪魔しては悪いと、レオンに礼を言って部屋を後にした。

レオンが元気になってくれたのは嬉しいが、敬愛する人を殺してしまった後悔は一生つきまとうだろう。アルフレッドがその重荷を減らしてくれるといいのだがと思いつつ、マホロは部屋に帰った。

四月の下旬になり、女王陛下の葬儀の二日前に学校は休校となった。マホロはスーツケースに荷物をまとめて、定期船にノアとテオ、ヨシュアとカークと一緒に乗り込んだ。見送りにザックが来てくれて、戴冠式で会おうと約束した。ザックは葬儀には参列しないらしい。

船で数時間かけて本土まで行くと、セント・ジョーンズ家の紋章が入った馬車が迎えに来ていた。今回はノアの屋敷ではなく、王都にあるノアの父親であるセオドアの屋敷でお世話になる。セオドアとは一度会ったきりだが、いかにも軍の偉い人という感じで気楽に話せる相手ではない。マホロは朝から緊張しきりで、馬車に揺られている間も不安でいっぱいだった。

「でかい男が四人もいると、むさ苦しいな……」

ノアは馬車の中にヨシュアとカークがいるのが気に入らないようで、むっつりと腕を組んでいる。ノアの隣に座っていたマホロは、苦笑して向かいに座っているヨシュアとカークとテオを見た。ヨシュアとカークは魔法団の制服を着て、帯剣し、杖もホルダーに収めている。いつ何時、襲撃されるか分からないので、常に警戒態勢だ。テオとマホロ、ノアは制服姿だ。

「何でこっちに三人も座らされているんだ？　マホロは細いんだから、そっちに三人座るべきだろ？」

カークは納得いかないらしく狭そうに身体を小さくしている。ノアの独断と偏見で、どうしてか三人が並んで座っているのだ。マホロの目にもきつきつで、三人とも身動きもとれない。

「は？　何故俺が苦しい思いをしなければならない？　乗せてやってるだけ、光栄に思え」

ノアはじろりとカークを睨《にら》み返《かえ》す。ノアの馬車というより、セオドアの馬車なのだが、そう言われると肩身が狭いのかカークが押し黙る。

「ノア様、寛容で、大変素晴らしいと思います」

テオは無表情で賛辞する。いかにもそれが嘘くさい言い方だったので、ノアは軽く舌打ちしてそれ以上ヨシュアとカークに文句を言うのをやめた。

「お前ら、緊張しているのか？」

ノアはずっと背筋を伸ばしているヨシュアとカークに気づき、おかしそうに口元を弛めた。

「当たり前だろ。これから行く場所は鬼軍曹……もとい、セオドア様の屋敷だ。粗相があったら、どんな鉄槌《てっつい》が降ってくるか分からない」

カークはきりりとして、窓の外に目を向ける。

「ノア先輩のお父さん、怖そうですよね……」

マホロが同調して頷くと、我が意を得たりとカークが身を乗り出す。

「そうなんだよ！　実は俺たち、ローエン士官学校でセオドア様の教えを受けた身でさ。あの人の恐ろしさはよぉく知っているんだ！」

「ノア先輩のお父さんは、講師もされていたのですか？」

意外に思ってマホロが聞き返すと、ノアが肩をすくめる。

「軍から時々講師として赴任することはある。士官学校だからな」

「セオドア様は、それは恐ろしい鬼教官だったよ。なぁ？」

カークは同意を得るためにヨシュアを促す。

「お前は要領が悪かったから、特に目をつけられていたな。私は品行方正、規律に背くような学生じゃなかったから、多分記憶にないと思うぞ」

ヨシュアは胸を張って言い返す。二人は学生時代も仲がよかったらしく、思い出話に花を咲かせている。マホロはちらりとノアを見やり、セオドアについて思いを馳せた。

ノアは自分の実の母親についてセオドアか兄のニコルに尋ねたいようだが、王宮での事件以来、二人がノアに会いに来ることはなかった。これから行くセオドアの屋敷には、セオドアだけでなく、ニコルとニコルの妻も住んでいる。そこで何が明かされるのだろうと、不安で胸が苦しくなった。

馬車は数時間かけて街道をひた走った。徐々に道が舗装されていき、整地された町並みが広がっていく。屋敷の途中で襲撃が起きないか警戒していたが、セオドアの屋敷に着くまで邪魔は入らなかった。午前中の早い時間に島を出たが、屋敷に着く頃には夕日が辺りを染めていた。

「見えてきたぞ」

窓の外を眺めていたカークがマホロに教える。つられて外を見ると、レンガの高い塀の先に、重厚な館が立っていた。馬車が大きな門の前で停まり、帯剣した兵士が御者と会話を交わしてから門を開ける。門には馬車に描かれているのと同じ、セント・ジョーンズ家の紋章がつけられている。

屋敷の中に馬車が入っていくと、マホロは窓から美しい中庭を眺めた。ノアの屋敷とは違い、庭には手がかけられていて、枝葉を切り取る庭師が数人見えた。広い庭には薔薇《ばら》が咲き乱れ、女神の像や手の込んだレリーフが彫られた噴水が清らかな水を湛《たた》えている。芝生が敷かれた道を馬車は進み、正面玄関の前で停止した。

正面玄関の扉が重々しく開き、執事服の白髪《しらが》の男性と、茶髪の男性が階段を下りてくる。

「おかえりなさいませ、ノア様」

御者が扉を開くと、二人の執事服の男性がうやうやしく頭を下げる。ノアは鷹揚《おうよう》に頷くと、馬車から降りて、マホロに手を伸ばした。ノアの手を借りて馬車から降りると、茶髪の中年男性が馬車の荷台に載せていたスーツケースを下ろしていく。すぐにテオがそれを手伝い、親しげに茶髪の中年男性に微笑んだ。

「紹介する。マホロ、執事長のアンドレと、執事のルークだ。ルークはテオの父親」

ノアが二人の執事をマホロに紹介する。執事長のアンドレは小柄だが背筋がピンと伸びた白髪の六十代後半くらいの男性で、ルークは四十代後半といった顔つきだ。テオの父親らしく目元が似ていて、柔和な雰囲気だ。テオは代々セント・ジョーンズ家に仕えている家系らしい。

「アンドレ、ルーク。彼がマホロだ。俺の大切な人だから、丁重に扱ってくれ」

ノアはマホロの肩を抱いて、二人に微笑みかけた。アンドレは「かしこまりました」と丁寧に頭を下げた。ルークは面食らったようだったがすかさず頭を下げ、まじまじとマホロを見つめる。説明は終わりとばかりに、ノアがさっさと屋敷に入ろうとすると、カークがそのマントを摑む。

「ちょっと、ちょっと！　俺たちの紹介も！」

カークに焦った声音で止められ、ノアが面倒そうに振り返る。

「マホロの護衛の二人だ。こいつらはどうでもいい」

素っ気なくノアが言い、カークとヨシュアの顔が強張る。テオが乾いた笑いを浮かべながら、アンドレとルークに二人の紹介をしている。マホロはスーツケースを自分で運ぼうとしたが、ルークに「お部屋にお持ちいたします」と断られてしまった。

「ノア、おかえりなさい」

正面玄関から入ろうとしたノアとマホロの前に、黄色のふんわりしたドレスをまとった女性が現れた。金色の髪をアップにした、茶褐色の瞳の優しそうな女性だ。

「ブリジット。久しぶりだ」

ノアは女性と軽くハグをして、頬にキスをする。マホロがどぎまぎしていると、ノアが手を引いた。

「兄の妻のブリジットだ。ブリジット、彼がマホロだ」

ブリジットは目を輝かせて、マホロの手をとる。女性との正式な挨拶の仕方が分からなくてまごついていると、ブリジットはマホロを軽く抱きしめ、頬にキスをした。

「会いたかったわ、マホロ。ニコルから話は聞いています。さぁ、どうぞ中へ。案内しますね」

ブリジットは花の匂いを漂わせて、マホロに微笑みかける。ふっとブリジットの傍に火の精霊がいるのが見えて、マホロは嬉しくなった。精霊が寄り添っている女性なら、きっと魂の美しい人なのだろう。この屋敷で歓迎されるかどうか不安だったので、マホロはブリジットの笑顔に救われた。

「お義父様《とうさま》とニコルはじきに戻ってくるわ。長旅で疲れたでしょう？　あとでお茶を運びます」

ブリジットはそう言ってマホロを二階の客室に案内してくれた。ノアは「俺の部屋と一緒でいいのに」と不満げだが、ノアの家族の屋敷で不埒《ふらち》な行いはしたくなかったので、ホッとした。ヨシュアとカークはマホロの部屋の両隣だ。ノアは一階に自室があるそうだ。

セオドアの屋敷は贅沢《ぜいたく》な装飾が施された家具や柱、有名な絵師の描いた絵があちこちに飾られていた。広さだけならノアの屋敷の敷地のほうが大きいが、使用人の数はこちらのほうが格段に多そうだ。それに中庭や塀の外、階段のところにも陸軍の護衛が立っている。彼らはノアとマホロに対してもにこりともせず、姿勢をいっさい崩さない。魔法団のヨシュアとカークは陸軍の人間とあまり馴染《なじ》めないのか、よそよそしい態度だ。

与えられた客間は小さな花柄の可愛らしい壁紙で、シングルベッド、クローゼット、長椅子とテーブルが置かれていた。三週間、ここでお世話になるので、綺麗に使いたいものだ。

ノックの音と共に「失礼します」とメイドがカートを押して入ってきた。メイドはテーブルに茶器をセットして、二人分のカップに紅茶を淹《い》れる。マホロが戸惑っているうちに、開いている扉からブリジットが顔を出した。

「あなたの衣装は揃えておいたわ」

ブリジットはクローゼットに歩みより、扉を開けて言った。クローゼットにはマホロのサイズでしつらえたシャツやズボンが吊されている。畏《おそ》れ多《おお》いとマホロが尻込みすると、「お義父様の命令だから」とブリジットがこっそり教えてくれた。

メイドがお茶を淹れ終えると、ブリジットは「もう行っていいわ」と部屋から追い出した。

「あなたはノアのパートナーとして、正式に我が家に滞在を認められたのよ。光魔法の血族だそうね？　希有な魔法の才能と稀少な血族の人間ということで、お義父様もお許しになったの。そうでなければ、一族の長としてあなたを歓迎できなかった。本当によかったわ。先日の襲撃で、たくさんの魔法士をお救いになったでしょう？　私からもお礼を言わせて」

ブリジットは目を潤ませて、マホロの手をとった。ブリジットはセント・ジョーンズ家の一族で、ニコルとは従姉妹《いとこ》だという。

「話には聞いていたけれど、あのノアに大切な人ができるなんて、信じられない。ノアのあんなに優しい顔、初めて見たわ。彼を慕っていた女の子たちは、がっかりするでしょうね」

ブリジットがおかしそうに笑う。椅子に座り、メイドの淹れてくれたお茶に口をつけ、マホロは複雑な表情になった。

「あの……でも俺は、俺なんかよりもっと地位のある女性のほうがいいのではないかと。それに俺は男で子どもは産めないから……」

マホロがもごもごして言うと、ブリジットは口元に手を当てて笑った。

「跡継ぎなら私が産むから心配ないわ」

ブリジットがお腹を撫でて言う。マホロは頰を紅潮させ、ブリジットの腹部を見た。ブリジットの悪戯っぽい笑みで、ニコルとの間に子どもができたと分かった。

「おめでとうございます！」

マホロが嬉しくて笑うと、ブリジットが茶器を手で包む。

「そんなことより、あの仮面でも被っているのではないかと噂されたいつも不機嫌そうなノアが、あなたといるとあんなに柔らかい態度になるほうが素晴らしいわ。ノアときたら、最初の頃は私にもずいぶん冷たかったのよ。ニコルとの愛が本物だと理解してくれて、それからは親しくなれたけど。ノアはニコルにだけ心を許しているの。母親を亡くしてから、ボロボロになったノアを辛抱強く面倒見たのがニコルなのよ。ノアにはニコル以外にも心を開いてほしかったから、あなたのことを聞いて嬉しかったの」

昔を思い出したのか、ブリジットは苦笑している。男にも女にも、老人にも子どもにも冷たい態度をとる、それがノアという男らしい。

「では夕食の席で、またね。ぜひ、新しい服を着てみて」

ブリジットはひとしきりおしゃべりを楽しむと、優雅に一礼して去っていった。マホロはクローゼットを開けて、せっかくなので用意してもらった衣服に着替えた。淡い虹色の光沢を放つ生地のシャツに茶色の革のズボン、ベストを身につける。サイズはぴったりだ。クローゼットの下には靴が入っている箱が四つもあって、こちらもサイズが合っている。

夕食の支度ができましたとメイドが知らせに来て、マホロは髪を梳《と》かして一階の食堂へ向かった。食堂の手前にサロンがあり、そこでメイドから食前酒を振る舞われた。当主が戻ってきてから、食堂に移動するらしい。長椅子に座って食前酒に口をつけていると、ヨシュアとカークが入ってきた。続いてノアがスーツ姿で現れ、マホロの左隣に腰を下ろす。

「部屋はどうだった？」

ノアは慣れたしぐさで食前酒を受け取る。

「あの、この服とか、靴とかたくさん用意されていて……」

「ああ。親父《おやじ》の計らいだろう。もらっておけ」

気負いのないノアに、マホロは神妙な顔つきで頷いた。恐縮したいところだが、断るわけにもいかないし、お返しをするにもマホロは返せるものを持っていない。ここは好意に甘えるのが一番だろう。

「ノア、おかえり」

スーツ姿のニコルがブリジットと共にサロンに現れた。ニコルは金髪に碧色《みどりいろ》の瞳の端整な顔をした二十七歳の男性だ。セオドアやノアとはあまり似ていないので、おそらく亡くなった母親似なのだろう。

「マホロも元気そうだね。ヨシュア、カーク。任務はどうだ？」

ニコルは順に目を向け、尋ねた。ニコルは立ったままヨシュアとカークと話している。ブリジットはお腹が苦しいのか、椅子に腰を下ろした。

「はい。今のところ、問題はありません」

ヨシュアとカークは敬礼して答える。

「屋敷の中では敬礼はいらないよ。それよりマホロの護衛を優先してくれ。今回、葬儀と戴冠式という大きな行事が控えている。できれば目の届く範囲にいてほしい」

こちらを見ながらニコルに言われ、マホロは慌てて「はい」と頷いた。

アンドレがすっと歩み寄って「ご主人様のお戻りです」と声をかけた。するとノアやニコル、ブリジットが流れるように食堂に入っていったので、マホロも急いで続いた。

セオドアは軍服のまま食堂に入ってきた。彼が入ってくるだけで空気が張り詰め、緊張感が走る。セオドアは被っていた軍帽と勲章《くんしょう》がたくさんついた上着をアンドレに手渡し、ノアとニコルの斜め向かいの席に立つ。席順は決まっていて、セオドアの斜め向かいには子息である二人が、ニコルの隣にはブリジットが座り、マホロはノアの隣に座った。ヨシュアとカークはセオドアから一番遠い席だ。

セオドアがアンドレに椅子を引かれて腰を下ろすと、立っていた他の人も着席を始めた。すでに長テーブルの上には燭台《しょくだい》や花が活《い》けられていて、それぞれの席に皿やカトラリーがセットされていた。

ルークがセオドアのグラスにワインを注ぐ。アンドレが位の高い順からそれぞれのワイングラスに赤ワインを注いでいった。

「マホロ、ヨシュア、カーク、君たちを歓迎する」

全員のグラスにワインが注がれると、グラスを高く掲げてセオドアが短く告げる。相変わらず愛想とは縁がないようで、それだけ言ってグラスを呷《あお》った。ノアやニコル、ブリジットはそれに慣れているらしく、平然としている。セオドアの挨拶で食事が始まり、アンドレやルーク、メイドが大皿に載った料理をそれぞれの席に配っていく。夕食は子羊を煮込んだシチューに魚介のサラダ、豆料理やパイ生地を使った料理が次々と出てきた。

食事の間、ニコルはにこやかにブリジットやマホロたちに話しかけてきたが、セオドアはほとんど言葉を交わさず、ナイフを動かしていた。

「私は先に失礼する。ノア、二時間後にニコルと私の部屋に来なさい」

さっさと食事を終えたセオドアが、ナプキンで口を拭《ぬぐ》い厳然と述べる。サッとノアとニコルが視線を合わせた。

「マホロも一緒でいいか？」

ノアが去りかけるセオドアに言うと、振り向きもせず「お前がいいなら」と呟いて食堂を出ていった。

セオドアが消えた後の食堂は、ある種の緊張から解放されて、くだけた雰囲気になった。

「ふー。セオドア様、俺たちの名前、覚えてたな」

カークはセオドアに名前を呼ばれただけで、感慨深いようだ。

「お義父様は軍関係者の名前は一人残らず覚えておりますよ？」

ブリジットが小声で二人に言い、マホロは感銘を受けた。軍関係者がどれほどいるか知らないが、そんなに記憶力がいいのか。魔法団は軍の一部ではあるが、セオドアが所属する実務部隊とは仕事内容が切り離されているので、すごいことだ。

「ノア先輩……」

マホロはノアを窺《うかが》った。セオドアに呼びつけられたのは、何か話があるからだろう。ひょっとしてノアの実の母親に関する話だろうか？　そこに自分が同席していいのだろうか。

「あいつ、絶対白状させる」

ノアはワインをがぶがぶ飲んで、闘志を燃やしている。ニコルはというと、浮かない表情で食後のデザートを食べている。この後も緊張を強いられるのかと思うと、食欲が急になくなった。

「そういえば子どもが生まれるのだろう？　お祝いは何がいい？」

新しいワインをルークに開けさせながら、ノアが思いついたように尋ねる。

「どんなものでも嬉しいが、お前が可愛がってくれるのが一番だな」

ニコルの表情が和らぎ、愛しそうにブリジットに微笑みかける。

「そうね。でも女の子だったら、ノアの色香にやられそうで心配よ」

悪戯っぽくブリジットが笑い、マホロもつられて口元を弛めた。微笑ましい二人を見守るノアにも穏やかな空気が流れている。ノアにはいつもこうしてゆったりした態度でいてもらいたかった。それを守るために自分には何ができるのだろう？　マホロはグラスを揺らして、物思いに耽《ふけ》った。

自分が行く必要はあるのだろうかと悩みつつ、マホロはノアと一緒に刻限になるとセオドアの部屋を訪ねた。セオドアの部屋といっても、私室ではなく執務室にセオドアはいた。執務室には重厚なデスク、革張りのソファが置かれていた。セオドアは書類仕事をしていて、デスクの上にはセオドアのサインを待つ書類が山積みになっていた。すでに部屋にはニコルがいて、ソファに座ってワイングラスを傾けていた。

「来たぞ、話してもらえるんだろうな」

ノアはずかずかと部屋の中央に進み、デスクの前に立つと、セオドアを睨みつけた。セオドアはペンを動かす手を止め、デスクの引き出しを開いた。

「アルフレッド次期国王陛下から、お前に、と託された」

セオドアは引き出しから長方形の箱を取り出してノアに差し出した。ノアは困惑して箱を受け取ると、ソファに移動して、開ける。

「……何だ、これは」

中を確認したノアが、こめかみを引き攣らせる。隣に座ったマホロは覗き込んで、目を丸くした。箱の中には絵画が入っていた。水色のドレスを着た五、六歳くらいの少女の絵だ。ニコルはそれが何を意味するのか理解しているようで、無言で腕を組んでいる。

「アルフレッド次期国王陛下は、お前とナターシャ王女殿下の婚姻を望んでいる」

セオドアが抑揚のない声で告げ、マホロもびっくりしたが、ノアはそれ以上に驚いて持っていた絵画を放り投げた。

「正気か？　五歳の子と、俺が婚姻？　アルフレッド殿下はご乱心か？」

ノアは絶句した。マホロは落ちた絵画を拾い上げた。ナターシャ殿下はアルフレッドの兄の長女で、確か病弱だと聞いた。残り少ない王族の一人ではある。

「っていうか、俺はそんな話を聞きに来たんじゃない！　俺の実の母親の話をしろ！　いい加減、真実を話さなきゃ俺だってキレるぞ！」

マホロの手から絵画を奪うと、ノアはそれを部屋の壁に投げつける。マホロがハラハラして手を伸ばすと、ニコルがため息をこぼす。

「ノア、落ち着いて」

「これが落ち着いていられるか⁉　いきなり五歳のガキと婚約しろと言われたんだぞ！」

なだめようとするニコルを怒鳴りつけ、ノアは立ち上がってセオドアのほうに乱暴な足取りで進む。

「俺は闇魔法の血を引いているんだろう⁉　あんたがどこの女と浮気しようがこれまで構わないと思っていたが、闇魔法の血族の女なら、俺は知らなきゃならない！　真実を話せ！」

ノアはセオドアが読んでいた書類をぐしゃりと握り潰し、思い切りデスクに拳《こぶし》を叩きつける。

しんと重い沈黙が落ちて、マホロは緊張で冷や汗をどっと流した。

「……防御魔法をかける」

ニコルが立ち上がり、杖を取り出して部屋の壁に向かってぐるりと回す。

「イグニスの精霊よ、部屋の周りに壁を張り、音が漏れぬようにしておくれ」

ニコルの呪文と共に、火の精霊が部屋中を駆け回り、視《み》えない大きな炎の壁を造った。ニコルはわずかに戸惑い、マホロを振り返った。

「君の傍だと本当に魔力が増加されるんだな」

感心したように呟かれ、マホロは部屋を見回した。これで他人に聞かれる心配はない。

「兄さんだって何か知っているんだろう？　いつまで黙っている気だ⁉」

ノアはニコルを見据え、声を張り上げた。ノアの怒鳴り声は胸を苦しくさせるので、もう少し落ち着いてほしかった。

「ノア、俺は事実を知っている。だが、明かせない。そういう契約をしているからだ。父も、亡くなった母も」

セオドアが黙っているのを見かねて、ニコルが立ち上がって言った。ノアは言葉を失い、セオドアとニコルを交互に見た。

「契約……？」

ようやく二人が話せない理由を知ったらしく、ノアはショックを受けている。セオドアはともかく、ニコルまで事実を知っているのは驚愕《きょうがく》だ。だが、考えてみれば、母親の違うノアにこれほど親身だったのは、別の理由があったからかもしれない。

「お前は、その癇癪《かんしゃく》持ちをどうにかしろ」

セオドアはノアにぐしゃぐしゃにされた書類を、杖を使って綺麗に戻しながら言う。ノアは舌打ちしてソファに戻り、マホロの腕を掴んだ。

「結局話せないなら、もういい。行くぞ、マホロ」

座っていたマホロを引っ張り上げ、ノアが言う。

「待て、戴冠式の後にアルフレッド次期国王陛下から呼ばれている。婚姻の返事はそこでするようにとの仰せだ」

部屋を出ていこうとしたノアに、セオドアが低い声で命じる。

「俺に幼女趣味はない」

吐き捨てるように言って、ノアはマホロを連れて部屋を出た。そのまま怒り心頭といった態度で廊下を歩き、三つ目のドアを乱暴に開ける。そこはノアの私室だったらしく、入るなりノアは壁に拳を叩きつけた。何度も打ちつけられ、壁がへこんでいく。

「……ノア先輩、落ち着きましたか?」

さんざん壁を破壊した後、ノアは壁を魔法で修復し、拳の治癒をしてから、マホロをぎゅっと抱きしめた。ノアの背中を優しく撫でて、マホロは長椅子へノアを誘った。ノアは唇を歪めて天井を仰いでいる。

「親父と話すといつもこうだ。あいつは言葉が足りない。俺を怒らせる天才だ」

ノアは苦々しげに言うが、他人への感情に乏しいノアからするとたとえ悪い方向でも感情を掻き乱す父親の存在は大きい気がした。

「アルフレッド殿下は……どういうつもりなのでしょう」

マホロは五歳の少女との婚姻話に困惑して言った。ノアとナターシャは十五歳も歳《とし》が離れている。いくら政略結婚だとしても、ひどすぎる。そもそも王族は魔法回路がない相手としか婚姻できないはずではなかっただろうか。アルフレッドの目的は何だろう？

「あの王子はとんでもない大馬鹿野郎なんだろう。それより、親父たちが誓いの契約をしていたとは知らなかった。ひょっとして校長も……？　このままじゃ永遠に真実が掴めない」

ノアは悔しそうに拳を握り、唸《うな》り声《ごえ》を上げる。ノアが落ち着くようにマホロは肩に手を伸ばし、寄り添った。ノアの乱れた呼吸が少しずつ整う。

「――誓いの契約を破るには、どうすればいいかな」

マホロの耳朶《じだ》に口づけ、ノアが囁《ささや》く。

「まさか破るつもりですか……？　でも誓いの契約は、契約執行者が死なない限り、破れないのでは？」

びっくりしてマホロが身を離すと、ノアが意地悪く笑う。王宮で誓いの契約を交わした後、マホロもそれなりに文献を漁った。誓いの契約は契約執行者の三分の二の人が亡くなるか、それを上書きする契約を立てない限り、破れることはないとあった。しかし上書きする契約にはいくつも条件があって、それを執行するのは難しいと聞く。

「母親は亡くなっているから、俺が親父をぶっ殺せば、三分の二が死んで無効になるから、兄さんが真実を話してくれるかもしれない」

物騒なノアをマホロは睨みつけた。

「冗談でもそんなこと言ったら駄目です。いいアイデアみたいに言わないで下さい。そもそも三人で契約したかどうかも分からないですし」

マホロはノアの実の母親に思いを寄せた。セオドアたちがこの件に関して誓いの契約を立てた理由は、真実が明らかになるとまずいと思ったせいだろう。闇魔法の血を引く子どもを育てるなんて、確かに一歩間違えれば身内を破滅に導く所業だ。

「そうだな……お前の言う通り、もう一人は確実にいるだろう。俺の、実の母親が」

ノアも契約を交わした者が他にもいると認めた。ノアの実の母親も契約に加わっている可能性は高い。誓いの契約があるなら、生まれたばかりのノアを安心してセオドアの妻に託せるからだ。むろん、ノアの母親はノアを産んですぐに亡くなった可能性もある。

「ジークフリート、と……兄弟である可能性はあるんでしょうか?」

マホロは一番気になっていることを口にした。ノアは無言だ。

「それに……ナターシャ王女殿下との婚姻……断っていいのでしょうか?」

ノアが何も言わないので、マホロは胸に引っかかっていることも言った。ぴくりとノアのこめかみが引き攣り、マホロを睨みつける。

「お前は俺に五歳の子どもと婚約しろと言うのか？」

「それは……。だけど、王家の、次期国王からの縁談ですよ？　断って大丈夫なんでしょうか？」

ノアは受ける気はなさそうだが、そんな簡単にすむ話なのかどうか不安だった。これが単なる民だったら、王家からの命令に背けるはずがない。それがどれほど馬鹿げた命令でも。

「あの王子は俺をどうしたいんだ」

ノアは苛立ったように指を噛んだ。

「五歳の病弱な少女と婚約したら、それこそ俺は世間から指を指されるだろう。政略結婚にしてもひどすぎる。しかも俺は闇魔法の血を引いているんだぞ？　あの王子はそれを知っているのに、こんな話を持ちかけた。裏があるのだろうが……今は分からん。会った時に、真意を測るしかない」

マホロはしゅんとしてうつむいた。——ショックだったのだ。アルフレッドはマホロとノアの仲を認めてくれていると思っていた。

「これで分かっただろう？　あいつはいい王子なんかじゃない。次に会う時は絶対頬を染めるなよ？　見るたび、ムカつくからな」

ノアに抱き寄せられ、頭を撫でられる。ノアは少し嬉しそうだ。アルフレッドのことはともかく、ノアは王族との婚姻話が持ち上がっても不思議ではない立場なのだと思うと、気分が沈んだ。こうして一緒にいるのも、本来ならありえなかった。マホロは消沈して部屋に戻ろうとノアから離れた。

「待て、どこへ行く。今夜は俺の部屋で過ごせ」

ノアに手首を引っ張られ、マホロはガクンと後ろに体勢を崩した。

「え、いえもう遅いので寝ます。ノア先輩のお父さんの屋敷で変な真似はできません」

ノアの手つきが妖しくなったのに気づき、マホロはドアに向かおうとした。するとノアが立ち上がり、マホロの身体を肩に担《かつ》ぎ上《あ》げる。焦って暴れると、廊下に出て、隣の部屋の寝室に無理矢理連れ込まれた。ちょうどメイドがベッドを整えていて、ノアが入ってきたのに気づき、「入浴の準備はできております」と焦ったそぶりで言った。

「こっちはもういいから、部屋から出ろ」

ノアはマホロを担いだまま、メイドを目で威嚇《いかく》する。失礼します、とメイドが頭を下げ、逃げるように部屋を出ていった。

「部屋に戻りたいのですが……」

マホロはゆっくりとベッドに下ろされ、ダメ元で言ってみた。ノアが伸し掛かってくる。

「前から理解できないんだが、どうしてお前はもっと俺としたいと言わない？　ちゃんと感じてるだろ？　気持ちよくない？」

真剣な目で見つめられ、マホロはぽっと頬を赤らめた。

「い、いえ、気持ちいい……ですよ？」

ノアに抱かれている時は気持ちよすぎて変な声がいっぱい出てしまう。思い出して頬を紅潮させると、ノアが安心したように頬にキスをする。

「そうだろう？　なのに、お前は俺が求めないと身体を開かないよな？　お前、性欲ないのか？　いや、そんな十八歳、いるわけない。溜まったら、どうしてるんだ？」

まじまじと眺めて質問され、マホロは耳まで赤くなった。

「ひ、ひとりでいる時に変な気分になんか、なるわけないじゃないですか！」

マホロが真っ赤になって言い返すと、この世の終末を見たような顔で、ノアが口を開く。

「え、まさか本当に性欲がない……？　光魔法の血族ってどうなっているんだ……？」

性欲があるのが当たり前といった様子で呟かれ、マホロのほうが心配になった。

「み、皆さん、そんなにあるものなのですか……？」

同室だったザックとはそういう話をしたことがなかったので、性欲が強いほうが珍しいのだとばかり思っていた。

「あのそばかすは、夜、自慰はしていなかったのか？」

呆れたように聞かれ、マホロはザックを思い返した。二段ベッドで寝ていたので、はっきり見ていたわけではない。

「毎日課題で疲れてすぐ寝ちゃってたし……そもそも二、三ヶ月しか一緒じゃなかったので……、えーザックがそんなぁ」

マホロが想像してうろたえると、ノアがおかしそうに笑いだした。

「だからフツーだろ、お前がおかしい。シャワー室とか、やけに長い奴いるだろ。溜まると抜きたくなるものじゃないか？　同性のカップルになったやつは、部屋を交代してもらったりとか、いろいろやってるらしいぞ。あの女狐なんか、カウンセリングルームに男子学生連れ込んでいたしな」

女狐と呼んでいるのは、カウンセラーをしていたマリー・エルガーのことだ。彼女はジークフリートのスパイだった。彼女の色香に惑わされて、学生の何人かはジークフリートの元へ行ってしまったらしい。学校の知らない事実を教えられ、マホロはショックで言葉を失った。皆、そんなに乱れていたのか。見る目が変わりそうだ。

「その性欲の薄さが、光魔法の血族が絶滅寸前の理由じゃないか？」

ノアはジャケットを脱ぎ捨て、ネクタイを外すと、床に放り投げていく。

「でもあの、ヨシュアさんとカークさんが……俺が部屋に帰らないと心配するかも」

逃れられないものを感じつつ、マホロは念のため言ってみた。すかさず「あいつらには、責任もって俺が部屋に送り届けると言ってある」と先回りされた。ここまできたら拒否するのもおかしいので、マホロはベッドの上に正座した。

「あの……それじゃ、いつも俺がしてもらってばかりなので、俺がしましょうか……？」

ベストを脱ぐノアに、マホロは思い切って言ってみた。ノアが感激したようにマホロの両頬を手で包み込んでキスをしてくる。

「積極的になってきたじゃないか。ぜひお願いしたいね。じゃ、まずは裸になってくれ」

嬉々《きき》として言われ、マホロは赤くなりつつ、衣服を脱いで床に畳んで置いた。下着を脱ぐのはかなり恥ずかしかったが、ノアの前で全裸になる。ノアはマホロをじっくり眺めている。

「俺を脱がせてくれるか？」

ベッドに寝そべり、ノアが手を広げる。マホロはおずおずとノアの身体に重なり、ノアのシャツのボタンに手をかけた。他人の服を脱がせるのはけっこう大変で、いつもノアがどれだけスマートにマホロの衣服を脱がしているか身をもって知った。もたもたとボタンを外し終えると、生ぬるい目でノアが自分を見ている。

「お前、本当に不器用だなぁ」

しみじみと言われ、がっかりしてマホロはノアのシャツを引っ張った。ノアが腕を動かしてするりと抜き取ってくれる。たくましい胸板が現れ、マホロは毎度のことながら見蕩《みと》れた。しっかり筋肉がついた上半身は、触ると引き締まっている。マホロはどれだけがんばっても筋肉がつかないというのに、どうなっているのだろう？

ノアがいつもやっているようにノアの胸に触れ、音を立ててキスをしてみた。ぺろぺろと乳首を舐《な》めたり、鎖骨を吸ってみたりして、ノアの様子を窺う。

「ふふ」

ノアはニヤニヤしながらマホロを眺めるばかりで、思ったような反応はない。

「あのう？　気持ちよくないですか？」

一生懸命ノアの胸を吸っているのに、ちっとも感じてくれなくて、マホロは業を煮やした。

「猫にすり寄られている感じだ。よかったな、ハムスターから猫に成長したぞ」

ノアは面白そうに手を伸ばし、マホロの乳首を摘む。軽く引っ張られて、マホロはびくりとしてしまい、口を尖《とが》らせてノアを睨んだ。

「俺がしますから！」

指先で乳首をクリクリとされ、甘い声が上がりそうになり、マホロはノアの手を払った。胸は感じないのかもと、ベルトを外し、ズボンをくつろげる。下着を下ろしてもノアの性器はまだ反応していなくて、使命感を覚えて萎えている性器に口を近づける。

「ん……っ」

ノアの性器に舌を這わせ、一生懸命手で扱《しご》く。先端の部分や袋を必死に舐めていると、ノアが笑いをこらえている。あまり感じていないのか、半勃《はんだ》ちしかしてくれない。やっているこっちは、はぁはぁ息が荒くなるくらい疲れているのに、ノアは喜劇でも観ているような顔つきだ。

「悪い、なんかこう……色気がゼロすぎて、必死すぎて……」

マホロがじっとり見据えると、ノアが口元を押さえて咳払いする。

「どうも俺はされるより、するほうが好きみたいだ」

ノアは体勢を変えて、マホロを逆にシーツに押し倒す。両脚を抱えられ、尻を持ち上げられる。

「はぁ、このマシュマロみたいな尻……、すべすべで気持ちいい」

ノアはうっとりしてマホロの尻にかぶりつく。甘く噛まれて、マホロは息を詰めた。ノアはマホロの尻を揉みしだき、柔らかく歯を立てる。

「この尻を触ってるだけで、勃つ」

マホロの尻をしゃぶりながら、ノアが息を乱す。思わず覗き込むと、口淫していた時は微妙な反応だったのに、今や雄々しく反り返っている。

「ノア先輩は変態です……」

マホロは顔を引き攣らせて呟いた。ノアは飽きることなく尻を揉んだり吸ったりすると、尻の穴に舌を這わせた。唾液でそこを濡らし、指を入れてくる。

「う、……う……」

マホロはシーツを乱し、低く呻《うめ》いた。ノアは容赦なく入れた指を動かしてくる。すっかりマホロの身体を知り尽くしたノアは、指先で押されると変な声が上がる場所を刺激してくる。

「ふ、は……っ、は、……っ」

ノアは入れた指で内壁を辿り、脚のつけ根に唇を寄せる。太ももの柔らかい部分をきつく吸われ、マホロは身をよじった。ノアは太もものあちこちに鬱血《うっけつ》した痕を残していく。

「少し冷たいぞ」

サイドボードに手を伸ばし、ノアが小瓶をとる。中のどろりとした液体を、ノアはマホロの尻の穴に垂らした。潤滑油だろう。冷たくて、ひやっとしたが、ノアの手で塗り込められ、すぐに気にならなくなった。

「や、やぁ……何か、音が……」

大量に液体を注がれたせいか、ノアが指を動かすと、ぐちゃぐちゃといやらしい音がした。マホロは腰をくねらせ、厭《いと》うようにした。ノアは二本目の指を入れて、わざと音を響かせる。

「お前がどろどろになってるところは、すごくそそる。綺麗なものを汚している気分だ。背徳感というやつかな？　ここ、気持ちいいだろ？」

ノアは愉悦を浮かべて内部の指を開き、律動する。そこでの快楽を知っているマホロの身体は、ノアの指の動きでひくひくと震える。

「お、俺も、します……っ」

これではいつものようにノアのいいようにされると思い、マホロは抵抗するように身体をねじった。ノアは逆らわずに一度指を引き抜き、マホロの身体を抱き上げた。

「じゃあ、キスをしてくれ」

ノアはベッドにあぐらをかくと、マホロの身体を抱き寄せた。マホロはノアの腰にまたがる格好でシーツに膝をついた。ノアの指がまた尻の中に入ってきて、慣れたしぐさで穴を広げられる。キスをしろと言われ、マホロは戸惑いながらもノアの首に腕を回し、形のいい唇にキスをした。ノアがやるように食《は》んだり、吸ったりして、キスを続ける。

「ああ、いいな。とても可愛い」

ノアは艶《つや》めいた笑みを浮かべ、キスをするマホロに満足げだ。キスの間も内部に入れた指を動かされ、時おり、大きく腰が揺れてしまう。お尻が気持ちいい。マホロはとろんとした目でノアにしがみつき、その耳朶を食んだ。

「ひゃ、あ……っ、あ……っ、あ……っ」

何度も奥を弄《まさぐ》られ、身体が開いていくのが分かる。マホロは息を荒らげ、ノアに頬をこすりつけた。濡れた音をさせて尻の穴を広げられ、生理的な涙が浮かぶ。

「ひ、ん……っ、やぁあ……っ、あ……っ」

どんどん快楽が高まってきて、キスをしなければと思いつつ、ノアの頭を抱えて呼吸を乱した。ノアが首を伸ばして、マホロの乳首を吸う。

「ひああ……っ」

身体の芯が疼《うず》くような甘い電流が走り、マホロは甲高い声を上げた。ノアは尻の奥を弄《いじ》りながら、マホロの尖った乳首を舌先で転がす。

「あ、ああ……っ、駄目、駄目……っ、きもち、い……っ」

乳首を舌先で弾かれ、吸われ、強烈な快楽を感じて、マホロは仰《の》け反《ぞ》った。乳首と内部を同時に弄られると、信じられないくらい感じてしまって、あられもない声がこぼれる。勃起した性器からは先走りの汁があふれ、無意識のうちにノアの身体にこすりつけている。

「すっかり感じるようになったなぁ」

ノアは熱い息を吐いて、マホロの乳首を歯で銜《くわ》える。ぞくぞくっと甘い感覚が背筋を這い、マホロは太ももを震わせた。ノアの三本目の指が強引に入り込み、内壁をぐっと広げられる。

「もういいか……？　我慢できなくなってきた」

ノアはわざと内部に入れた指を乱暴に動かす。マホロが喘《あえ》ぎながら何度も頷くと、広げた尻の穴を、ノアの反り返った性器に導かれる。

「ゆっくり、腰落として」

ノアに囁かれ、マホロは脚をがくがくさせて腰を落とした。尻の穴にノアの硬くて長くて太いモノが押し込まれてくる。熱くて、息が乱れて、マホロは目を潤ませた。

「ひ……っ、は……っ、は、あ……っ、くる、し……っ」

身体の芯を貫かれる感覚に、マホロは上半身を反らせて喘いだ。ノアの性器は大きくなっていて、それがどんどん奥まで入ってくると怖さがあった。けれどそれを上回る快楽もあって、マホロは肩を上下させて甘く呻いた。

「お前の中……熱いな」

深い部分までマホロと繋がると、ノアが大きく息を吐き出して腰を撫でた。マホロはぐったりしてノアの胸にもたれかかり、呼吸を繰り返した。

「はぁ……っ、はぁ……っ、うう」

マホロはどっと汗を流して、ノアの唇に唇を寄せた。ノアの手がマホロのうなじを摑み、貪るように口づけられる。唾液が交わり、息が苦しい。マホロの子どもみたいなキスと違い、ノアは舌でマホロの口内を犯し、指で歯列を辿る。

「ひ……っ、は……っ、あ……っ、待って」

息もつけないほど長いキスをされ、マホロは苦しげにノアの胸を押した。唇の端から唾液が垂れ、息苦しくて、眩暈《めまい》がする。

「可愛いな、マホロ。こんな顔、誰にも見せるなよ」

ノアはマホロの唇の端から垂れた唾液を舐め、背中を撫で回す。どんな顔をしているか自分でも分からず、マホロはぽーっとなった。いつの間にか繋がった部分が馴染んでいて、じわじわと疼きを与えてくる。

「もうイきそうじゃないか。中、気持ちいい……？」

軽く腰を揺さぶって、ノアがマホロの目尻の涙を指で拭いとる。優しく律動され、マホロはぼうっとして頷いた。

「き、もち、い……ぃ。声、変に、なる……っ」

軽く揺さぶられているだけなのに、マホロの性器はしとどに濡れ、鼻にかかった声がひっきりなしに漏れる。

「いいよ、イって」

ノアが腰を動かしつつ、マホロの両の乳首を指先で摘む。尖った乳首を引っ張られ、マホロはびくびくっと大きく痙攣《けいれん》した。呼吸が荒々しくなり、身体が強張る。

「やぁ、駄目、それ、や、あ……っ、ああ……っ!!」

ぐりっ、と強めに乳首を摘まれ、マホロは甲高い声を放った。マホロの性器から白濁した液体が噴き出し、マホロはノアにしがみついた。互いの身体の間で射精してしまい、精液が飛び散る。

「ひや、や……っ、あ……っ、と、止まって、イってる……っ」

絶頂に達している内部を絶え間なく揺さぶり続けられ、マホロは涙声で訴えた。けれどノアは腰の動きを止めるどころか、わざと下から突き上げてくる。そのたびにマホロは大きな声を上げ、強すぎる快楽に耐えた。

「ひ……っ、は……っ、はぁ……っ」

絶頂の余韻が過ぎると、マホロはノアにもたれかかって力を抜いた。息をするのも一生懸命で、腕にも力が入らない。そんなマホロをノアは愛しげに撫で回し、顔中にキスをする。

「お前と繋がっていると、幸せを感じる。お前が俺のものだって実感できる。ずっと繋がっていたいな」

耳朶の穴に舌を差し込まれ、マホロはぶるりと身をすくませた。

「ああ、俺もそろそろイきたい……」

ノアは繋がった状態でマホロをシーツに寝かせた。そして腰を抱え直して、内部を突き上げてくる。

「あ……っ、はぁ……っ、はぁ……っ、ノア、せんぱ……っ」

ノアはマホロの両脚を胸に押しつけ、腰を激しく律動する。突き入れるたびに、濡れたいやらしい音が耳からマホロの感覚を犯し、あられもない声を上げさせた。

「マホロ、すごく締めつけてくる……っ、はぁ、最高だ」

ノアは獣じみた息遣いで、マホロの内部で熱い欲望の塊《かたまり》を蠢《うごめ》かす。激しく内部を穿《うが》たれ、マホロはシーツを乱して甘い声を漏らした。気持ちいい感覚がずっと続いていて、頭の芯まで痺れそうだ。

「中に出すぞ……っ」

激しく突き上げる動きがピークになった頃、ノアが上擦った声で言った。ノアはマホロの深い奥まで侵入してくると、腰を震わせてどろりとした液体を注ぎ込んできた。

「は……っ、ひ……っ、は、あ……っ、はぁ……っ」

内部に大量の精液を注がれているのを感じ、マホロは息も絶え絶えで痙攣した。ノアは荒い呼吸を繰り返しながら、屈《かが》み込《こ》んでマホロの肩に顔を埋《うず》める。

「う……っ、はぁ……っ、は……っ、は……っ」

ノアはマホロを抱きしめ、汗ばんだ身体で唇を吸ってくる。うっとりと視線を絡ませ、マホロの腹を撫でた。

「今夜はたっぷり可愛がってやるから、覚悟しろ」

外側から太いものが入っている辺りを押され、マホロは腰をひくつかせた。内部のノアの性器は萎えるどころか、まだ硬さを保っている。マホロはぼうっとしたまま、深い快楽に身を委ねた。


セント・ジョーンズ家の屋敷で過ごしている間、セオドアやニコルは毎日忙しそうにしていた。女王陛下の国葬とアルフレッドの戴冠式が続くので、国防を担《にな》う身としては大変なのだろう。

マホロは庭でノアから火魔法を習ったり、ブリジットとお茶をしたりして日々を過ごしていた。

国葬の前日から王都にいる人々は黒い服を身にまとい、女王陛下の死を悼《いた》んでいる。王都のあちこちには国旗が掲げられ、市場も気のせいか活気がない。マホロはノアと共に前日の儀式から参列していた。前日の儀式では女王陛下の治世を称《たた》える詩や歌が教会で催される。本来なら全王族が参列するのだが、今回は警備の面も考えて欠席となっている。アルフレッドにはやるべき仕事が多く、残りの数少ない王族は健康面で問題があるからだ。女王陛下の亡骸《なきがら》は魔法によって劣化を止めていて、陸軍の兵士や魔法士の警護の下、大聖堂に安置されている。二十四時間、女王陛下の亡骸は臣民によって守られているのだ。

夜が明けて、朝早くから国葬が執《と》り行《おこな》われた。

大聖堂ではデュランド王国の中でもっとも権威があるといわれているグラハム教皇が、葬儀を取り仕切っている。グラハム教皇は水魔法の血筋で、回復魔法が優れているそうだ。

マホロとノアはローエン士官学校の制服を着て、国葬に出席した。ブリジットは妊婦なので不参加だ。この国では昔から妊婦は葬儀に出てはいけないことになっている。

王都で一番大きくて歴史のある大聖堂で国葬は行われた。祭壇の一番前にはアルフレッドが黒いマントを羽織って着席している。その周りを魔法士たちが固めて、警戒を怠らない。マホロはノアと共に主だった貴族が座る席に通された。五名家の長《おさ》と呼ばれる貴族はもちろん、団長の顔、レオンの顔もある。少し驚いたのが校長で、今日は魔法を解いて、年相応の老婦人姿だった。校長は黒いドレスに刺繍《ししゅう》の入った黒い帽子を被っていて、髪色は何も手をかけていないのか真っ白だ。幼馴染《おさななじ》みだった女王を送るために、真の姿でいようと思ったのかもしれない。

「皆さん、祈りましょう」

グラハム教皇の落ち着いた声が大聖堂内に響き渡っていた。女王陛下の死を悼み、光の国へと向かえるよう、朗々と語っている。

三時間かけて葬儀は粛々と進み、やがて出棺となり、軍服を着た数人の男性が女王陛下の棺《ひつぎ》を担ぎ上げた。この大聖堂から、馬車で十五分ほどのところにある丘陵地帯に棺を運ぶ。魔法士や軍人がもっとも警戒しているのはこの場面だ。女王陛下の棺を土に埋める作業には、アルフレッドも列席しなければならない。敵がここで仕掛けてくるのではないかと、ぴりついた空気が漂う。

「マホロ、君はこちらへ」

校長に呼ばれ、マホロはノアと一緒にアルフレッドの傍に行った。アルフレッドは悄然《しょうぜん》としていて、思わずその肩を支えてあげたくなった。ノアに変な見合い話を持ち込んだのは引っかかるが、目の前にすると助けたくなるのがとても不思議だ。

女王陛下の眠る白い棺は、王族の使う金色に輝く馬車に乗せられた。アルフレッドが一緒に乗り込み、五歳のナターシャも侍女の手を借りて中に乗り込む。ナターシャは色白で細くてか弱そうな女の子だった。時々咳き込んでいるので、気管か肺に問題があるのかもしれない。

マホロたちは馬車の後ろを徒歩でついていく。女王陛下の棺を乗せた馬車は、ひどくゆっくりした動きで進んでいるので、徒歩でも問題はない。ヨシュアとカークもマホロが視界に入る距離でついてきている。

「女王陛下、万歳！」

「ヴィクトリア女王に栄光あれ！」

通りを馬車で進んでいくと、道の脇には民がたくさん詰めかけていて、棺の乗った馬車に向かって声を張り上げている。民から慕われていたためか、多くの女性や男性が涙を流して見送っていた。馬車は彼らのためにゆっくりと進んでいるのだろう。

マホロは集まった人々をきょろきょろ見回した。今のところ、不審な点はない。敵らしき存在も見当たらないし、不穏な動きもない。使い魔らしき鳥がしきりに空を飛んで異常がないか見張っているが、何か起きた形跡はない。

「このまま何事もなくすむといいのですけど」

マホロはノアにこそっと話しかけた。もしジークフリートたちが襲ってきたら、民にまで被害が及ぶ。それだけはあってはならない。

「そうだな……。別に俺はどっちでもいいけど」

ノアはあくびをしながら言う。どれほど多くの人が悲しみに暮れていても、ノアにはまったく響かないらしい。同調しがちなマホロはこの空気に呑まれているというのに。

「ノア先輩、ドン引きです……」

マホロが呆れて身体を離すと、ムッとしたように手を握られた。

「俺としてはジークフリートがどっかでのうのうとしているほうが気になる。いっそやってきてもらって、さっさと片をつけたいね。はいはい、民に被害が出るって言いたいんだろ？　まぁ実際問題、俺の異能力も精度は低いからな」

「精度……？」

マホロは首をかしげた。

「《空間消滅》は強い力だが狙った場所に五名いたら、五名ともにぶつけちまう。五人中の一人だけ狙っても、コントロールできないんだ。実際、王宮で俺はお前も怪我《けが》させるところだったろう？」

苦々しい思い出を振り返るように、ノアが顔を顰《しか》める。マホロもうつむいた。あの時マホロに怪我がなかったのは、とっさにジークフリートが庇ってくれたからだ。

「俺もこの異能力を嫌悪するだけでなく、使いこなせるようにならなくてはな」

ノアは首の銀色のチョーカーを弄り、眉根を寄せる。ノアの首のチョーカーは、ノアの感情の高ぶりによって熱を発する。感情に負けて異能力が暴走するのを防ぐため、一度冷静になるためにはチョーカーが効果的らしいのだ。中央にはダイヤモンドが嵌《は》められていて、見た目も格好いい。

「じゃあノア先輩の異能力、ここでは使えないじゃないですか」

マホロは青ざめてノアに言った。それに対するノアの返答は無言で、マホロは怖くなって、ノアの手をぎゅっと握った。

「使わないですよね⁉」

念を押すように繰り返すと、ノアが面倒そうにそっぽを向いた。

「あー使えない、使わない。それでいいんだろ？　俺は別にジークフリートを殺せるなら、お前以外の誰が道連れだろうと構わないけど」

案の定、ノアは道徳に反する発言をしている。ノアにマホロ以外の人を大切にしてもらうには、どうすればいいのだろう。博愛精神はどうすれば身につくか、誰か教えてほしい。

ノアと話しているうちに馬車は街道に入り、小高い丘を登っていった。ここまで来ると、兵士と魔法士が主になり、民は数えるほどしかいない。

マホロたちの心配とは裏腹に、女王陛下の棺は無事に王族専用の墓地に辿り着いた。グラハム教皇の指示の下、女王陛下の棺は定められた墓に収められた。葬儀は無事終わり、アルフレッドとナターシャを乗せた馬車は王宮へ戻っていく。
マホロたちは王宮まで馬車を見送ると、ホッとして屋敷に戻った。

7 戴冠式

　葬儀が終わると、一転して王都は戴冠式の祝賀ムードに沸いた。

　王都のあちこちに掲げられた国旗はそのままに、色とりどりの花が道の至る場所に飾られた。新しい国王陛下に民は熱狂し、アルフレッドの絵画や銅像が広場や店に設置されていく。アルフレッドは神童と呼ばれたほど優秀な頭脳を持ち、弦楽器が上手く、公正な采配をする——という触れ込みがあっという間に民に浸透した。もともとの王位継承順位は低かったが、芸術関係で名を馳せていたことと、人を魅了する容姿が国民の心を摑んだらしい。

　王都の市場ではアルフレッドの好物だという羊の肉や、シフォンケーキが飛ぶように売れている。闇魔法の血族が起こした王宮での事件への反動か、民は嫌なことを忘れたいかのように新しい国王陛下に期待を寄せている。

　戴冠式は、女王陛下の葬儀が行われた同じ大聖堂でやるのだが、華やかに装飾された大聖堂はまるで別物だった。王族にはそれぞれ印となる花が存在するのだが、アルフレッドは生まれた月に咲き誇っていた白薔薇《しろばら》がそれに当たる。奇《く》しくもこの時期は白薔薇が最盛期で、大聖堂中に芳《かぐわ》しい香りを漂わせていた。

「すごいですね」

マホロはノアの一家と共に、大聖堂でアルフレッドの戴冠式を見守った。大聖堂には他国の王族や重鎮が招かれていて、警備は女王陛下の国葬同様厳重だ。きらびやかな衣装を身にまとう貴婦人に目を奪われ、マホロは自分が場違いな気がしてならなかった。

「臨月じゃなくてよかったわ」

ブリジットは戴冠式には出席できて、喜んでいる。身重なのであまりウェストを締めつけるドレスは着られないようだが、その分凝《こ》った髪飾りをつけていて、華やかだった。

「三日後に行われる王家主催の記念パーティーには、マホロも参加するでしょう？　学校はまだお休みのはずよ。主だった貴族は皆招待されているわ」

唐突にブリジットに聞かれ、マホロはノアに助けを求めた。パーティーなんて場違いな場所に行くのは気後《きおく》れする。

「舞踏会だろ？　ちょっと顔見せて、すぐ帰るぞ」

ノアは乗り気ではないようだ。

「俺は留守番で……」

「あら駄目よ。ノアに踊ってもらいたい女の子がたくさんいるんだから、牽制《けんせい》しておかなくちゃ。マホロは可愛いから女装して、ずっとノアの隣にいたらどうかしら」

悪乗りしたブリジットに囁《ささや》かれ、ノアが真剣な目でマホロを観察してくる。冗談だと思うが、二人の目が本気で、マホロは身も心も震え上がった。

「今のところ、問題ないようだな」

セオドアは部下に指示を下し、油断なく大聖堂内を見渡す。

式は順当に進み、祭壇《さいだん》の前に立つグラハム教皇が歴代の王が頭上に掲げる王冠を持ち上げる。アルフレッドは赤い絨毯《じゅうたん》の上を静かに歩き、グラハム教皇の前に跪《ひざまず》いた。今日のアルフレッドは髪をオールバックにして、赤と黒と金を基調とした衣装に、王家の紋章が刺繍《ししゅう》された豪華なマントを羽織り、手には王笏《おうしゃく》を持っていた。グラハム教皇は厳《おごそ》かにアルフレッドの頭に戴冠《たいかん》する。刹那《せつな》、大きな歓声が起こり、盛大な拍手に包まれた。

アルフレッドがすっと立ち上がり、王冠を頭上に煌《きら》めかせて振り返った。するとますます拍手は高まり、「アルフレッド国王陛下万歳！」と人々が口々に叫びだす。

大聖堂内は異様な熱気に包まれていた。マホロもアルフレッドから目が離せなくなっていた。アルフレッドの周囲に虹色の光が渦巻いているのが視《み》えたのだ。目を凝らしてみると、さまざまな種類の精霊がアルフレッドの周囲を飛び交っていた。王族には魔法回路はないはずだが、精霊たちは嬉々《きき》としてアルフレッドにまとわりついている。アルフレッドは精霊に祝福されているのだ。

（アルフレッド殿下……じゃなくてもう国王陛下か……）

マホロは五名家の貴族ではないし、王族とは無縁だと思っていたが、アルフレッドを見ていると何故か役に立ちたくなるというか、支えたくてたまらなくなる。雲の上の存在なので畏怖もあるが、それ以上に憧《あこが》れがある。ノア曰《いわ》く、王族が持つ魅了の力にやられているということだが……。

「マホロ、行くぞ」

式が終わると、ノアがマホロの背中を押した。ローエン士官学校生は、戴冠式の後、王都を回るアルフレッドを乗せた馬車の後ろを行進する。マホロはノアと共に急いで指定の場所に向かった。途中でレオンと合流し、ローエン士官学校生が待機している大聖堂前の広場へ辿り着く。すでに全学生が揃っていて、マホロはザックと再会を喜び合った。

「諸君、ローエン士官学校生としての誇りを胸に、足並み揃えて行進してくれよ？」

少し遅れて校長が現れて学生に告げた。今日の校長は若々しい姿で、髪は金色に染め、白いドレスを着こなしている。

あらかじめ指定された編成でマホロたちは列になった。今日ばかりは実習で軍隊や魔法団に出向いている四年生もいて、見知らぬ顔も多い。四年生を先頭に、帯剣して行進するのだ。マホロは一年生の列に入るので、しばしノアとは離れることになった。

「うー。魔法、ちゃんとできるかな」

マホロの隣に立ったザックは杖を握りしめて、浮き足立っている。行進する最中、ローエン士官学校生は、沿道にいる人々に花を投げるという役割がある。学生は全員花の種を隠し持っていて、それを咲かせる初歩的な土魔法を使うのだ。ちなみにマホロは魔法が暴走しかねないので、校長からやっている振りだけしろとお達しがあった。

「俺の隣にいれば大丈夫だよ」

魔力の増幅器としての能力があるマホロは、ザックの心配を軽くした。

やがて屋根のない贅《ぜい》を尽くした王家の馬車にアルフレッドが乗り込み、パレードが始まった。四年生から列を作って行進し始め、マホロたちもドキドキしながら列に続いた。前から順に四年生、一年生、二年生、三年生という順で、馬車に一番近いのはノアたちの学年になる。

沿道には一目新国王陛下を見ようと、たくさんの人が詰めかけていた。それに加え、ローエン士官学校生の作る魔法の花を手に入れるのも彼らの目的らしい。先頭の四年生が作り上げた花が人々に投げ入れられると、必死に手を伸ばして皆がとりあう。魔法で咲かせた花には、精霊がやってくるという言い伝えがあるそうだ。

「わわっ」

行進する中、沿道にいる人々に花を投げようとして、ザックが巨大な薔薇を作り上げてしまう。それを思い切り人々の中に投げ入れると、どっと笑いが起きた。

「ううー。マホロのせいで笑われた！」

ザックが頬を膨らませて新しい花を咲かせようと種を握る。

「ご、ごめん。加減してやって」

マホロの周囲にいた学生たちは、いつもより花の成長が速すぎて、枯らしてしまうこともしばしばで悪戦苦闘していた。前方にいる四年生が完璧なだけに、一年生の魔法はどうしても見劣りする。

「見ろ、こうやるんだ」

近くにいたキースが美しい薔薇を咲かせ、ザックにこれみよがしに見せつける。

「うっさいなぁ。ちゃんと前向けよ」

ザックはキースに舌を出し、新たに大輪の花を咲かせ、沿道の人に向かって投げる。このふたりは何だかんだと仲良しになっている気がする。微笑ましく思いながら見ていると、沿道の方でざわめきが起きた。どうやら人々が押し寄せすぎて、「押すな」とか「詰めろ」とか喧嘩《けんか》になっているらしい。沿道には兵士が見張りとして立っていて、騒ぎの中心地に向かって散るよう声をかけている。

大丈夫だろうかと沿道にいる人々に目を向けたマホロは、ぎくりとして足を止めた。路地から覗いていた、フードを深く被った男の顔に見覚えがあったのだ。

(サミュエル様……!?)

中肉中背の中年男性は、逃亡中のサミュエル・ボールドウィンだ。最後に会った時より頬がこけていたが、間違いない。マホロはこの事実を誰かに知らせなければと、周囲を見渡した。だが、近くに知らせるべき相手がいない。サミュエルはマホロと目が合ったのに気づいて、身を翻《ひるがえ》して路地の奥へ消えてしまう。

(どうしよう？　何か企んでいるかもしれないし、けど見失っちゃうのもまずい……)

マホロは悩んだ末に、「ちょっとごめん」と周囲に謝りつつ、列から飛び出した。見ると、少し離れた先に、ヨシュアがいる。マホロが列から抜け出したのに気づいて、血相を変えてこちらに駆け寄ってくる。マホロは杖を取り出し、アルビオンを呼び出すと「ヨシュアさんについてきてって伝えて」と言って道に下ろした。アルビオンは人の多さに右往左往しながら、懸命にヨシュアに向かって駆けていく。

マホロは人ごみを掻き分けて、サミュエルの後を追った。

路地裏に出ると、辺りをきょろきょろしてサミュエルの姿を捜す。単独で追うのは危険なので、ヨシュアが追いつくのを待とうかと逡巡した。すると、奥の建物の陰からサミュエルが顔を覗かせる。

「サミュエル……様！」

マホロは引き寄せられるように奥の建物に駆け寄った。サミュエルは孤児院からマホロを引きとり、ずっとマホロに偽りを教え込んできた。自分を騙《だま》していたが、衣食住の面倒を見てくれていたし、マホロに憎しみの感情はなかった。罪を認めて、裁きを受けてほしかった。

「ひゃっ」

建物の角を曲がろうとしたマホロは、足首にツタが絡まって転んだ。ツタはあっという間にマホロの両足首に絡まり、いとも容易《たやす》く拘束する。

「サミュエル様……」

マホロは地面に肘をついて、自分を見下ろしている中年男性を見上げた。サミュエルは薄汚れた姿に身をやつしていた。当主だった頃の面影はなく、ぎらついた眼でマホロを見ている。

「マホロ、お前が必要だ」

サミュエルは杖を振りかざし、マホロの身体にツタを絡ませ、傍にいた男二人に合図をする。

マホロはとっさに空いている手で火のシンボルマークを描き、ツタを燃やした。

「あっち！」

思った以上に燃え広がって、マホロの制服に火が移る。マホロをさらおうとした男二人は、火がついたマホロにたじろいで、身を引いた。そこへけたたましく吼《ほ》えながらアルビオンが飛び込んできて、男の腕にかじりついた。

「マホロ！」

ヨシュアの声がして、マホロは慌てて地面に転がって、自力で火を消す。ヨシュアは銃を取り出し、逃げようとした男二人に弾丸を放った。銃口から二発の弾が飛び出し、弾丸はらせんという異様な軌道を描いて、男二人に当たった。次の瞬間には、男二人が地面に倒れ、痺れたように四肢を痙攣《けいれん》させる。

「サミュエル様！」

マホロは背中を向けて駆けだすサミュエルを追った。

「マホロ、そのままで」

背後にいるヨシュアが低く呟き、再び弾丸を放つ。弾丸は回転してサミュエルの背中を射貫《いぬ》いた。とたんにサミュエルの身体が発光して、苦しそうに地面に転がる。

「す、すごい。何ですか？　今の」

マホロは呆気にとられてヨシュアを振り返った。ヨシュアの銃が水色の光を帯びている。

「今、開発中の魔法弾です。魔法がかかっていて、敵をロックオンできる」

ヨシュアは自慢げに言い、倒れている二人の男を拘束し始める。マホロはサミュエルに近づき、息を呑んだ。サミュエルは痺れて動けないながらも、意識はあるようで、マホロをぎらついた眼で見据える。何かぶつぶつ呟いている。マホロは無意識のうちに聞き取ろうと、耳を近づけた。

「——賢者の石を抱く光の子が門を開ける時、古《いにしえ》の書物を紐解《ひもと》けば、闇の剣がお前の願いを聞き届ける」

呻《うめ》くような声でサミュエルがそう繰り返す。マホロはぞっとしつつも、しっかり聞き取ろうと

「どういう意味ですか？」とサミュエルの口元に屈《かが》み込《こ》んだ。

ふいに黒い鳥がマホロとサミュエルの間を滑降してきた。とっさにマホロが身を引くと、黒い鳥はサミュエルの顔の上に飛び降りて、口に銜《くわ》えていた丸い物を放り込んだ。

「ああ、神国トリニティの復活をこの目で見られないとは」

涙を流しながらサミュエルが、ぐっと奥歯を噛んだ。

「まずい！」

ヨシュアが大きな声を上げて駆け寄ってくる。マホロは茫然《ぼうぜん》として、目の前で突然狂ったように身体を跳ね上げるサミュエルを凝視した。サミュエルの顔色がどす黒いものに変わり、泡を吹いてのたうち回る。

「クソ……ッ、自害したな！」

ヨシュアはサミュエルの口から何かを吐き出させようと、口をこじ開け、背中を力いっぱい叩く。だが、サミュエルは一瞬の間に事切れて、物言わぬ屍《しかばね》になった。

「何があった⁉」

騒ぎを聞きつけて、カークが兵士たちと走ってくる。マホロは目の前で自害したサミュエルから目が離せず、その場に尻餅をついていた。アルビオンがワンワンと吼え立て、死んだサミュエルの周りをうろつく。光魔法で自害を止めるべきだったかもしれないが、あまりにも早く事が動きすぎて対処できなかった。

「マホロは無事だ。二名確保。逃亡中だったサミュエル・ボールドウィンは自害」

ヨシュアが駆けつけた兵士とカークに報告する。マホロがいないのに気づいたノアと校長もパレードを離れて駆けつけてきた。

「勝手な行動をとるな！」

ノアはいきなり飛び出したマホロを叱りつけ、火魔法で焦《こ》げた制服や髪を見ると唇を噛んだ。自分の魔法で焦げただけだと言いづらくなり、マホロはしゅんとした。

「サミュエルは個人で動いていたのか？　ジークフリートの影はない……？」

校長は訝《いぶか》しげに周囲を見回っている。てっきりジークフリートと行動を共にしていると思ったサミュエルだが、連れていた男二人は雇われの身だった。だが突然現れたあの黒い鳥は、ジークフリートの手がかかったものかもしれない。

「大丈夫か？」

ノアに心配そうに肩を抱かれ、マホロは青ざめて頷いた。

(賢者の石を抱く光の子が門を開ける時、古の書物を紐解けば、闇の剣がお前の願いを聞き届ける……。どういう意味だ？　そういえばサミュエルは三つの条件を探しているとマギステルは言っていた。門を開ける……光の精霊王が俺に言ったこととすごく似ている……）

サミュエルが残した言葉が、マホロを落ち着かない気分にさせた。嫌な予感に囚われ、マホロはノアと寄り添うことでそれらを頭の隅に追いやった。


多少の事件は起こったが、戴冠式とパレードはつつがなく終了した。

マホロはサミュエルが最期に残した言葉を、よく聞き取れなかったと言って誰にも明かさなかった。自分に関係することではないかという意識が、マホロの口を閉ざした。捕縛された二人の男は、サミュエルに金で雇われたらしく、くわしい事情を何も知らなかった。

マホロたちはノアの生家に戻り、疲れを癒した。明日はアルフレッドに招かれている。ノアの婚約の件もあるし、頭が重い。ブリジットはアルフレッドの凛々《りり》しさにすっかり骨抜きにされていて、立派な国王になるに違いないと褒《ほ》め称《たた》えている。

悶々《もんもん》としたまま夜が明けて、午後一時頃、王宮から迎えの馬車が来た。マホロたちは正装して馬車に乗り込んだ。セオドアとニコルとノアとマホロという顔ぶれで、護衛のヨシュアとカークはお留守番だ。馬車の中は重苦しい空気で、気軽に話す雰囲気ではなかった。

王宮に着き、マホロたちは謁見の間に通された。豪華なシャンデリアが輝く、真紅の壁紙の華麗な部屋だった。壁に沿って置かれた赤と白が印象的な椅子に、代々の玉座に着いた王の肖像画、大理石のテーブルは埃《ほこり》ひとつない。

「失礼します。光魔法の子が来ているそうですね？」

アルフレッドが来るのを待っている間に、ノックの音と共に入ってきた者がいた。紫色のマントを着た少年、シリルだった。

「光魔法の子よ、先日はお話しする機会を与えてもらえず残念に思っておりました。僕はあなたにお聞きしたいことがあるのですが」

シリルはマホロを見つけるなり、にこにこして話しかけてくる。どうみても少年だ。真実を知らされていなければ、年下だと思い込んでいただろう。シリルは表向きは笑顔だが、目がぜんぜん笑っていない。マホロがどうしようか返答に迷っていると、セオドアがシリルの前に立ちふさがる。

「シリル殿、我々はアルフレッド陛下に呼ばれて参じたのです。あなたとお話しする時間は設けておりません」

セオドアが慇懃《いんぎん》な態度で自分より背の低いシリルを威圧する。シリルからすっと笑みが消え、セオドアを睨《にら》みつける。セオドアに庇われたことにマホロは驚いたが、ノアも意外そうにしている。

「そうですか……。今日もまた光魔法の子とお話しできないようですね。構いませんよ、僕は九月からローエン士官学校に赴任する予定ですから、その時にでもゆっくりお話ししましょう」

シリルは愛想笑いをして、マホロの隣にいるノアを見た。

「二つ目のギフトをもらったそうですね」

シリルが目を光らせる。

「神に愛されているのでしょうね。それも——闇の神に」

シリルはわざとらしい言い方でノアを煽《あお》った。闇の神、なんてノアの素性を当てこすったみたいな言い方だ。元宮廷魔法士である彼は、ノアの秘密を知っているのだろうか？　マホロはノアがどう対応するか心配だったが、当のノアはシリルを一瞥《いちべつ》して鼻で笑った。

「賢者様は愛されなかったようで」

ノアが返すと、シリルがこめかみに青筋を立て、憎々しげにノアを睨みつける。タイミングよくドアがノックされ、アルフレッド国王陛下の侍従長を務める青年が入ってきた。

「陛下が別室でお待ちです。皆様、こちらへどうぞ。シリル殿、今日は遠慮していただきたいと陛下がおっしゃっておりました」

侍従長はシリルがいることを歓迎していないようで、目つきも冷たい。元宮廷魔法士で四賢者のうちの一人なのだからもっと敬われていると思っていたので、シリルに対する周りの態度の冷ややかさは際立つ。

不満げなシリルを謁見室に残し、マホロたちは侍従長について宮殿の廊下を歩いた。

「何だ？　あいつ」

ノアはシリルの登場に困惑している。マホロがギフトに関して執着していると話すと、「くだらない」と吐き捨てる。同じ姿変えでも、校長のそれへの評価とはえらい違いだ。能力は優れているが、ひととなりは最悪だとニコルも言うくらいなので、相当なのだろう。

マホロたちは長い廊下を進んで中庭に続く扉を出ると、別の塔へと連れていかれた。ナターシャ王女殿下が住むあざみの塔だ。

「こちらで陛下がお待ちです」

侍従長は塔の二階に上がり、小部屋に入って言った。扉を開けると、窓際に大きなベッドが置かれていて、白衣を着た宮廷医と看護師が眠っている少女の容態を診《み》ていた。アルフレッドは窓から外を眺めていて、マホロたちに気づいて振り向いた。

「やぁ、来たね。待っていたよ」

アルフレッドは仕立ての良い生地で作られた詰襟の衣服で、マントを羽織り、帯剣していた。マホロたちはアルフレッドが目の前に来ると、すっと膝を折り、胸に手を当てた。

「挨拶はけっこうだ。セオドア、君たちの話の前に、マホロにナターシャを診せたい。構わないね？」

アルフレッドは軽く手を上げて、セオドアに断りを入れる。

「もちろんです、陛下」

セオドアは礼儀正しく立ち上がって言う。アルフレッドに手を差し伸べられて、マホロは気後れしながらもその手に自分の手を載せた。アルフレッドはベッドで寝ているナターシャの傍にマホロを連れていく。

小さな少女は苦しそうな息遣いで横たわっていた。息を吸うたびに胸の辺りから変な音がする。

「マホロ、君の光魔法でナターシャの病気を治せるか？　水魔法ではナターシャの病気は治癒できなかった。連日の行事で、具合を悪くしてしまってて」

アルフレッドに聞かれ、マホロは唾を飲んだ。

「病気を治したことはありませんけど……、やってみます」

マホロはノアたちの方を振り返って、おずおずと言った。ノアにがんばれというように頷かれ、深呼吸する。怪我《けが》を治したことはあるが、病気は初めてだ。マホロは気を静めて、宙に光魔法の精霊を呼び出すシンボルマークを描いた。

「光の精霊王、この少女の病気を治せますか？」

マホロは祈りを込めてそう問うた。すると室内が明るくなり、頭上に光の精霊王の姿が現れる。魔法回路を持つノアやセオドア、ニコルが空間の圧に驚き、身構える。驚いたことに、魔法回路がないはずのアルフレッドが、光の精霊王が現れた辺りを凝視している。光の精霊王は白い衣に金の冠を戴《いただ》き、黄水晶の濁りのない瞳でマホロを見つめる。

『病気は治せるが、寿命は延ばせない。それでもよいか？』

神々しい声で光の精霊王が尋ねてくる。光の精霊王の口ぶりから、それほど長生きしないのかもしれないと思ったが、マホロはアルフレッドにその言葉を伝えた。アルフレッドの目が大きく見開かれ「それでいい、頼む」と上擦った声で言った。

「光の精霊王、お願いします」

マホロが頭を下げて祈ると、光の精霊王が錫杖《しゃくじょう》をナターシャの上で振った。錫杖から光の粒があふれだし、ナターシャの身体に浸透していく。錫杖を振り終えると、光の精霊王はふっと消え去った。空間にかかっていた圧も消え、ノアがこめかみに流れる汗を拭《ぬぐ》う。

「これが……光魔法……!!」

ノアは光魔法を見るのが初めてだったので、衝撃を受けている。マホロはナターシャを覗き込んだ。ナターシャの苦しげな息遣いが穏やかなものに変わり、ぱちりと目が開く。

「天使様……？」

ナターシャのつぶらな瞳がマホロをじっと見つめる。

「マホロです、王女殿下」

マホロは苦笑して名乗った。ナターシャは怪訝《けげん》そうな顔で上半身を起こすと、何度も呼吸を繰り返した。

「息が苦しくない！　どこも痛くない！」

ナターシャは顔を輝かせ、今にも飛び上がらんばかりだ。慌てたそぶりで宮廷医がナターシャの健康状態を確認する。

「す、すごい。脈拍が正常になっております。心雑音もない、信じられない……」

ナターシャの身体を診察した宮廷医が感嘆する。少し火照りを感じてマホロは、汗を拭った。体感として、病気を治すのは怪我を治すより魔力量を使うと思った。一人治しただけなのに、身体が熱いし、重い。上手くいってよかった、と胸を撫で下ろしていると、アルフレッドがマホロの手をぎゅっと握った。

「すばらしい、光の子、マホロ。ナターシャの命を救ってくれて礼を言う。これからも王家のために、尽力してほしい」

熱のこもった目で見つめられ、マホロはぽっと頬を赤らめて「は、はい」と首を縦に振った。

「ナターシャを救ってくれた礼に褒美《ほうび》をとらせよう。何がいい？　マホロが望むなら、どんなものでも用意するよ」

手を握ったままアルフレッドに聞かれ、マホロは心拍数が上がって口ごもった。アルフレッドに見つめられると異様に身体が熱くなる。

「王都に屋敷があるから、それを与えようか」

マホロが何も答えられずにいると、アルフレッドが思いついたように笑って言った。吸い込まれるような笑みで、マホロは骨抜きにされそうだ。背後にいたノアが苛立ったように咳払いしなければ、アルフレッドの信者になるところだった。

「あ、あのそんな高価なものは……。それよりノア先輩の縁談を……」

今日アルフレッドに会いに来た理由は、ノアの縁談話をなかったことにするためだ。背中にノアの視線が突き刺さってくる。相手が陛下なのでかろうじて我慢しているが、ノアはマホロがアルフレッドと手を繋いでいるのが気に食わないのだ。

「ああ、そうだったね。では場所を移そう」

アルフレッドはようやく不機嫌なノアに気づいてマホロの手を離し、笑みを絶やさずに部屋を出た。部屋の外で待っていた侍従長と共にあざみの塔を出て、王宮の執務室に向かう。

「アルフレッド陛下」

執務室に続く廊下の途中で、桃色のドレスを着た綺麗な女性と黒い簡素なドレスを着た老婦人と会った。女性は白く滑らかな肌に桜色に艶めく唇、ぱっちりした瞳、若い男性なら誰しも心惹《こころひ》かれるような可愛らしさだった。二人はアルフレッドとマホロたちに向かって優雅にお辞儀する。黒いドレスの老婦人は教育係らしく、すっと身を引いて控える。

「ローズマリー」

アルフレッドは女性に気づいて、優しく微笑んだ。

「ノアは社交界で会っているな？　マホロを紹介しよう。マホロ、彼女はレオンの妹のローズマリーだ。正式に婚約をしたので、今は妃見習いとして王宮に滞在している」

ローズマリーの背中に手を添え、アルフレッドがマホロに紹介する。レオンの妹と聞いて見れば、目元がそっくりだった。ローズマリーは初めて会うマホロに花のような明るい笑みを浮かべた。

「ローズマリー、彼は光魔法の血族、マホロだ。とても稀少で、得がたい人材だよ」

アルフレッドがローズマリーの耳元で言う。ローズマリーの頬が色づき、マホロに尊敬の眼差しを向ける。

「まぁ、お噂はかねがね。どうぞ、長きに亘《わた》ってよろしくお願いします」

ローズマリーは鈴を転がしたような可愛らしい声で首を傾ける。ローズマリーはアルフレッドを心の底から慕っているようだった。

「ローズマリー様、お邪魔になりますので行きましょう」

教育係の老婦人に促され、ローズマリーと別れた。

執務室は応接セットと大きな机が置かれた実務的な部屋だった。マホロたちが椅子に座ると、侍従長が人数分のお茶を運んできて、それぞれの前に置く。

「マホロ、君の力は大変なものだ。ナターシャのような病人も救えるとなれば、大勢の病人が君に救ってもらおうと詰めかけるだろう。だが君の魔法によって、病院と教会のバランスが崩れるのは困る。その癒しの力、許可制にしてもいいだろうか？」

アルフレッドは向かいに座ったマホロに、鋭い眼差しを向ける。

現在、回復魔法が使える魔法士は教会に属するか魔法団に属している。各地域には病院もあり、医師や看護師も大勢いる。女王陛下は魔法だけでなく医学の発展にも力を尽くしたので、医師と回復魔法士は同じくらい存在する。とはいえ、薬を飲んで治るのに時間がかかるより、魔法を使って一瞬で治すほうが民にとっては有り難い。とりわけ、今の医学で治せない病気は教会に属する魔法士が行うのが常だ。マホロがもしなんでもかんでも治せると知られたら、教会は求心力を失ってしまう。

「勝手に使ったら、罰せられるとか……？」

マホロが心配になって聞くと、アルフレッドが笑った。

「いや、そこまで厳しくはしない。どんな病気も治せることは公言しないでもらいたいだけだ。

とはいえ、君が大勢の魔法士を救った話はすでに広まっている。団長のところには、光の子に失った身体を回復させてほしいという依頼が山のように届いているそうだ。マホロ、君は自分の力がどれほどすごいものか理解しているかい？」

　アルフレッドは紅茶の香りを堪能し、確認するようにマホロを窺《うかが》った。団長のところにそんな話がきているとは知らなかった。

「……陛下のおっしゃる通りですね。私もこの目で見るまでは、これほどとは思いませんでした」

　セオドアが眉間《みけん》にしわを寄せて、今まで見たことがない眼差しをマホロに向ける。これまで目に入っていなかったのに、そこに宝石があったと言わんばかりだ。セオドアだけでなくニコルやノアにまで見つめられ、背筋が伸びた。

「彼の力はこの国の均衡を崩しかねないものです。慎重に扱わなければ」

　低い声でセオドアに言われ、マホロは助けを求めてノアに視線を注いだ。ノアはひどく疲れた様子で、首元を探っている。

「マホロ、君の力はジークフリートだけでなく、あらゆる階層から狙われるものかもしれない。この国だけではない、他国の者だって欲しがるだろう」

　ノアの代わりにニコルが説明してくれて、マホロは居住まいを正した。

「今でも君は保護されているが、これからは今まで以上に気をつけてほしい。光魔法を気軽に使うのは駄目だよ。そもそも、その魔法は対価もなしに使うものではない」

ニコルに念を押され、マホロはこくこくと頷いた。そこまで大それたものとは思っていなかったので、無性に不安になった。だが、ニコルの言う通り、教会の魔法士たちは治癒をすればお布施という形で対価をもらっている。それ以上の治癒ができるマホロが誰でも彼でも治していったら、教会は立場を失うだろう。

「できれば今すぐにでも、マホロを宮廷魔法士として傍に置きたいが……君は学校に通うのを希望したと聞いている。卒業後はぜひ、王家のために力を貸してほしいな」

アルフレッドがにこりと笑ってマホロにウインクした。マホロはドキドキしたのをごまかすように紅茶に口をつけた。将来のことなど考えたこともないが、宮廷で働くなんて出世コースではないか。落ちこぼれの自分が信じられない。

「さて、マホロの話はひとまず置いといて。ノアの縁談について、話そうか」

アルフレッドはちらりとノアに視線を向け、顎《あご》の下で手を組んだ。ノアは紅茶を飲んで少し落ち着いたのか、じろりとアルフレッドを見やった。マホロは緊張してきて、膝の上で手を握った。和やかに縁談を断れるだろうか？

「ナターシャとの縁談、どうかな？」

からかうような口調でアルフレッドが言い、ノアのこめかみをぴくぴくさせる。

「大変ありがたいお話ではありますが、年齢差もありますし、私には心に決めた方がおりますので、今回の件はなかったことにしていただきたいです」

ノアは珍しくかしこまった言い方で断った。

「そもそも——こんなくだらない話、何故持ちかけたのか、ぜひ伺いたいものですね」

ノアのまとう空気が苛立ちを伝えるように熱を発し、ノアにくっついている火の精霊が忙《せわ》しげにノアの周りを舞っている。それを目で追っていたマホロは、アルフレッドの視線が自分と同じ動きをしていることに気づいた。先ほども思ったが、もしかしてアルフレッドは精霊を視る目を持つのでは？

「うーん。やはり駄目か。俺はね、ノア。君を王家の一員にしたいんだよ」

あっさりとアルフレッドが衝撃的な発言をして、マホロだけでなくセオドアやニコルまで驚いたのが伝わってきた。

「マホロと君の仲は知っているが、ナターシャは五歳だし、嫉妬の対象にはならないと思って持ちかけたんだけどね。ナターシャが駄目なら、ルドワナ共和国に嫁いだアリシア妃を呼び戻してセオドアと再婚させるという手もある。アリシア妃はディーン公爵家に嫁いだのだが、寡婦となり、子どももいないからね——」

アルフレッドがすらすらと話し始めると、突然セオドアがテーブルを激しく叩いた。

「陛下！」

いきりたった声にマホロは背筋を震わせ、ノアとニコルも目を瞠った。セオドアは憤怒《ふんぬ》の表情でアルフレッドを見据えている。マホロはおろおろして皆の顔を交互に見た。アルフレッドはニコルやノアを観察し、少し意外そうに口元を弛めた。

「何だ——セオドアはノアの秘密について話していないのか」

マホロは場の空気についていけずにいた。ノアの秘密とは、まさか実の母親についてだろうか？　アルフレッドはノアの母親を知っている？

「あんたは――いや、陛下は知っているのか⁉　何故⁉　そもそも俺が闇魔法の血を引いているのにすんなり受け入れたのも、おかしかった……っ、何を知っている⁉　話せ！」

ノアが激高して椅子を鳴らして立ち上がる。セオドアとニコルは苦渋の面持ちだ。激しい音を聞きつけて、侍従長が「陛下、何かございましたか？」とドアをノックしてきたが、アルフレッドは「何でもない」とそれを退けた。

「ああ、そうか……。誓いの契約だね？」

アルフレッドはセオドアとニコルを見比べ、納得したように頷いた。

「どうしてノアに真実を知らせないか不思議に思っていたが……、誓いの契約を立てていたから明かせなかったのか。では僭越《せんえつ》ながら、俺が話そう」

アルフレッドはノアに座るよう促し、唇の端を釣り上げた。ノアは乱暴な態度で椅子に座り直し、アルフレッドを凝視する。

「――ノア、君の実の母親は、現在ルドワナ共和国で暮らしている。前国王の弟の娘、アリシア妃だ」

静かな佇《たたず》まいでアルフレッドが告げ、マホロは絶句した。ノアも微動だにしない。ノアは王族の血を引いていたのだ――。

重要な事実を知らされ、マホロは声も出せずにいた。ノアに至っては、魂が抜けたみたいになっている。

闇魔法の一族の村でノアの母親を探しても見つからないはずだ。ノアの母親は他国に嫁いだ王女だったのだ。だが、ノアが王族だと考えれば、腑《ふ》に落ちる点がいくつもある。ノアはどれだけひどい言葉を吐こうが、冷たくあしらおうが、他者を魅了する。学校でもノアの魅力に惹かれた者たちが親衛隊を名乗るほどに。それらは王族特有の魅了の力だったとしたら——。

それに国に忠節を尽くしているセオドアが、闇魔法の女性と浮気するのは不自然だった。自分の心より、国家を第一とする男だ。その男が闇魔法の女性と関係を持ったとしたら、それは王家からの命令に他ならない。セオドアの妻が納得し、息子であるニコルも了承した。それらはすべて王家の命令だったからではないか。

「馬鹿な……、王家に闇魔法の者が……？　だから……母も、兄も……」

ノアは今にも倒れそうなほど青ざめて、セオドアとニコルを食い入るように見つめた。セオドアは眉根を寄せ、歯ぎしりしている。

「王家の抱える闇のひとつだ。これから話すことは他言無用だ。原因ははっきりしないが、王家には時々、赤毛の子が生まれる。おそらく古い昔に闇魔法の血族と交わった者がいるのだろう。ヴィクトリア女王が王位に就《つ》いた時、王家にはアリシアという王女がいた。赤毛で生まれたため、病弱で外に出られないと偽って塔の奥深くに閉じ込めて育てられた。王位を継いだ祖母は、アリシアを救うためにセオドアにある話を持ちかけた」

アルフレッドは淡々と語る。

「闇魔法の血を引く者は、子どもを産むとその力を失う。力を失うと、髪の色も黒毛に変わる。だから祖母は無理を承知でセオドアにアリシアと身体の関係を持つよう頼んだ。祖母はのちの憂いを断つために、生まれた子どもは殺すつもりだったらしい。けれど、セオドアの妻が、子どもを実子として育ててもいいならそれを受け入れると願い出た」

マホロは胸を打たれて、ノアを見上げた。ノアが小さい頃、ギフトの代償として喪った育ての母親は、愛にあふれた人だった。自分の子どもではないのにどうして愛情込めて育てられたのかと思っていたが、すべての事情を呑み込んで、闇魔法の血を引く子どもを育てる決意をしたのだ。

「そんな……」

ノアは喘《あえ》ぐように額を手で覆った。

「生まれた子は赤毛ではなかったので、祖母はセント・ジョーンズ家にすべてを託した。誓いの契約はその時、交わされたのだろう。特に幼かったニコルはうっかり秘密を漏らしかねないからね。女王が亡くなっても契約が継続しているのは、当時赤子を取り上げた乳母とアリシア王女が生きているからだろう」

アルフレッドの説明は簡潔で、ニコルは顔を強張らせたまま目を伏せている。ニコルがノアを守ってきたのは、すべてを知っていたからだ。マホロは改めて、彼らの家族の絆《きずな》を感じた。

「ショックを受けているところをすまないが、そういうわけで、ノアを王家の一員として呼び戻したいと思っている。何しろ王族は数えるほどしかおらず、かつてないほどの危機を迎えているからだ。セオドア、アリシア妃と再婚する意思はあるか？　婿入《むこい》りしてもらうことになるが」

凍りついているノアを尻目に、アルフレッドはセオドアに尋ねる。

「それは……、しかし王家に魔法回路を持つ者は入れてはならないと……」

遠回しにセオドアが拒絶を示す。

「その条約はすぐに取り消させる。もともと意味のない条約だ。王族も魔力を持っているのだから」

皮肉っぽく笑いながら、アルフレッドが断言する。信じられない事実を耳にしてマホロが身を乗り出すと、アルフレッドがテーブルを叩く。

「我ら王族は、年に一度秘められた儀式を行っている。大きな水晶に魔力を吸い取ってもらうためだ。そう、王族にも魔法回路を持つ者がいるのだよ。王族には魅了という能力が備わっているが、これは魔力があると効力が薄れると言われている。だから余計な魔力を水晶に吸わせねばならない。ずっとそう聞かされていたが、ノアを見ていると真実かどうか怪しいものだと俺は疑うようになった。先日はこの儀式を狙って王族が大勢殺されたし、廃止したいものだ」

明かされた秘密にマホロは動悸が激しくなる。王族が一度に集まる秘められた儀式とは、魔力を吸い取らせるためのものだったのか。

「俺はね、十三歳の時に一年間だけルドワナ共和国に留学していた」

アルフレッドは冷めた紅茶に口をつけ、遠い目をした。

「アリシア妃は君と似ている。アリシア妃が戻ってきて、セオドアと再婚したら、勘のいい者はノアを見て思うところがあるだろう。セオドアとアリシア妃の仲を疑うかもしれないね。俺としてはすべて公にして、ノアを王族の一員として迎えたいと考えるのだが」

意地悪い笑みを浮かべ、アルフレッドはノアを真っ向から見据えた。ノアは燃えるような瞳でアルフレッドを見返した。それほどまでにノアは王家に望まれているのか。マホロはどうしていいか分からず、この場の重苦しい空気に押し潰されそうだった。

「——少し、考えさせて下さい」

セオドアが吐息と共に答えた。

「いい返事を期待しているよ。ああ、もちろんナターシャとの婚約でも構わないからね」

アルフレッドは皆を見回して、にっこりと微笑んだ。何という二択だろう。どちらもノアにとっては苦しい選択だ。

マホロは向かいに座っているアルフレッドが心底怖かった。これが王族なのだと痛感した。


帰りの馬車では、誰一人口を利《き》かなかった。

ノアはずっと眉根を寄せたまま黙っている。想像もしていなかった事実に、心の整理がつかないのかもしれない。

屋敷に戻っても、マホロはノアをひとりきりにさせるのが嫌で、一緒にいた。ベッドに転がって天井をずっと眺めていたノアは、一時間もするとようやくしゃべる気になったのか起き上がった。

「あのクソ陛下をどうやって殺してやろうか考えていたんだが……」

開口一番の物騒な発言に、マホロはげんなりした。

「ノア先輩、不敬罪で処刑されますよ」

「お前しかいないんだから、これくらい言わせろ。あいつの肖像画があったら切り刻んでやるのに、本当に、むかつく野郎だ。いっそ全部ばらしてやると脅《おど》してやりたいのに、世間にばらしたら自分の首を絞めるという始末だ。何でレオンはあんな性格の悪い奴と仲がいいんだ？　おい、あいつに頼まれても二度と誰も助けるなよ。俺が今日の会合であの男を抹殺しなかったことを褒めてもらいたいものだ」

呪詛《じゅそ》めいた呟きでノアはまくしたてる。

「ノア先輩……。陛下のことはともかく、これでお父様とは和解できるのでは？　セオドア様は浮気していたわけではなかったじゃないですか。女王の命令でしたことだったんですよ」

マホロはノアと父親が仲良くなるのではないかと期待した。

「無理。親父とは生理的に合わない」

ノアはそっぽを向いて、拒絶する。

「そんなぁ。でもどうするんですか、これから……。陛下はノア先輩に何が何でも王族になってもらいたがってますけど」

マホロはベッドに腰を下ろした。ナターシャ殿下と婚姻するのも嫌だが、セオドアがアリシア妃と再婚したら、いろんな憶測が飛び交ってノアは大変な目に遭う気がする。そもそも王族になったら、王家の血を残すために子どもを望まれるだろう。ノアとふたりで幸せに暮らす未来は思い描けない。

（ここでも子孫を残す話が持ち上がっている……。光魔法の血族だけでなく、どこへ行っても悩みの種だ……）

マホロはがっくりきて、ノアの隣に寝転がった。ノアの手がマホロの髪を弄り、額を突き合わされる。

「――お前が光魔法を使った時……」

ふっとノアの瞳に暗い影が過《よ》ぎり、マホロは息を詰めた。

「全身が重く息苦しくなった。光の精霊王が現れたせいか？　あの時俺はずっと激しい頭痛を感じていた。まるで天敵がそこにいるみたいに。お前が闇魔法の一族の村にいた時も、こうだったのか……？」

「ノア先輩……」

ノアが息を殺して言う。あの時ノアの様子がおかしいと感じたのは気のせいではなかったのか。

マホロは怯《おび》えてノアにすがりついた。

「闇魔法の血を引いていると、こうなるのだろうか……？　何かの魔法を恐ろしいと思ったのは初めてだ」

ノアはマホロの頬に鼻を摺り寄せた。ノアは光魔法を恐ろしいと思ったのか。マホロにとっては癒しでしかないものが、ノアにとっては脅威になる。自分とノアはまったく異なる血筋のものだという証《あかし》のようで嫌だった。

「でも、よかったこともありました。ジークフリートと兄弟という線はなくなりましたね」

マホロはその点だけでも喜ぼうとした。兄弟で争うなんて、恐ろしい話にはならずにすんだのだ。ノアもそれに関しては同意見らしい。

「ノア先輩……アリシア妃に会いたいですか？」

ノアの母親であり、闇魔法の血を持つ女性――ふたりが再会した時、どうなるのだろう？　アリシア妃は産後すぐに我が子と引き離されて、悲しくはなかっただろうか。遠い異国の地に嫁がされ、我が子の成長を見守ることも叶わなかった。それとも闇魔法の血を持つ彼女にはそういった感情はないのだろうか？　マホロはノアの母親はどんな人なのだろうと想像を巡らせた。ノアに顔立ちが似ているというが……。

「俺が母親を探していたのは、何故俺に闇魔法の血が流れているか、そのルーツを知るためだ。それ以外は……どうだろう。どちらでもいい」

考えた末にノアはぽつりと答えた。その表情や声からも、無理をしている様子はない。ノアは本当にどちらでもいいのだ。マホロなら実の母親が生きていたら何をおいても会いたいと願うのに。
肌を寄せて吐息がかかるほど近くにいても、ノアと自分の間には深い溝がある。
それがどうしようもなく怖くて、マホロは抱きしめることで解消しようとした。

8　ギフト

ジークフリート・ヴァレンティノが十代前半の頃、屋敷にはさまざまな教師がやってきた。言語学や歴史、数学や物理、音楽を教える者もいた。当主であるサミュエルは潤沢な資産を持っていたので、息子として迎えたジークフリートにさまざまな教育を施した。

そのうちの一人、医学の教師であるエリーゼは、地味な若い女性だった。当時ジークフリートは十四歳、エリーゼの六つ年下だった。エリーゼは初めて会った時からジークフリートに心臓を射《い》貫《ぬ》かれていて、ジークフリートが望むことなら何でもした。最初は地味だった外見も徐々に垢《あか》抜《ぬ》けていき、ドレスも若い女性らしいものへと変化した。

ジークフリートは自分の容姿が女性にとって魅力的に映ることは知っていた。

だからエリーゼに対しても、時々他者には見せない笑みを見せた。むろん、ジークフリートにエリーゼに対する想いはこれっぽっちもない。いずれ使える駒になると見込んで、種を蒔《ま》いていただけだ。エリーゼの医学に関する知識は豊富で、手術の経験もあった。ジークフリートはあらゆる魔法を使うことができたので、回復魔法も使えたが、魔法が使えない場所では医学の知識こそ重要になる。

王宮で、多くの王族を殺戮《さつりく》したジークフリートは、逃げる際にノアの異能力で怪我《けが》を負った。ノアの異能力《空間消滅》はジークフリートたちの四肢を切り、骨を砕いた。どうにか逃げ延びたものの、ジークフリートたちは思わぬ大怪我を抱えた。

「撤退するぞ」

仲間のほとんどが血を流す危うい状況だった。ジークフリートの腕はノアの異能力で折られていた。追ってくる魔法士をまく中、ジークフリートは回復魔法で怪我を治そうとした。だが、治せない。

「どういうことだ⁉　怪我が治らぬ！」

獣に変貌していたマリー・エルガーは、懸命に水魔法で怪我を治そうとした。獣になっているせいかと思い、ヒト型に戻ったが、それでも怪我は回復しなかった。仲間の誰もが、かすり傷すら治せなかったのだ。

「やばいなぁ。とりあえず身を隠そう」

《獣化魔法》を解いたレスター・ブレアが、あらかじめ手配しておいた王都のねぐらに仲間を案内する。しかし魔法士の追手がしつこくて、いったん散り散りになった。ジークフリートは彼らと離れ、夜の闇にまぎれ、エリーゼの家へ向かった。

「ジークフリート様！」

エリーゼが老いた父とふたりで暮らしているのを知っていたので、ジークフリートは夜中にドアをノックした。幸いと言っていいのかどうか、エリーゼの父親は数日前に亡くなっていて、エリーゼはひとりだった。深くフードを被ったジークフリートを見て、エリーゼは一瞬ですべてを理解した。そして中に招いた。

エリーゼの住む家は簡素な石造りの二階建ての一軒家で、家具は古びて、年季が入ったものばかりだ。小さな診療所を営んでおり、日中は薬や処置を求めて民がやってくる。とはいえ魔法が蔓延《はびこ》っているこの国では、一瞬で怪我が治る回復魔法士に助けを求めることが多い。エリーゼがどれほど高い能力を有していても、宝の持ち腐れだ。

「ああ、ジークフリート様、このような大怪我を……。痛いでしょうね、辛抱なさって下さい」

エリーゼはジークフリートの赤毛に怯《ひる》むことなく、腕の怪我を処置し始めた。彼女の目を見た瞬間に、ジークフリートは異能力《人心操作》を行使するのをやめた。数年ぶりに会ったが、エリーゼが未《いま》だに自分に心酔しているのが分かったからだ。

「私を頼っていただいて嬉しいです……」

エリーゼは頬を染め、甲斐甲斐《かいがい》しくジークフリートの腕に包帯を巻いた。落ち着いた場所で何度か回復魔法をかけたが、やはり腕の怪我は治らない。ひょっとして異能力で受けた傷は、魔法では治らないのだろうか？　だとしたら、ノアの存在は脅威だ。

「エリーゼ、私が怖くないのか？」

ジークフリートは怪我の処置を終えたエリーゼの髪を撫でて、囁《ささや》いた。エリーゼがうっとりとしたようにジークフリートを見つめ、跪《ひざまず》く。

「あなたに捨てられるほうが恐ろしいです。私はずっとあなたが髪を染めていたのを知っておりました。あなたが恐ろしい闇魔法の血族だとしても、私はあなたのために尽くしたい。ジークフリート様、どうぞ私をお使い下さい」

エリーゼは感涙して言う。頬を撫でてやるだけでエリーゼは胸を震わせ、ジークフリートの望むことをした。

ジークフリートは二ヶ月の間、エリーゼの家の二階に身を潜めた。

仲間との連絡は髪を黒く染めて、街に出た時にした。マリーは傍にいたいと強く主張してきたが、エリーゼと喧嘩《けんか》になるのは目に見えていたので拒否しておいた。

「だいぶよくなりましたね」

二ヶ月の間に折れた骨は再生してきた。まだ少し痛むが、そのうちよくなるだろう。エリーゼはジークフリートのために手を尽くした料理を振る舞い、あらゆる面倒を見てくれた。

「ジークフリート様……。巷《ちまた》で噂になっているマホロという光魔法の子は……お屋敷にいた、あの少年ですよね？」

ある日、医療器具を買いに王都へ出向いたエリーゼが、考えあぐねた末に話しかけてきた。カーテンを閉めた二階の窓際にいたジークフリートは、かすかに顔を曇らせた。

「それがどうした？」

ジークフリートが嫌悪を露《あらわ》にすると、エリーゼが鞭《むち》打《う》たれたみたいにびくりとする。

「も、申し訳ありません。差しでがましい口を……」

エリーゼは怯《おび》えたそぶりでジークフリートの前から逃げ出し、階段を下りていく。マホロの名前を聞き、一瞬抑えきれない苛立ちとも怒りともつかない何かが身体を駆け抜けた。

　王族を襲ったあの日、ノアは異能力を使い、仲間の多くを殺した。その際に髪が赤く燃え上がったように色づいた。――ノアは、闇魔法の血を引いていた。

　以前から気になっていた人物の一人ではあった。火魔法の直系だからだろうと思っていたが、実は同じ闇魔法の血を引いていたからだったのだ。そう分かったとたん、ジークフリートは激しい嫉妬に襲われた。

（あの男は、マホロを手に入れられる）

　マホロをさらった時に、マホロの身体には誰かと交わした情事の痕があった。光魔法の血族であるマホロは、同じ光魔法か闇魔法の血を引く者でないと抱き合えない。だからジークフリートはどれだけ離れていても、マホロの恋愛面に関して心配することはなかった。

　けれど、ノアが自分と同じ立場であると知った時、これまで抱いたことのない、狂おしい衝動が身の内を走った。大切にしていた宝物を踏みにじられた気分だった。横からかっさらっていったノアという男に怒りが湧き、ずたずたに切り裂いてやりたくなった。だが、どうしてだろう。そう思う一方で、ノアに対する親近感、喜びも自分の中には生まれた。誰とも分かち合えることなどないと思っていた何かを、彼となら理解しあえるかもと思った。

　複雑な気分だ。

　そして、こうも思った。

（あの男が二つ目のギフトを手に入れたなら、私にも手に入るはずだ）

オスカーはノアが二つ目のギフトを手に入れたと言っていた。そもそもこれ以上ギフトを誰にも与えさせないために司祭を殺したのに、他の光魔法の者が新たな司祭になるなんて知らなかった。異能力は魔法を超える。魔法で成り立っているこの国を破壊するためには、異能力を持つことこそ重要なのだ。

再び、クリムゾン島へ行かなければならない。

あの島を我が物にしたい。マホロを取り戻したい。

（マホロ……）

マホロについて考え始めると、胸に得体の知れない感情が湧いてくる。

心を喪《うしな》ったはずの自分なのに、感情が戻ってきている気がする。ギフトで喪ったのは心ではなく、マホロだとジークフリートは考えている。ギフトの代償で心を喪った自分は、人を殺すことに愉悦を感じ、理性を失ったまま多くの兵士や人を蹂躙《じゅうりん》した。

心を喪っていなかったら、ジークフリートはマホロが嫌う行為を最小限に留めていただろう。屋敷で一緒に暮らしている時も、マホロがそういった行為を嫌悪しているのを知っていたので、殺人はひそかに行われていた。理性がそうさせたのだ。

マホロの前で人を殺す楽しさを見せつけたのは失敗だった。一緒に暮らしていた時は、マホロは自分のものだったのに。

階段を下りてエリーゼを探すと、夕食の支度をしている彼女が振り向いた。エリーゼは先ほどのぎくしゃくした空気を吹っ切るためか、無理に微笑んだ。

「――ジークフリート様、実は今日、ローエン士官学校から採用の通知がきました。九月から保健医として、働くことになりました」

エリーゼは引き出しから封書を取り出して、ジークフリートに見せる。ジークフリートは唇の端を吊り上げた。エリーゼにはローエン士官学校に潜り込むよう指示をした。長年地元で診療所を営んでいたことと、魔法回路がないことが学校側が警戒しなかった理由だろう。

「近く葬儀と戴冠式が行われるようですよ」

ジークフリートの機嫌が直ったのを確認し、エリーゼがつけ加える。戴冠式で王都には多くの人が詰めかけるだろう。仲間と共にクリムゾン島へ渡る絶好の機会だ。

「エリーゼ、お前にやってもらいたいことがある。とても難しい手術だ……」

かねて計画していた移植手術を行う時がきた。ジークフリートはこの国のあちこちに保管されていた魔法石を大量に奪った。それらはすべて、竜に食わせている。デュランド王国の連中はジークフリートが奪った魔法石をどこかに隠し持っていると考えているようだが、すでに大半は竜の腹の中だ。

魔法石を大量に食べた竜の心臓は、魔法を増幅させる石に変化する。とはいえ、それだけでは機能しない。竜の心臓は、光魔法の血族の心臓に埋め込まれた時に効力を発揮するのだ。

「その手術をするには、良心を捨てなければならない。お前にそれができるか？」

ジークフリートはエリーゼの頬に手をかけ、優しく問うた。

「あなたのためなら」

エリーゼは躊躇《ちゅうちょ》なく、断言した。大人しそうに見えても、芯の強い女性だ。その胸のうちには情熱の炎が宿っている。この女は自分を欲するあまり、どんなことでもしてみせるだろう。

「よく申した……」

ジークフリートは微笑んでエリーゼの唇を指で撫でた。じっと見つめると、エリーゼの鼓動が触れた指から伝わってくるようだった。

マホロが自分から離れた今、別の光魔法の子どもが必要だ。マホロを奪うより、新たな移植者を得るほうが容易《たやす》い。義父であるサミュエルは手当たり次第に光魔法の子どもに竜の心臓を移植しようとしたが、それは間違っている。ジークフリートが出会った司祭は竜の心臓を持っていた。つまり、司祭になる資格を持つ者が、移植に適している可能性が高い。

クリムゾン島に渡り、新たな司祭となった光魔法の子をさらう。ギフトを得ることと、司祭をさらうこと。その二つがジークフリートの当座の目的だ。

「エリーゼ、私のために何を捨てられる？」

ジークフリートはエリーゼの髪を指先で弄《もてあそ》びながら、耳元で尋ねた。

「何もかもを」

エリーゼはうっとりと答える。

では命を捨ててもらおうと、ジークフリートはその細い白い首を撫でた。熱い眼差しに応《こた》えるように、ジークフリートは屈《かが》み込《こ》んでエリーゼの唇を吸おうとした。

「――誰だ？」

エリーゼの唇に触れる手前で、ジークフリートは階下に侵入者の気配を感じ取った。静かな足音と共に、階段を上がってくる男がいる。よく知った匂いを嗅《か》ぎ取《と》り、ジークフリートはエリーゼの肩を押した。

「あ……」

エリーゼが階段を上がってきた男に会釈し、そそくさと階段を下りていく。現れたのは金色の髪に黒いジャケットに黒いズボン、ブーツという格好の青年だった。手足が長く、いつも少し猫背になっている。レスター・ブレア。ジークフリートの部下で、連絡役を務めることが多い。玄関から入ってくるのが苦手なのか、レスターはいつも勝手にこの家に入り込んでいる。家主であるエリーゼはレスターが苦手のようだ。

「お邪魔しちゃったようで、すみませんね」

エリーゼを見送り、レスターはにやりとした。

「構わない。戴冠式に合わせて、クリムゾン島へ渡る手はずは整ったか？」

腕を組んでジークフリートが聞くと、レスターが鷹揚《おうよう》に頷く。

「警備が手薄になるので、問題なく入り込めるでしょうよ。敵さんにばれないように、少数精鋭で潜り込むことにしました。ところで大将。司祭をさらうのはいいとして、二つ目のギフトの件については、本気かい？」

レスターは窓際に立って、カーテンを開けて庭を眺める。

「どういう意味だ？」

質問の意図が読めなくて、ジークフリートは唇を歪めた。レスターはジークフリートに心酔しているわけではない。だからジークフリートに対して媚《こ》びへつらうような真似はしない。この男がジークフリートに協力しているのは、王家に対する復讐《ふくしゅう》のため。利害が一致しているから、部下でいるだけだ。

「もし二つ目のギフトを手に入れるとしたら――代償は、マホロちゃんなんじゃないの？」

静かにレスターが問い、ジークフリートはハッとした。

その可能性は考えていないわけではなかった。いや、考えないようにしていた。ギフトを得るには代償がいる。司祭はその人間の一番大切なものを奪っていく。これまでも、ギフトの能力と引き換えにいくつもの命が犠牲になった。

「あんたはそれでもいいのかい？」

レスターが珍しく真剣だ。レスターの前でマホロへの想いを話したことはないし、逃亡中に連れていた時もあからさまに態度を変えたことはない。それでもレスターはジークフリートが抱えている想いを察している。人の気持ちを読み取るのが得意なのだろう。

「私の命令に背いた時点で、マホロに対する情はない」

ジークフリートはすっと背中を向け、この話を打ち切ろうとした。

「大将、俺に偽りは通用しないよ。ノアが異能力で大勢の仲間を殺した時、あんたはマホロちゃんを庇った。あの子を盾にすれば、そこまでの怪我にはならなかったはずだ」

ジークフリートの背中にレスターは追い打ちをかけた。ぴくりとこめかみを引き攣《ひつ》らせ、ジークフリートは振り返ってレスターを目で制した。レスターはすぐに降参というように、両手を上げる。

「ひゅー、おっかねぇ」

レスターはポケットから紙を取り出し、ジークフリートの手に握らせる。

「あんたがいいなら、それでいいさ。これに王都を出る際の計画を記しておいた。戴冠式の当日に島に渡れるよう、手はずを整えたんで。向こうで待ってますよ」

レスターはひらひらと手を振り、軽い足取りで階段を下りていった。ジークフリートは紙をぐしゃりと握り潰した。

ギフトの代償がマホロなら、望むところだ。

ノアの手元に置くより、その命を奪ったほうが、どれだけ心に安寧をもたらすか分からない。

燃え狂う嫉妬の感情を持て余し、ジークフリートはその場に立ち尽くした。

POSTSCRIPT

HANA YAKOU

こんにちは&はじめまして。夜光花です。

血族シリーズの四冊目です。今回はノアの出自の話で、いろいろ明かされた感じです。ロイヤル好きとしてはやはり華やかなシーンのほうが書いていて楽しいですね。

マホロも成長していて、世界が開いてきたようです。個人的には永遠にペット扱いでいいんじゃないかと思うのですが、環境が変われば人は変わっていくものですね。そして大好きでも越えられない一線があるとマホロが自覚したので、この先はノアにもがんばってもらわないとですね。

ノアの母親については次巻であれこれ書けるかと思います。二十年前に起きた出来事を妄想すると楽しいです。BLじゃないのでくわしく書けませんが、けっこうどろどろの内容で想像して楽しんでいます。感情の薄いノ

夜光花　URL　http://yakouka.blog.so-net.ne.jp/
ヨルヒカルハナ：夜光花公式サイト

アが慕っていたくらいなので、育ての母親は聖母みたいな人だったに違いない。セオドアの純愛とか両親の若かりし頃の恋愛は考えると楽しいですね。

　今回ジークフリート側の話が少なかったので、次回は進めていきたいです。このシリーズ、ラストをどうするかまだ決めていないのですが、次の本くらいで自然と終わりが見えてくるのではないかと。四賢者は全部出したかったけど、入るかなー。

　イラストの奈良千春先生。毎回、毎回素晴らしい絵をありがとうございます。奈良先生はメインだけでなく脇役が本当にいい感じに描いてくれるので萌えが広がります。今回も見開きイラストがすごいことになっていて、担当さんとうっとりしていました。戴冠式の絵はぜひ入れてほしいと願っていたので最高です。奈良先生の絵を見ているとノアはもう闇堕ちしていいんじゃないの？　と思うから怖いですね。今回とうとう表紙に赤毛のノアが出てきたので、赤毛好きにはたまりません。いつも萌えをありがとうございます。

担当さま、腑甲斐ない私をうまいこと導いてくれて感謝しております。次回もよろしくお願いします。

読んでくれる皆さま、感想などありましたらぜひ教えて下さい。ではではまた。次の本で出会えるのを願って。

夜光花

このたびは小社の作品をお買い上げくださり、誠にありがとうございます。
この作品に関するご意見・ご感想をぜひお寄せください。
今後の参考にさせていただきます。
https://bs-garden.com/enquete/

異端の血族
SHY NOVELS360

夜光花 著
HANA YAKOU

ファンレターの宛先
〒101-0065 東京都千代田区西神田3-3-9大洋ビル3F
(株)大洋図書 SHY NOVELS編集部
「夜光花先生」「奈良千春先生」係
皆様のお便りをお待ちしております。

初版第一刷2021年7月5日

発行者	山田章博
発行所	株式会社大洋図書
	〒101-0065 東京都千代田区西神田3-3-9大洋ビル
	電話 03-3263-2424(代表)
	〒101-0065 東京都千代田区西神田3-3-9大洋ビル3F
	電話 03-3556-1352(編集)
イラスト	奈良千春
デザイン	野本理香
カラー印刷	大日本印刷株式会社
本文印刷	株式会社暁印刷
製本	株式会社暁印刷

ISBN978-4-8130-1328-0

女王殺しの血族

夜光花

画・奈良千春

今すぐお前を抱いて、抱きしめたい

ノアが望むものは、自分の命よりもマホロとの愛。
謀略と対立、愛と憎しみが交錯する怒涛の第三幕!!

オスカーにさらわれ、ジークフリートの異能力によって身体の自由を奪われたマホロは、ジークフリートに命じられるまま動くことしかできなかった。ノアに会いたい。そう願うマホロは、ある出来事をきっかけに、『過去』のジークフリート、『現在』のノアを視て、マホロをよく知る光の精霊王に出会う。一方、マホロを奪還するため動きだしたノアだが、光魔法の血族を抱くことができるのは、闇魔法の血族だけという血の縛りに苦悩していた。けれど、闘いの中、ノアにある変化が生じて!?